第二届漓江文学奖
The Second
Lijiang Literary Award

泥潭
Quagmire

◎ 刘楚昕 著

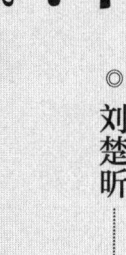

迷失在黑夜中时，
不妨抬头看看星空；
如果不知道该相信什么，
人应当面对自己的良知。

·桂林·
漓江出版社

图书在版编目（CIP）数据

泥潭 / 刘楚昕著. -- 桂林：漓江出版社，2025.
7. -- ISBN 978-7-5801-0419-9（2025.7 重印）

Ⅰ.I247.5

中国国家版本馆 CIP 数据核字第 2025P7J008 号

NITAN

泥　潭

刘楚昕　著

出 版 人：梁　志
出版统筹：张　谦
责任编辑：谢青芸　叶露棋　黄　彦
特约编辑：张睿智
营销推广：于媛媛　俞方远
封面设计：陈　凌
内文设计：周泽云
责任监印：张　璐

出版发行：漓江出版社有限公司
[广西桂林市南环路 22 号　邮编：541002]
发行电话：010-85891290　0773-2582200
邮购热线：0773-2582200
网址：www.lijiangbooks.com
微信公众号：lijiangpress
印制：北京中科印刷有限公司
[北京市通州区宋庄工业区 1 号楼 101 号　邮编：101118]
开本：880mm×1230mm　1/32
印张：9.5　字数：174 千字
版次：2025 年 7 月第 1 版
印次：2025 年 7 月第 3 次印刷
书号：ISBN 978-7-5801-0419-9
定价：42.00 元

漓江版图书：版权所有，侵权必究
漓江版图书：如有印装问题，请与当地图书销售部门联系调换

目 录

第一部分 ...001

第二部分 ...109

第三部分 ...245

后　　记 ...291

主要人物表

恒　丰	旗人，前军官
恒　龄/恒锡九	恒丰之父，左都统
恒　妤	恒丰之妹
季　煦/煦伢子	恒妤之夫
熊　丑	掘墓人
屈　万	车夫
奎　善	旗人
八十四	旗人
楚　卿	旗人
端　瑞	宗社党成员
永　寿/李　寿	宗社党成员
祥　顺/张　顺	宗社党成员
恩　喜	宗社党成员
额克登	宗社党成员
亮　方	宗社党成员
凤　鸣	宗社党成员
傅凤池	宗社党头目
瑛二爷	宗社党头目

关仲卿	革命党
乌　端	旗人，关仲卿过去的好友
范宝通	前革命党，工程营文案
冯茂贤	哥老会鸡字堂堂主
朱金舌	哥老会鱼字堂堂主
佛陀宝	巡警分局局长
周利贞	共进会成员
大久保	日本教育家
梁天才	留学生
唐牺支	宜昌革命军司令
良　臣	旗人
陆观音	关仲卿仆人
格蕾丝	《申报》记者
马修德	圣母堂神父
馨　儿	神父收养的弃婴
方济亚	沙市教堂神父

第一部分

一

如您所见，我死了。一九一二年五月，八号还是九号，不知道。傍晚，我被两队巡警逼到公安门西侧城墙脚下。我颤抖的怒吼刚沉寂没多久，五个巡警抬枪朝我一轮齐射，接着拉动枪栓，又是一轮。枪声停了，呼喊与脚步声乱哄哄持续着。一盏油灯在人群中高高举起，橙黄色的光照在我后背上。墙上的人影来来回回晃动着，我像被踩死的毛虫一样蜷着身子安安静静缩在墙根。一个小个子巡警贴着墙壁小心翼翼摸到我脑后，拿枪托杵了下我的肚子，随后我的身体像装满碎肉的布袋翻了个圈，四肢软绵绵地摊开在地上。他瞪大眼观察我的脸。我的双眼半睁半闭，右下颌骨碎了，下巴歪在一边，一股热乎乎的血流正从太阳穴里缓慢流出，沿着眼角和鼻梁从左眼淌到右眼，将我的眼白染成暗红色。

巡警直起身，挥手叫道："死了！"宣告我的死亡后，其余巡警围上来查看我的死状,他们的目光游走在我身上,上下打量我外翻的皮肉、殷红的血窟窿、因为大小便失禁浸湿的裤子,还有那副凝固在脸上仿佛打盹般萎靡不振的表情。我的尸体令他们既震惊又兴奋。我保持这样不雅的姿势没法动弹,只能任由旁人看上一遍又一遍。唉,没想到我最后竟是以这样惨烈的死法结束人生。我希望有人随便拿什么盖住我的脸。

又过了很久,我眼睛上的血干了,就像蒙上了一层血痂。用这双眼看世界,一切应该都是褐色的。我被扔上一驾板车,车夫想赶在天黑前把我拉走。在他的催促下,骡子埋下头,挽具勒进了棕褐色的毛皮,车轮在布满沟壑的土路上滚动,轰隆隆……我直挺挺地躺在板车上(所幸车夫帮我摆正了身体,真是个好人),车架像是要散架似的左右晃动,我的尸体跟着一颤一颤地抖动。鼓声响起来了,咚……东边传来沉闷的鼓声,一下接一下,咚……咚……

听见鼓声,我们不约而同停下脚步,朝声音传来的那片天空望去。我摘下军帽夹在腋下。天地间呈现出一式的石青色。城外革命军的炮击停止后,四下宁静得令人出神。是谁这时候还在敲鼓呢?是某个恪尽职守没有逃走的守夜人吗?这些念头在我脑中一闪而过,而我没精力深究了。我已经累得没法思考了,头昏脑涨走在牵马的戈什右手边。父亲在马背上摇摇欲坠。我扭头望了一眼跟在马屁股后面的卫兵。他们拖着沉重的步子沉默了一路,仿佛随时会一个接一个像中弹了似的栽倒在街边。我想我们所有人都一样疲惫麻木说不出话发不出声音没有任何表情……咚……咚……鼓声中我们继续前进，脚下破碎的瓦砾嘎吱嘎吱作响。一股沮丧的情绪如迷雾般笼罩住我们的队伍。

经过承天寺，我看见近百名死伤者横陈在寺门前的街道上。和尚们坐在濒死的士兵身旁低声念经。父亲下令停止前进，在戈什的搀扶下艰难下马。他接过拐杖走到一个肚子破了的士兵跟前。那个士兵还是少年模样，双手捧住流出的肠子缩在墙角抽泣，认出父亲后哭着哀求："大人，我不想死……"父亲让戈什去叫军医，自己俯身陪他说了很久的话，问他叫什么，住哪里，家里有哪些人。军医跨过地上一动不动不知死活的肉体，跌跌撞撞走到跟前，压低了声音告诉父亲："他没救了。"父亲沉默着，转而认真听那少年一一回答自己的问话，直到声音渐渐衰弱，仿佛说话的人已经沉沉睡去。然而我们很快发现少年其实是死了。泪水仍在尸体半睁的眼中打转，最后缓缓落下。我们如石像般伫立不动，面对死者默然无语。这时又有骡子拉运伤者过来。其中一个伤者躺在车上一边呻吟一边大骂："老子还没死呢！别把死人压老子身上……"附近不少人勉强睁开湿润的双眼，目光空洞呆滞，齐刷刷望向父亲。旁边一个断了脚趾的士兵单脚跳过来立正行礼，一脸严肃地注视着长官……

我没法思考了。我的嘴皮干得出血，并且一直断断续续地干咳。我觉得自己像得了昏热病，身体摇摇晃晃，像一个纸人。可如果那时我能多注意到父亲，如果的话……也许那样痛苦的他就不会在三个小时后选择在左都统署用手枪击穿自己胸膛了。

我忽然醒了。铁轨有节律地振动着。月光照进车厢，过道里睡满了人，头挨着脚，几乎每一寸地方都躺着一副躯体。我感到冷，脑袋晕乎乎的。邻座的人靠在我的肩上沉睡。我松开毛毯，侧身躺下，强烈的咳意从肺里涌出。我强忍住，缓慢而又低沉地咳了两声，随后又昏睡过去。火车行了一天，我这样晕了一天。我应该在上车前就病了，一直干咳，上车后开始发烧，头昏脑涨的，然后越睡越迷糊。车厢内憋闷了整整一夜。有几次我想要振作精神，但就像被厚重的沥青从头到脚覆盖，始终无法从昏沉的感觉中挣脱，直到一股冷气骤然灌入我的鼻子。我又醒了。天亮了，有人拉开了车窗，窗外的冷风冲散了温暖黏稠的气息。我看见窗上凝了一层朦胧的水雾，雾水慢慢滑落，就像一滴泪珠滑过面颊，留下长长的泪痕。湿漉漉的痕迹中隐现出连绵的田埂，接着一片荒原猛地闯入视线。

"我认识您呢。"他对我说。

我这才注意到这个男人。我裹紧了深灰色的绒毯子，一边咳嗽一边发抖。

他站在过道里上下打量我，握紧了拳头激动地说：

"我从前见过您呢,恒老爷,过去当兵的时候,在步军营里,没到宣统年,还没革命。后来革命了、仗打完了,就不住城里了,跟人跑到北边做生意,到处跑,瞎跑,真没想到还能在这儿再遇见您!您还好吗?……"他想了想,忽然指着车厢的另一头说:"我带着人,要到南边去。"

我从袖子里掏出牙色帕子掩口咳了一阵,没看清他手指的方向。我回答他说:

"抱歉得很,我没认出您。"

我不认识他,但不知怎的他好像误解了我的话。他忽然变得高兴极了。边上乘客默不作声地听着,我能感觉到周围的人正悄悄朝我们投来好奇的一瞥。我下意识侧过脸。我很想立刻中断交谈,但他显然不能领会我的心情,而是继续说道:

"……小人叫喜顺。两个月前拿了发的钱,跟以前一个营的朋友跑去河南做买卖,后来又跑到山西……几乎把北边跑个遍——老爷后来去哪儿了呢?这次要到什么地方?……"

我憋着气不让自己咳出声,勉强吐出几个字:

"不要叫我老爷了。"

"对不起!——您哪里不舒服?"

"我病了。"我小声说。

挨着我坐的瘦子挪了挪屁股。他的手缩在袖子里,耸了耸肩,自言自语道:

"该不是痨病吧。"

喜顺弯下腰，嘴巴几乎要碰到我的耳朵。我轻轻摇头，示意他离远点。他舔了舔嘴唇，往后退了半步，小声说：

"您能帮我吗？"

"什么？"

"您知道，现在活着难，做什么都不容易。"

我沉默着，肺里某处像是要爆炸了。我再也忍耐不住，憋红了脸剧烈地咳起来。

喜顺又一次指了指车厢前面：

"我自家妹子，一路跟着我挨饿，您不嫌弃，随便给几个钱我，叫她留在您身边当个用人，好照顾您……"

他忍不住露出笑容，接着说道：

"其实她的长相也是不错的，要是您愿意收她做妾，我也是情愿、巴不得的。"

我没有给他好脸色。他看见我反应冷淡，神色突然变得慌张，以为我生气了。他说：

"但我也知道我们这样人的德行，她那样的出身您一定是瞧不上的。您有认识的老爷，有心要一个，还请您帮我们……"

我点了点头。我想请他离开，但发热与咳嗽令我虚弱得没力气说话。他以为我答应了，咧嘴大笑露出两排牙齿，追问道：

"您要上哪里去？"

"汉口。"

"汉口哪里？"

"汉口，再去沙市，然后……"

"您要回城里！我们要去湖南。"喜顺皱紧眉头，叹息着。

我们要去的地方不同，可能到汉口下车后就要分开。他挠着头皮纠结了一阵，最后极力请求跟我同行至汉口。随便他吧，我没有拒绝。

他一边乐呵呵地冲我点头，一边侧身慢慢挤回自己的车厢。外面下起小雨，雨滴飘入窗内，落在手背上冰冰凉凉的。车窗关上了，这之后车内的空气渐渐又变得浑浊沉闷。我又昏睡过去。

我做梦了，但不记得梦见了什么。我经常做梦，梦醒后大多不记得梦里的事，可身体还保留着梦里的反应。有一次梦醒后我四肢紧绷，心怦怦地跳，嘴上维持着一个扭曲的口型。我知道梦里我肯定因为什么事在发怒，可就是想不起我为什么发怒，而且连即将脱口而出的那句脏话也一下子忘了。后来我躺在床上过了很久，身体的紧张感才渐渐平息，而我也始终记不起梦里遇见了什么。突然我被推醒了，睁开眼，我的眼中不知不觉流下两行泪水。我又梦见了什么？我又忘了。我面前站着一个老人。老人的手搭住我的肩膀，见到我脸上的泪痕后吃了一惊。他弯下腰，把头凑到我跟前，说：

"你看看去，你朋友，他出事了……"

"什么?"

"刚才跟你说话的人,他是个拐子。"

我疑惑地看着他,不明白那是什么意思。他说:

"那人原来是拐子!不知道从什么地方拐了个女娃出来卖,跑来跟你说话的时候女娃跑了。他从别的车厢把她抓回来,幸好有好汉打抱不平,跟他打起来,要拿他去送官。刚才停站,他跳车跑了。"

回想起刚才喜顺说的话,我恍然明白过来,顿时感到一阵恶心。他原来做的是这种生意,并且还想把女人卖给我。我绷着脸屏住呼吸不让自己表露出任何慌张,之后面无表情地告诉他:

"他不是我的什么朋友,我其实不认识他。"

"那个女娃呢,你过去看一眼吗?"

"这不关我的事。"我缩在毯子里,又说了一遍,"这不关我的事。"

我低下头,避开旁人的视线。他们或者侧目或者干脆直勾勾地盯着我看,就像是要把我解剖后里里外外看穿我的底细。

一阵吵闹声从隔壁车厢传来,像潮水般由远及近。一个人伸长手拍拍我的后背叫我:"喂!"我扭头看他时他却走开了。很快,伴随着躁动的声音越来越近,越来越多的人踩在座位上探出脑袋望向来声的方向。一个身形高大的男人不断靠近。他像巡山的猛兽似的穿过人群,朝我这边走来。更多人跟随在他身后,层层叠叠拥挤在狭长的走道里。一个穿马甲的人踮起脚远远指着我:"就是那个!"我不幸又成了众人目光的焦点。高个子男人摘下毡帽抓在手里,露出光滑的头皮,拿手臂格开挡在前面的人。走近了我才发现他面颊上有两道带血的新伤。他身旁跟着一个女孩,女孩前额的刘海遮住了眼睛,低头更看不清脸了,一路上都在小声哭。

他盯着我,开口时带着山东口音:

"听说你认得那人,他窜了,把这小闺女扔这里了,你给她点盘缠让她家去吧!"

"他跟那人也不怎么认得。"刚才的老人从旁替我辩解道。

"都说你认得他,你咋还就不认得呢?这小闺女让人拐这里了,一分钱都没有,忒可怜了。就是有钱也知不道家去的路,得一步步找。就算人不是你拐的,但这时候也没有别的办法,只能指望你出这个钱。"

我坐着,浑身无力,甚至无力开口为自己争辩。要是此时此刻我能闭上眼晕倒就好了,那样就什么都不用管了。老人摆手劝解说:

"这话没道理啊。你想要帮她,自己出钱送她回去就是了,也算是你的善心,怎么能硬要别人出钱呢?"

山东人张大嘴巴迟疑了片刻,随后倒吸了口气,陡然发起怒来,指着老人额头大叫:"我寻思着关你老人家啥事,要不然你把这钱出了吧。"老人干笑了一声，摸了摸面颊上的短须躲入人群。

我觉得我应当恐慌或者生气，或者要么赔笑要么当场发怒。但我什么也没做。我麻木地坐在那儿，看着他一个劲儿地冲我叫：

"你别以为老子和他们一样好骗。你们一样的口音，咋能不认得。我看你就是他的同伙，他窜了，把你扔下了。你把这钱拿出来，这事就算了。不然把你弄衙门里去，让老爷把你锁号子里慢慢地审！"

我又咳嗽起来。有一个人说："你不要为难他，他是生了病的。"我身边的瘦子小声叫了句："痨病！"之后飞快地瞟了我一眼。山东人叉腰大叫："我咋难为他？我只是让他出钱，你说，我咋难为他了？"

突然间，女孩放声大哭。人们惊讶地望去，再没人出言反对山东人的主张了，反而有不少人开始寄希望于我，乃至于觉得我应当出钱。有人劝我："他说你们是一起的，这确实是冤枉你了，我们都可以为你作证。钱也确实不该你出，但你看她可怜，给两个钱打发算了，不然闹到做官的那里，怕不止出这两个钱，还要掉层皮，连你的事也耽误了。"

这哭声好像刺激了山东人，他一把扯住我身上的毯子，骂骂咧咧威胁下车去见官。其他人连忙劝他好生说不要动手。山东人甩开手，在拥挤得透不过气的空间里怒气冲冲地瞪着我。女孩捂着脸哭个不停。周围的人大多沉默地观看这出严肃剧，偶有一两个发表几句议论，说完后很快回归于旁观者之列。

"我也没有多少钱，"我说，"只能给一点。"

我只想快点结束。也许因为我让步了，众人松了口气，转而你一言我一语劝山东人同样让步，讲定后不许反悔。人们开始变得尊敬我。先前对我的病颇有微词的瘦子主动让出位置，让我能平躺。更多人过来关切我的肺疾，送给我小麦茶和糖饼。一位去河南的医生喂了我退烧的药水。火车还未启动。我坐起来望向窗外，看见山东人和女孩在站台上，并且听山东人高声叫道："你们说这有啥用呢，我咋知道她家在什么地方？"其他人不知道在劝什么，末了山东人急得跺脚："行了行了，既然她是我救的，我也没法把她丢下不管。那就好人做到底，把她送回家吧！"

"他让你出钱毫无道理。"之前的老人合上车窗，对我说。我重新躺下，拉起毯子盖住脸。

盖在我尸体上的稻草席子因为颠簸逐渐滑落，露出我的上半张脸。太阳正在落山。晚霞飘满了半边天，倒映在我布满血迹的眼珠里，显现出一团棕灰色的斑块。我躺在板车上，现在正身处荒野，耳边响着虫鸣、归鸟的叫声、风拂过野草的沙沙声，还有一下接一下锄头插进土里的声音。一个赤膊的男人正挥舞锄头，在地里刨出人形大小的坑。他身后草地上，被草席裹住的是我的"同伙"。显然这家伙也遭遇了与我一样的命运,被巡警乱枪打死。我们停尸了一天,昨晚两个验尸官还在讨论我们会不会跟亮方、额克登一样枭首示众,从结果看某位官员应该发了善心,又或许担心再次激起事端,所以放过了我们,让我俩能保留全尸。眼下我们正躺在这荒郊野外等待下葬。

"我要走了。"车夫摆弄着骡子的缰绳,一圈圈缠在手指上说。

"你走了我怎么搞?"

"我管你怎么搞。"

赤裸上身的男人停下手里的动作吭哧吭哧喘气,指着端瑞像山一样魁梧的身躯说:

"我一个人搞得动吗,啊?你看看,我一个人可以吗?"

"我管你的,我要走了。"车夫讪笑着。

"你有良心吗?"

"我要走了。"

"你跟我一起把他拖到里头去啊。"

"我凭什么帮你搞?哼哼,我凭什么?"

最后,他们还是合力把端瑞拖进那个又大又深的坑。车夫蹲在一旁看他用木铲填土,直到垒成一个齐膝高的土丘。下一个是我了。锄头抡在半空中深深啃进土里。嚓……嚓……接下来我就要被扔进去了吗?我就要被埋在这无人知晓的乱葬岗了吗？这就是我的葬身之地了吗？临到关头我非常恐惧，急切地想要逃离。伴随这个念头奋力一挣，我坐起来了。但我很快发现自己不是真的坐起来了，而是脱离了那具肉身。一开始，我不知所措地站在路边，呆呆地看着挥动锄头的男人、叼着狗尾巴草的车夫、温顺等待的骡子，以及我那僵硬的尸体。我在夕阳与橘红色的晚霞下发呆。直到他们开始搬动我的尸体，我的心中一阵悸动。我想叫却发不出声。我没法发出任何声音，他们也看不见我。我成了一个幽魂。一铲子接一铲子的土扬在我脸上，渐渐埋没我的口鼻（不公平的是，他们没给我弄草席）。我悲哀地看着这一幕。我的尸体已经开始腐烂，昨晚好几只蝇子钻到我嘴里，产卵后爬出飞走。蛆虫已经孵化，啃食着我的腐肉……我可不愿跟它们做伴。

骡车重新上路了。我对我的肉体恋恋不舍，在我的坟茔前徘徊。我不知道接下来去哪里、该怎么办。迷茫了一阵后，我跟在车后面，跟随车轮的隆隆声，跟随被车轮压断的野草。我想追上他们，但我没法奔跑，只能看着自己被越甩越远。就在我快要放弃时，突然间车停了。

"怎么翻？两个人坐得好好生生的，你跟我说怎么翻？"

"都坐在前头怎么不会翻？你看骡子都走不动了！"车夫跳下车叫道。

"它走得好得很！"

"胡说八道，你滚到后头坐去。"

"装死人的地方,你叫老子去坐?"

车夫从鼻子里笑出声,摇了摇头:

"你搬了一天死人,给死人挖坟,还怕坐死人躺的地方……"

"你以为老子愿意?你以为老子愿意?"他跨立在路中央,瞪着车夫,突然哭了。

我趁机登上板车。僵持过后掘墓的男人屈服了,但作为报复抢了车夫的草帽垫在屁股下面。我和他并排而坐。我试着触摸他,直到这时我才发现我没有手,不仅没有手,也没有腿和躯体。原来所谓走和坐都是我的想象,我是一个没有形体的鬼魂。也许鬼魂本来就是无形的,根本不像《聊斋》之类的书里写的那样。说起来端瑞不也死了吗?为什么他没有变成鬼魂?还是说他情愿留在那具躯体里慢慢腐烂?又或者我有某种执念,所以阴魂不散,反而他临死释然了?我有些难以置信。是他怂恿我加入,可以说我是被他牵连而死的,结果他反倒安息了?这不怎么公平。但不公平的事多了去了,有的人能长命百岁,有的人(比如我)横死街头,相比之下这点事根本不值得纠结。我不恨他。就这样吧。

就这样吧,我无可奈何地想。身穿浅蓝色军服的军官抱住双臂站在将军府正门台阶上,透过压低的帽檐环视我们,大声说:"我代表革命军唐司令接受你们的投降。登记好名字,脱下军服就可以走了。都结束了,你们。"他指着我们。我在第一排，第八还是第九个写下自己的名字。我没有马上离开。我感到有一双眼睛正从某处凝视着我，一双黑褐色永不闭合的眼睛正从某处注视着缓慢流动的队伍中的我，就像要永久记录下这一刻。一个士兵忽然走到我跟前，攥着棉衣衣角，结结巴巴问我："恒老爷，现在我们去哪里，回家吗？"我认得他，十八岁，一个腼腆的卫兵，叫菩萨保，三个月前来都统署的。我不知道该怎样回答，忽然感到一阵揪心的哀痛。我觉得我应该在此刻号啕大哭，于是闭上眼扭过头，极力扭曲脸上的肌肉，可无论过去多久，一滴眼泪也没掉下。我应该在这个时候哭的。要是父亲还活着就好了。

枪声撕开了寂静，屋子里像有只野兽在嘶吼。我破门而入，看见父亲胸口的窟窿像泉眼，浓稠的鲜血往外涌，好像永不枯竭，会一直这么涌血，直到流满整个屋子，整个屋子变成血池。我看见我正紧紧抱住父亲的身体。我以一种奇怪的视角观看着我，就像我从我体内抽离了。我朝门的方向望去，男仆和妈子们被屋内的血迹震慑，在血池边缘止步不前；环顾房梁、窗户和墙壁，父亲的血喷射得到处都是。血池中央，抱着父亲的我张大嘴却发不出声音。我的耳膜快要因为耳鸣破裂了。血泉还在喷涌，我身上沾满了血，温暖如热流的血。我很快会被血池淹没，这个世界都会被血淹没。我终于喊出声，啊，啊。我觉得我的叫声十分可笑，像乌鸦在叫，但这个场景发笑显然是不合适的，那该想什么？我看见我正抱住父亲呜呜地哭。呜呜……呜呜……涕泗横流浑身抽搐哭相难看地呜呜哭。我想上前触摸我,但同样被逐渐漫延的血池吓到,吓得宁可后退也不愿沾到血池的边沿。我更想离开这间屋子,到外面院子转转,院子里有棵椿树,但我就像被束缚在这一场景中,哪儿也去不了。

我看见奎善的脑袋装在木笼里挂在城楼上,人群挤得我非常难受。

有十四根柱子,将军府门前立了十四根柱子,木棍支成的三脚架一字排开,额克登他们的十四颗人头依次摆在十四个架子上。我难道不是早就意识到会有这样的后果吗?

我看见数不清的尸体漂在河里,慢慢被浪拍打到岸边。我想闭上眼但又被这一幕震惊得挪不开视线。过了很久,我才从卫兵的呼唤声中回过神。"恒管带,怎么办,要捞起来吗?""得捞起来吧?"我用一个问句回答了他的问句。

对不起……哦哦……对不起……我一边啜泣一边十指紧扣忏悔。

我坐在板车上,但我不知道没有形体的我能不能摆出"坐"的姿态,反正我觉得我坐着。我望着太阳渐渐没入平原的尽头,晚霞被挤压成一道狭长的橙色光带,蓝灰色的夜空已经降临在所有人的头顶。我的心在剧烈地跳动(如果我有心的话），就像从噩梦中惊醒。我经常做梦，梦醒后很多事都忘了。楚卿曾经给我讲过庄子梦蝶的寓言。（楚卿？这个名字又是谁？）也许生死就是一场大梦，也许我正做着一场持续百年的大梦。我不知道此刻我是在梦中还是醒了。听着车轮滚滚的声音，我的心境渐渐归于宁静。一旁的男人枕在草帽上睡着了。夕阳像是给他的肉体涂了一层棕油，突显出他肩膀和手臂强健的轮廓。他短粗的手指捂住小腹，躺在我刚才躺的地方。虽然触碰不到他，但我还是尽量避开他的身体，待在板车的另一角。我不知道他们要去哪里。我只想在车上多待一会儿。

二

我做了一个长梦。梦里我死了，被处刑式地枪毙，扔到某个被野草掩没的义冢。我枕着手臂侧躺在马车上，耳边的马蹄声不紧不慢。当我回忆梦的细节，梦里的一切忽然飞速消逝了，只在我耳中留下一串白噪声。我喜欢听马蹄踩在地面清脆、富有节律的足音，也喜欢听车轮碾动发出的持续不断的闷响。我应该是被这样的声音催眠了，从下午睡到傍晚。自从我离开齐齐哈尔后，这是我睡得最舒服的一觉。火车上，发烧咳嗽加上车厢憋闷的空气让我呼吸困难，休息不好；汉口下车，在租界换上轮船后我又晕船了，一连三天没有吃多少东西。早知道我该坐英国的船，这样晚上出发睡一觉早上就能到。现在，我的病几乎痊愈。我的肺经过乡间小路上泥土、树木、枯草的各种自然气息的熏染，重新变得充满活力。这让我稳稳当当睡了一觉。

冬天天黑得真快，加之一天都是阴天，不知不觉大地像是覆上了一层灰黑色的薄纱。金进宝的背影随着持续的颠簸左右摇晃。看样子进不了城了，我得在城外找地方过夜。如果是以前，城门关了还可以塞钱给守卫溜进去，现在不知道。我没法抱怨，这不怪他。雇他之前他就告诉我他的马是老马，走不快。听说几天前驻扎沙市的军队因为裁军和欠饷，人心浮动，闹出哗变的风波，刚被镇压。便河码头封了，不然坐渡船不用一个钟就能到。我不想徒步进城，那得走两个多钟头。好在这个十五六岁的少年帮了我的忙，愿意捎我一程，容许我坐在空荡荡的板子上。说实话，我喜欢他的这股天真、傻乎乎的劲儿。他嘴唇上生长着稀疏发黄的胡须，声音沙哑，还没有完全变成成人的嗓子，思想也单纯得像孩子一样，我说什么就信什么。他好奇我的口音，问我是哪里人。我告诉他是北京人。他乐呵呵地说：

"哈哈，我还以为您是满人。"

我沉默了。我劝你别说自己是旗人满人给自己找麻烦就说自己是北京来的汉人而且还要把姓也改了恒丰一听就知道是满人把恒改成常吧反正意思一样我知道了谢谢您别说什么谢谢我认识你父亲在热河时见过面你父亲不在了能帮一点是一点你就在我这里帮着练兵吧这儿还好北方不像南方南方净是些革命党。我接着他的话说:"我不是满人,我是从北京来的汉人。"您是咱们荆州旗人的骄傲将军对父亲说转头指着我说他将来也会和您一样。

"您的口音跟他们蛮像啊。"

我抱着膝盖坐着,点了点头:

"是的,我们口音差不多,都说北京话。"

"所以刚才那些赶车的不愿意拉您,他们以为您是满人。现在大家都不喜欢满人,蛮少跟他们打交道。"

"为什么,以前城里不是有很多满人吗,满城那里?"

"不晓得,革命了大家就讨嫌他们了。现在沙市马路上拉洋车的都是他们满人。我没怎么跟他们讲过话。"

"以前半个城住的都是。"

"您在城里住过吗?"他问我。

"去过,待过一段时间。"我说。鞭炮响起来了,我捂住耳朵躲进门里。为了远离吵闹声我去找好儿。她没在屋里,我找了一圈最后在后院见到她。她一个人蹲在那棵老椿树下。我走到她身后笑着说,他们抬了好多东西过来,几箱子衣服首饰,还有猪啊羊啊……她没理我。我发现她在哭。我问她怎么了。她还是没说话。我只好安慰她别哭了。

过了一会儿她才开口,你们都要走了,就剩下我一个人了。

什么叫你一个人,我不是还在武昌吗?放假我还可以回来看你呀。

她又不说话了。我接着问她,爹要调去热河,你难道跟着去热河吗?

我愿意去。

别说傻话,妤儿,你怎么去,你知道热河在哪儿吗?别胡思乱想了。爹他就是想赶在调走前看你完婚,心里少个牵挂。你别让他担心。

她又不说话了。

你别乱想了。他们肯定能照顾好你。我是跟煦伢子一起玩大的,小时候我们一起去草市看戏,他爹还抱过你,你忘了吗?

我记得。

他品行不错。他们能照顾你。你嫁过去我们都能放心,明白吗?

嗯。

明白那怎么还哭呢,别哭了呀。

我想起娘了,她要是还在就好了。

唉,不哭不哭。

我领她去前面屋子看热闹。我们躲在帘子后面偷看。我把将军指认给她。将军在和父亲说话。这时叔叔和婶子从后院过来，经过我们身边。

恩将军来了吗？叔叔问我。

嗯。我回答道。

他急匆匆走进客厅。婶子拉着妹妹的手。嫁过去就要当他们家啊。他们家里一向看重媳妇。他们觉得姑娘嫁到别人家了就是外人，媳妇是自己人。以后你要当他们家啊。

妹妹眼睛又红了。

不哭不哭。我只好继续安慰她。煦伢子人很好的，他会照顾你的。

不哭不哭，别在病人跟前哭，我一边回头对妤儿说，一边坐在床头握住煦伢子的手。他的手像冰一样，令我吃了一惊。我跪在地上，脸贴住他的手背。我想把他的手焐热一些，但无论我怎么努力它依然冰得像冬天的铁。我应该怎么做？也许我该表现得更伤心些，先面露忧色，再在适当的时候落泪，最后说几句保重的话，然后就可以走了。就像有个声音在指导我一步步怎么做。煦伢子，煦伢子。我呼唤道。他微微睁开眼看了看我。煦伢子，煦伢子。我继续叫道。他闭上眼不再理我，嘴巴像死人一样张得大大的。

快叫啊，婶子抚着我的后背说。我瞪大眼睛震惊地看着这一幕。快叫娘啊，婶子推了下我，我没站稳，几乎打了个趔趄。我不满地喷了一声，喉咙干巴巴地叫不出声。母亲在床上一动不动，嘴巴张得大大的。快叫啊，叫娘。娘。我叫道。

娘。我一声接一声叫道。娘，娘。母亲哼了几声，如同噩梦中发出呓语。娘，娘。我继续叫道，一声比一声大，就像是要将母亲从梦魇中唤醒。突然母亲扭动身体大声呻吟。屋里其他人围过来安抚她。我被婶子带走了。

不哭不哭，我把好儿从煦伢子的病榻前带走，像哄婴儿睡觉一样轻声重复着。可是转念间我意识到其中的荒诞意味：难道我让她不哭她就会突然不流泪、不伤心了吗？她依然低头抹着眼泪。爹在宁夏练兵回不来，你给爹发电报了吗？还有爷他们呢，都发了吗？怎么突然病得这么重呢？我东一句西一句仿佛在自言自语，为的是掩饰我内心的慌张无措。我十分清楚（想必他家里所有人都十分清楚），煦伢子已经时日无多了。我实在不知道该怎么安慰她，无法想象她以后该怎么生活。要是一切能快点结束就好了，快点死掉，快点办完葬礼，好让我快点赶上沙市的末班渡轮逃回汉口，我一定买更快的英国船票，晚上上船睡一觉早上就到了……我小声对她说，不哭不哭，千万别在病人前哭。

怎么办，哥，怎么办啊？好儿望着我。

我陪着你，不要怕，我陪着你。我摸了摸她的脑袋。

"啊——啊——"金进宝哑着嗓子大叫道。天越发黑了。当我们两个都沉默不语时，一种令人不安的氛围便在周身蔓延。每当沉默得太久，金进宝就冲着黑暗深处啊啊大叫。

"常老爷，"他找我说话，"我也想去拉洋车。"

我的脑袋抵在冰凉的木板上,我抱紧身体蜷成一团。我感觉自己是烧尽冷却后如煤渣一样脆弱易碎的东西。

"常老爷!常老爷!"他不停叫我。

我有气无力地回应了一声。

"拉洋车赚的钱多。但我太瘦了,拉不动,我大哥叫我过几年再去,他安排我去拉洋车。"

我沉默着。

他又一次叫道:

"啊——啊——"

我终于忍不住问他:

"金进宝,你很害怕吗?"

"啊?"

"你怕黑吗,还是怕鬼?"

他反而默然了,我能清晰地听见他的鼻息声。消停了一会儿后,他压低了声音对我说:

"常老爷,晚上不该说那个。"

"什么?"

"不能说那个字,晚上说那个容易招那个。"

"招鬼吗?"

"嗯!"

"好吧,那你也别再叫了。"

"这是爹爹教我的,走夜路的时候大叫可以把那些东西赶跑。吹口哨也可以，我不会吹口哨。"

"我也不会。你别乱想了，没有什么那些东西。我们有两个人，那些东西不敢招惹我们。你安心驾车吧，早点到草市早点休息。"

"哦。"

我保持蜷卧的姿势不动，气息均匀地呼吸着。他是自杀的。我对好儿说。父亲开枪自杀了。她瘫倒在地上。我没有流泪，没有悲伤。就像悲伤流泪的是另一个我，那个我是一个如蝉蜕般的躯壳，而我是面无表情静观的我。我能看清妹妹脸上被泪水打湿的毛孔、咧嘴露出的牙龈、耳垂上的痣。我看得一清二楚。快点哭吧，快点办完丧事，快点下葬，所有这一切全部统统快点结束吧。

"啊——啊——"

金进宝的叫声又一次吓了我一跳。我克制着不满的情绪坐起来。"金——"我刚开口，马发出一声惊叫。车突然停了，马在原地跺蹄子。我扭头望去，发现四五个黑影渐渐朝我们围过来。我感到血液涌到颅顶。我忍受头脑发涨，在黑暗中睁大眼努力看清它们，但只能看出一个轮廓。最前面的影子蹿到马跟前，猛地抓住辔头，接着抽了金进宝一个耳光。

"下来！"他对我们下达命令。

金进宝像挨打的狗一样呜呜呻吟，老老实实遵循指示滚下车。我站立在板车上俯视他们。他们一边和我对峙一边叫道：

"再不下来，先把他杀了，再把你杀了！"

"等一下！"我大声说道，"我听你们口音像是旗人——你们是什么人，拦我的车做什么？——你听我口音，我也是旗人。"

他们看上去就像一根根漆黑的石柱，无声地矗立在我周围。我虽然看不见，但能感觉到他们之间那种面面相觑、不知所措的氛围。过了好一阵，为首的人对我说：

"既然你是旗人，那就有话直说了。不瞒你，咱们确实是旗人。最近手头为难了些，想找你拆兑几个钱应应急，就请你拿点出来周济咱们一把。你痛快点儿，咱们绝不害你的性命。"

"借钱的事好说。既然都是旗人，方便报个姓名吗？"

"我叫什么，跟你不相干。"

"你是怕我知道了告官吗？你大可放心，我是想都是城里的旗人，说不定认识，也许从前还是一个旗的。"

"你就当认识咱们吧，那更得多掏点儿出来救济咱们才是。"那个男人停顿了片刻，问道："你叫什么？既然你想认识我，不是该自报家门吗？"

"我叫恒丰。我的父亲，以前是左都统，叫恒龄。"

"噢……"

他们不约而同发出惊叹。说话的男人快步走到我脚边，仰望着我激动地大叫大笑：

"恒大人！我知道！当然知道！您是恒大人的儿子！……我知道您，真没想到是您啊！……我叫端瑞，以前在武昌营里当兵，跟您在一个地儿，后来逃回荆州了——恒大人！哪个旗人不知道他呢！（他拿手指了指身后）……有救了，在这儿遇见您了！……"

我跳下车，他们一个接一个过来同我打千。我这才发现端瑞身形异常健硕。他忽然局促不安地对我说：

"恒老爷，现在天晚了，道儿不好走，不如找个地方落脚歇息。咱们那儿有住处，不怕您嫌弃，十来个旗人扎堆住，要是知道您来了，大家一定很高兴……要是您愿意的话，呃，您能不能……是，同住的有十多个，附近还有不少，多多少少加起来有五十个？没数过……您要想见见大伙儿，我立马把人召集来。是您的话，他们一定都愿意来——我们正愁没一个有见地的人主持大局。您去了，大家都会听您的……"

我不太想跟他们这些人扯上关系，但我不得不考虑拒绝他们的后果。也许他们会突然翻脸，收起对我的尊敬继续勒索我。人总是这样，因为什么微不足道的理由一会儿恨你一会儿爱你。打定主意前，我愧疚地对金进宝说，是的，你看见了，我其实是旗人，你愿意跟我一同去吗？出乎意料的是，他答应了。他真傻，换作是我的话肯定逃走了，又或许他和我一样顾虑重重，找不到借口脱身。最后我们重新坐回马车上。端瑞在前头引路，我们一行人摸黑穿过一片树林。黑暗中的树干仿佛巨型守卫一样，将我们团团围住，和黑夜中许多其他事物一同目送我们经过。这比在走夜路时讲鬼故事更令人不安。从树林出来，我们又走了几里，最后到了一处庙一样的地方。我已经完全分不清方向了。倘若他们把我和金进宝两个杀了也没人会发觉吧。推开木门，火光照亮了进门的路，也照亮了他们的脸。这些人脸上不是什么凶神恶煞的面容，都是些平平无奇的面孔。一旦看清他们的脸我就一点也不怕了。

屋子中央的柴堆安静地燃烧着，看样子这地方已经完全毁弃了。

"没人管，我们就住进来了……"端瑞解释说，一边大步跨入门内一边呼喊，"喂！起来，都起来！你们知道我遇见谁了吗？恒都统恒锡九大人的儿子！他来帮咱们了！我把他带来了！"

木头燃烧的味道中混杂有一股发酵似的酸臭味。围坐在火堆旁的人像关节僵硬的老人一样缓缓起身，睁着黑洞洞的双眼愕然望着我。我不知道该说什么，一个身影突然冲过来紧紧抓住我的双臂。我感到对方身体传来的一阵接一阵剧烈的颤抖。我还没反应过来，他跪在我跟前声嘶力竭地号哭，上气不接下气地喊道：

"是我呀！是我！……您记得我吗？我是奎善啊！您忘了吗？和煦二爷一起，有一年您从武昌回来，跟您吃过饭……您忘了吗？"

我浑身打了个冷战。城墙上挂着脑袋，我被挤得很不舒服。

"是你啊！"

"是我，哈哈，是我，我成这副鬼模样啦，没认出来吧，呜呜……成这样了，真难受啊，呜呜……"

我不停安抚他，直到他渐渐平复了呼吸。城墙上挂着他的脑袋。但他始终攥住我的衣袖不放手，好像我会突然抽身逃走似的。

我问他：

"你怎么在这里，我听说你不是去杭州了吗？"

他别过脸重重地叹了声气，不论我怎么追问也不愿说。我又一次环顾四周，映入我眼中的是一张张冷漠麻木的面容。这时奎善哆哆嗦嗦带着哭腔哀求道：

"带我一起走吧，可千万别丢下我啊！……"

端瑞走到我身旁，倏地坐在蒲草席子上。

"您为什么回来？"端瑞问道。

我凝视着脚边跳动的火光。

"我来找我妹妹。"我说道。

"啊？她怎么了？"

"他们没去北京，不知道去哪儿了。"我平静地讲述道，轻轻抚摸着右手手背。

"不能够啊……她没跟季家一道儿走吗，他们没带她吗？"奎善惊讶地问道。

"是的，我接到电报，我叔叔从沙市发来的。之后我去北京找季老爷，他说没有，我妹妹是和我叔婶一起走的，没去北京。"

"所以您回来找她？"端瑞问我。

"嗯，找她，弄清楚到底怎么了，找到了就带她回北边——你们呢，你们是怎么回事？"

"我是去年从武昌逃回荆州的。"端瑞低头，说话的声音因为愤怒而抑制不住地微微颤抖，"那天晚上被同一个队的汉人偷偷放走了，捡了条命。我们平日关系还不错。其他营的就惨了，听说把旗人全杀了。我跟另几个旗人连夜冲过江直奔租界，找了条船逃回来——您那会儿是怎么脱身的？"

"我祖父去世了，赶去四川奔丧，提前从武汉走了，不然我可能也死在那天晚上了。"

"唉，都是命。后来碰见您父亲恒大人回荆州，我就又入伍在他手下当差，后头的事您知道的，全完了，投降了，革命党给俩遣散钱打发我们去别处，可您知道，我还好，像他们这些人大半辈子没干过正经营生，别说小手艺，就是种地也不会，发点钱也没法活啊。没有钱，又找不到事做，慢慢落到这种地步了……但凡有一丝办法，谁愿意干这事呢？……咱们几个一开始去沙市找活干，到哪儿都不受待见。只要听口音是旗人，谁也不肯把事给你做，没辙儿只好又偷偷溜回来，身上钱用光了……只要攒够去武昌的钱，就不在这儿了……"

"咱这还不算最惨的，嘻嘻，最惨的是他，嘻嘻。"一个旗人袖手站在墙边，朝奎善努努嘴，笑着说。

奎善突然又哭了。他匍匐在地上，像哮喘发作的病人一样边哭边大口吸气，断断续续说：

"我原打算搬去杭州，谁知道路上遭了劫，什么都被抢了……我一手一个牵着我俩姑娘，牵着她们慢慢往回走，想回城里找朋友借钱……没有钱，路上实在太饿了，太饿了啊……我把我俩姑娘……我把她们……"

他的身体紧绷着，异常艰难地从嘴里挤出几个字：

"卖了啊！……"

一根麻绳从城墙箭垛上垂下，绳子上挂着木笼。

不知是谁在角落里冷笑了一声。

奎善忽然爬起来，发狂般一边磕头一边恳求我："求求您帮帮我，给我点钱，我去把我俩姑娘赎回来，救命的钱，救救我吧！……"

"他见谁都这样说。"端瑞瞥了一眼奎善说，"您瞅瞅，咱们这儿谁有钱给他？他又说进城去找别人借钱。咱都想进城，可他们放话了，谁敢偷跑回去就逮谁。他自己也怕死，一直这么耗着。"

我没有答应也没有回绝。奎善双手合十，泪眼汪汪地望

着我,一边笑一边咬紧嘴唇说:

"我明白您肯定也有您的难处。不然您带我进城,我自己去找吉家要钱。我跟他们家是老交情,他们还住在城里没搬走……对,找他们要钱!要到钱就把俩姑娘找回来……"

麻绳从城墙箭垛上垂下,另一端吊挂着木笼,木笼里装着人头。太挤了,我得抽身从这里逃走。

我最后还是点头答应了。端瑞踢了一脚柴火,顿时飘起一片火星。他嘟囔着:"没想到您家也出了这样的事。"接着忽然指了指外面,小声邀请我借一步说事。

我跟他走到门外墙边,他神秘兮兮地对我说:

"老爷,我有一个计划。"

"计划?"

"是的,能救我们所有人,但需要您帮我。"

"还请你说得更明白些。"

他的声音压得更低了,几乎是从牙缝里咬出来的:

"咱们潜进城里,杀了革命党!"

他不禁放肆了些,稍稍提高了声音:

"是的,刺杀他们!——都是这起子人害得咱们一个个成了这鬼样!——杀了他们,一个个杀干净,抢一笔钱,把咱们的钱抢回来!"

他接着说道:

"我同您说实话,有位北京来的老爷找到我,说他手里有枪，炸药，什么都有……他们是宗社党，您听说过吗？如果您领导我们，咱们就能报仇……"

他停下来观察我的反应，试探着问我：

"您觉得怎样呢？"

"没意义。我们已经回不去从前的日子了。"我说。

他的眼里渐渐含满泪水，激动地质问我：

"您不愿帮我！您看一看我们，难道真的狠心吗？——我们连狗都不如！要是您父亲恒大人还在，他忍心看旗人这样受苦吗？"

"他已经死了。"

"可是您还在。您是咱们旗人里的勇士、英雄，您也是您父亲那样了不起的旗人！"

"我没有你想的那么高尚。"

"不……"

我打断了他的话，说：

"我认命了，而且我劝你也这样想。"

我转身进去。端瑞紧随在后，压低声音反复劝我。来到众人面前他才不得不暂时闭嘴。留在庙内等待的奎善看到我们回来急忙起身。"怎么了？"他问我。我没有回答。端瑞冲着其他人叫道："恒老爷会帮我们的！"说罢愤愤不平地背对火光躺下。

这会儿要是在城里多好。刘平抱怨说。

我将油灯举过头顶。天好像裂了道口子，鹅毛般大的雪密密麻麻飘满了天地之间。一张口喉咙里呛得都是雪絮。我得把腿抬得老高才能在雪地里行走。

在城里烤火喝热酒至于这么辛苦吗？他拽着缰绳继续说道。

我们三个没人理他。走在最前面的士兵朝我们大喊，让我们跟上。

您在南方见过这么大的雪吗，那儿下雪吗？刘平问我。

下，隔一年一次，没这么大。

他冷笑了一声，对其他人说，常长官是武汉来的，武汉的士官学堂毕业的，不习惯咱们齐齐哈尔的气候。

到了。前面的士兵折返回来对我们说。

我们爬上山丘，在卫所门口拍掉身上的雪，随后把马牵到角落擦干毛发，抱来干柴点燃，屋子里很快变暖和了。

这鬼天气出来真是受罪。刘平煮着雪说。

你能闭嘴吗？

他吃了一惊，停下手里的动作看着我。干吗把气撒在我身上呀？他反诘道，越说声音越激动。咱们就没必要非得在下雪的时候出来，迟几天，哪怕不去巡查也没事。这里他□的就跟武汉不一样，营里的事没人上心。

我对于他的傲慢态度感到不可思议。我的权威居然被这家伙挑战了，我站起身，手指着他的脑门，而他竟然甩开我的手。

不想干可以滚回去。我怒吼道。

你叫我出去我就出去，啊，你叫我出去我就出去。

我以为其他人会来帮我解围，但他们坐在原地冷冷地盯着我。好吧，我知道了。我一屁股坐下。不用抱怨了，我知道你们对我一肚子意见，要不了多久我就走人了。

没人问我要上哪儿，也许他们庆幸我终于要滚蛋了。我也懒得跟他们废话，裹上羊毛绒毯躺下了。没多久他们也睡了。

大约是半夜，我突然被许多双手粗暴地拖出毯子，一直拖到门外，然后推下斜坡背后的断崖。我重重摔在雪里。昏迷了不知多久，我在某个瞬间猛然惊醒，发现大半身子都被冰雪覆盖了。冰凉的雪片持续不断地落在我脸上。我被伸手不见五指的黑暗与四面八方袭来的风雪包裹。我大叫了一声，但没人回应，叫声就像投入漆黑大海的一粒石子。刘平！我又叫道。我的声音瞬间被狂风卷到十万八千里之外了。我站起来，捂着摔疼的胳膊步履蹒跚地摸索回卫所的路。走了一段之后我突然怀疑自己是否走错了。也许我已迷失在了茫茫大雪中，离同伴和温暖的火堆越来越远；也许马上我就会栽倒在某个不知名的沟渠，被一层又一层雪掩埋，等到来年开春雪化后人们才会重新发现我冻得硬邦邦的尸体。在陷入更深的恐惧之前，我一步接一步跋涉在厚厚的积雪中，挥动着失去知觉像冰铁一样的双手爬上坡面。

我推开门,绕过地上假装熟睡的人们,气喘吁吁坐下烤火。我知道他们在装睡,一个也没睡,而我只能假装无事发生。这时我脑子里想的全是"如果父亲还在就好了"。

火堆在半夜不知什么时候熄灭了,天刚亮的时候只剩下一堆焦黑冰凉的木炭。我推醒金进宝和奎善,叫他们预备动身。有两个被我们说话动静吵醒的旗人缩在破棉絮中,睁着水汪汪的眼睛窥视我们的一举一动,其余人用被子紧紧蒙住头继续睡觉。

端瑞也醒了,跟着我们出来。准备马车的时候,我告诉他:

"别指望我了,早做别的打算吧。我不像我父亲,我一点也不伟大。"

端瑞依然以急于反驳的姿态望着我。我嘴角抽动了下,说:

"我是一个龌龊的人。"

她晕倒在地上两腿间一片红色我赤裸的下身也沾着黏糊糊的血我打了个冷战感觉恶心想吐。这丑陋的一幕令我也忍不住移开视线。环顾四周,这一切发生在灶房。我从卫所回到家后,在瘦小的女仆同我开了不合时宜的玩笑后,在干草与柴火堆中间侵犯突然发生了。我睁大双眼,屏住呼吸,像是有人在注视着我。外面的风拍打着木窗，从刚才到现在一直砰砰作响。被人注视的我非常窘迫。

我闭上眼，低下头，呼吸颤抖，浑身沉重无力。我感觉一个拇指大小被羊膜包裹沾满腥臭黏液的胚胎在我上颚形成，悬挂垂落，连接处的系带筋膜即将撕裂断开。"我强奸了父亲的婢女。"这句话马上就要同那个胚胎一起从我口中滑脱而出，而我也将感到前所未有的轻松，就像疲惫不堪的人终于支撑不住倒头大睡。但在最后时刻仿佛有一双手扼住了我的咽喉，一瞬间将这股溃散松懈的劲头掐灭了。

我迫不及待洗干净身体还用热水烫了一遍又一遍我抓着她的头发把她拖到屋里用热水冲洗她的下体不要哭了我恶狠狠地威胁她但其实我心里十分害怕。我像一头野兽，外表残留着人的形状，语言和思维已退化为兽类。我一动不动，审视着这头野兽。

我继续说道：
"你们把我当英雄，但我不是。我救不了你们，我什么都不是。"
端瑞突然低头啜泣，哭得像个孩子一样。
重新上路后，我躺在车上问道：

"我说,金进宝,为什么我骗了你,你还愿意继续跟着我?"

"啊?因为您是一位大人物啊。"

"我不是什么大人物。"

"昨晚上我都看到了,听他们说了,您是满人里的大人物。我愿意跟着您。"

"你搞错了。"

"他就是。"奎善说,"那时候我们总觉得您傲气。我们跟煦二爷玩得到一起去,您跟我们格格不入。我们都觉得您看不起我们。"

"哈哈,有吗?"

"有。那时我们想,谁都知道您将来是要做大官的,可现在不是还没做吗,就这么瞧不起人呀!"

"那是因为你们抽大烟,我觉得乌烟瘴气。我父亲和我都是很反感抽大烟的旗人的。"

"所以说我这样的人真是活该呀,不然怎么会变成这样。"

"别说了,我最后不也没做大官,最后不也落得这个下场了吗?"我自嘲道。

总而言之,我的返乡之旅很快就要结束了。大概不久以后我就会和金进宝、奎善他们分别。齐齐哈尔的冻土、逼仄的火车车厢、轰鸣的汽笛,一切都过去了。我又回到这里,回到了我的出生地,我父辈、祖辈(最远能追溯到哪一代呢?)的埋葬之地。熟悉的景象接二连三闯入我的视线。起初我觉得轻松,但这种感觉没持续多久,我的心又一次变得沉重。在接连几天阴沉暗淡的天空之下,灰蒙蒙的城墙像一座崩塌的矮山。我站在它的对面,宽广的护城河将我和它分隔开。望着河中央仿佛静止不动的驳船,一上午就这么过去了。我又回来了。

跟着车夫和掘墓的男人,我又回到城里了。严格来说其实不是城里,还在城外,离城门只有几步路,能看见城墙的影子。他们斗了一路的嘴,我从他们的争吵中知晓了他们的名字。驾车的叫屈万,挖坟的叫熊丑。他们俩把骡车停在某处院子里,没有进城,商量今晚要参加一个集会,什么"狗字堂"的集会,听起来像是哥老会的名字。不巧的是,他俩把今晚的暗语忘了。他们已经和好了,肩并肩出发寻找火神庙。我没有再跟着他们。他们和我有缘,陪伴了我一路,但我不可能永远跟着他们吧。当然,我也不知道该去哪里。我认不出这是什么地方。我理应记得,但就是认不出。我死后记忆错乱了,脑子里想的东一会儿西一会儿,有时记得有时又忘了。比如此刻的我清楚地想起自己名叫恒丰,是个旗人,曾经是军官,但我无法记起我过往的经历;过会儿我又陷入某段回忆,其中的细节记得清清楚楚,回忆中甚至能看见自己,但又忘了自己的名字和身份。看来打在我头上的那一枪应该把我脑子搞坏了,就像镜子摔碎后被错误地拼接在一起,我的记忆也东一块西一块的。

我"坐"在一条河边,这应该是护城河。天黑了,但我不困。确实，幽魂怎么会睡觉呢？不会睡觉也不会疲倦。我感觉自己平静得就像一块石头，可以这么坐一整天，一整月，一整年……一直这么坐着。如果我不思考，时间过得时快时慢，而我一旦想什么，又极容易走神，思绪不知道跳到哪里去了。

突然，我变得非常亢奋。我感到"头脑"发涨，"呼吸"急促，"太阳穴"在突突跳动。我意识到我在发怒，而且那双看不见摸不着、只存在于我想象中的手又痛又发抖。我的脑子里回响着一个数字：八十四。八十四代表什么？八十四这个数字有何特别之处？然而关于"八十四"的一切几乎消失了。我不停思索，毫无头绪，过了两三个小时，我才隐约想起这不是数字，而是一个人名。随着这个名字而来的是一阵厌恶感。这种感觉就像梦醒了一样。梦醒后我记不清跟"八十四"之间发生了什么，但暴怒的情绪依然残存在我身上，过了一会儿才渐渐消退。

我这么干坐了一晚，直到太阳升起。这是我脱离肉体变成精魂后第一次天亮。我还以为我会在阳光照射下魂飞魄散，结果没有。我的面前渐渐聚拢起人群。守卫打开城门，我们排起长队，缓缓走入门内。我混在人群中，虽然没人看得见我，我还是规规矩矩排队，跟他们一同穿过城门洞。

这个时候，我看见了我。我正被远处沉闷的敲击声吸引，一脸迷茫，站在路口不知所措。我知道那个人是我，这对我而言是清晰自明、不言而喻的事实，而看见自己，我不觉得惊奇，很自然地跟上我的脚步，保持在我身后两步之遥的距离。我听见金属敲击着硬物，我听见每隔几下就响起一阵吆喝，我跟着我走。我停在一面高墙之下。高墙上站着五个男人。他们光着膀子，浑身冒白气，抡起铁锤一下接一下砸向脚下的砖石。这道界墙打我出生起，甚至我祖父出生的时候就在这儿了，像栅栏似的把城的这一边同那一边隔开。

突然一块砖落下，下头捡砖的人慌忙躲开，仰头骂了一句娘。他把地上的砖一块块捡起来放在竹筐里，然后挑起扁担，经过我面前时看了我一眼，说：

"你叔之前总跟那家伙混在一起，问他就对了。"

"上哪里找他？"我问道。

"赌钱和喝酒的地方。"

我让开道，按他告诉的地址穿过尚未拆除的界门门洞，沿着北界门内大街往东走了百米，转到北边官将军巷子。巷子尽头是一间瓦房。门很矮，我低头走进去。进门右手边靠窗的竹床上和衣躺着一个男人，看起来宿醉未醒，余下六人在屋中央掷骰子。我注意到其中一个人，比周围人矮一个头。此刻他好像被逼至绝境。其余赌徒冲着他狂笑。他屏住呼吸攥紧拳头掷下骰子。三个骰子停止旋转的瞬间，屋子里爆发出阵阵惊呼。

"你叔叔还欠我十两银子呢。"

那个人边喝酒边继续掷骰，漫不经心地对我说。

这一次是坏手气，一下子输光了所有赢来的钱。他朝自己额头捶了一拳，转身下了赌桌。对家在他身后叫嚣："八十四，怎么不玩啦？"他没还嘴。他就是八十四。他走到我跟前警惕地盯着我。

"我知道他的事，但要我开口，得先把他欠的钱还我。"八十四说。

"八十四，别走啊。"赌桌上的人继续叫道。

八十四扭头骂了句，之后吸了吸鼻子，说：

"十两银子，也不多，对你们这样的老爷算不上什么。"

"我找他是为了找一个我至亲的人。"我承接来自八十四轻蔑的目光。我好声好气向他解释："请你念在都是旗人的分上……"

"我这样的旗人可跟您不一样！"八十四冷笑着，"您跟您叔叔是老爷，我们什么也不是。你们从前住衙门，我们睡破房子；你们吃肉，我们吃屎。"

他说话的语气令人生厌，也许八十四跟那些想从我口袋里骗钱的旗人并无不同。我转身走了，八十四没有拦我。没走多远，他又跟上来。我停下脚步瞪着他。

"生气了，老爷？"他笑嘻嘻地说。

"你有什么事吗？"

"跟我走吧。"

"你在跟我开玩笑吗？"

"火气这么大干吗，啊？我们无冤无仇吧。"

"我没有钱给你。"我抱着双臂，直视他。

"我不找你要账。找到你叔叔，我找他要账。"

我被他领着往南走，七拐八拐进到一座院落内。这是新建的房屋，附近的屋子拆了不少，一时间我竟没认出这是哪里。八十四撇下我，掀开靛蓝色帘子走进房子里，向里面的人挨个问好。

"你好，兄弟。"他说，"你好，姐妹。"

他走到一个人面前，弯下脊背，低头问候：

"您好，神父。"

在场众人中，只有洋神父用温暖的微笑回应了他。其他人见到他进来后纷纷停止交谈，板着脸地盯着他。

"他们怕我。"趁神父转身同一位修女说话时，八十四小声对我说，同时故意鼓起眼睛狠狠瞪向那些胆敢盯着他看的人，直到所有人都避开他的视线。

我对这位八十四有了更深刻的认识：他竟然是一位天主教教民。我实在难以将他现在这副模样与他赌场的身姿联想在一起。很快，我深深质疑起他的虔诚：神父布道时他打瞌睡，仪式结束后的聚餐上他吃相粗鲁，吃饱喝足后拿桌布擦嘴。我坐在角落，观察这里人的一举一动。有个听口音就知道是旗人的年轻男人站起来对神父说："我入教是出于私利，后来才知道神父是怎样的好人，也晓得大家是怎样的好人，对我就像亲兄弟姐妹一样。我这才明白自己以前是怎样愚蠢，从此再也没动摇过我的心，哪怕家里人都骂我，要赶我走、跟我断绝关系，我也绝不放弃信仰……"他说着忽然号啕大哭，连同神父在内的众多教民跟着落泪。八十四咯咯发笑，小声嘟囔了一句："傻子！"我更加确认了他的伪信。

但八十四看起来毫不掩饰这一点，在其他信徒异样的目光中坦然离开。走在教堂院子里，他得意扬扬地告诉我：

"这里不用钱就能吃饭。"

八十四又说：

"这里以前是正红旗公所，被革命党没收啦，后来马神父从善后局那儿把地买下了，建了新教堂。"

八十四回头看了看我，说：

"你不用担心，神父认不出你——他分不清咱们中国人的长相。"

八十四又笑了：

"这些日子信教的人变多了。变天啦，一个个跟丢了魂似的，走路垂头丧气，像被阉了。"

八十四冲我挤了挤眼睛：

"你要是没地儿住、没饭吃也可以入教，这洋人傻乎乎的。"

我对此未予置评，而是催促他：

"你快带我去吧。"

八十四忽然停下，一言不发，转头怒视我。我停住脚步，困惑地看着他，不知自己说错了什么话。

片刻过后，他讥笑着对我说：

"你不要以为你还是老爷，想把我当奴才使唤。要不是为了找你们家那位老兄把十两银子要回来，你以为我会答应你吗？别在我面前神气，现在可不是从前了，我也不是你那个逃走的下人！"

"我说过什么'老爷''奴才'了吗？我只是请你快点带我过去，你把我当仇人看做什么？"我感到十分诧异。

八十四松垮的眼睑像皮肤融化后下垂似的，突然间，他又咧嘴笑了。

"因为我最讨厌你这样的旗人。"他笑着说。

"我这样的旗人是什么旗人？"我有些发怒，反问道。

但他没有回答。这样看来，这个人确实不可理喻，难怪我想起此人名字时会心生厌恶。过了一会儿，他摸了摸嘴唇上的胡须，说："你不要生气。我说讨厌你这样的旗人——我也讨厌我这样的旗人呢。"这一次换我没有理他了。

但我不得不依靠他的帮助。他在前面带路，我在后面走。我们往西路过原来的文庙，进到麻雀巷里。周围又是一片废墟，这里的民居拆掉后只留下地基和一地的瓦砾。在废墟的角落有一处孤零零的瓦房。显然，这户人家是少数没有迁走的旗人家庭之一。附近土地的买主暂时没有造屋的计划，于是他们偷偷占了一方地种小菜。

门没带闩，八十四一推就开。光屁股啃手指的孩子与正在哺乳婴儿的女人呆呆地望着我们两个不请自来的访客。她的男人从里屋绕出来，用不算礼貌的口气询问我们有何贵干。

"有个女人，旗人。"我皱着眉，嘴角动了动，"她曾在你这儿待过。"

我觉得再愚钝的人也能察觉到男主人神情细微的变化。女人领着孩子钻进屋内，男人答道：

"是有个女人，说和家里人走散了，留她住了两天，后来自己走了，去哪里我也不知道。"

男人又补充道：

"那都是好几个月之前的事了。"

"她叫什么？"我问道，我的声音在颤抖。

"没说，也可能说了，我忘了。"

我的目光黯淡下来，叹了声气。这个女人像极了妹妹，甚至于可以认定她就是恒好了。我很不甘心，又问道：

"恒大人的女儿——从前正白旗的协领、后来的左都统恒大人，你知道吗？她和你说过她是谁吗？"

"我不记得了，也不知道是谁。我这样的人，她也不会什么都跟我说。什么老爷，说了我也不认得，横大人、竖大人，没听说过……"

一旁的八十四突然厉声呵斥道：

"你说实话吧!"

我扭过头,惊讶地看着八十四,随即望向那男人。

"你这话说得好奇怪!我说的就是实话,骗你图什么?她自个儿来、自个儿走的,跟我不相干。好心给她饭吃,留她住了两天,你赖我做什么?——说到底你们又是什么东西,跑到我这儿找什么麻烦?"

那男人忽然变得恼怒,挥舞双手在屋里走来走去。我不知道八十四的诘难从何而起,面对男主人此刻咄咄逼人的反问我更是不知道如何作答。这时,八十四突然涨红了脸骂道:

"你还在说白话!"

他骂后仿佛犹觉得过于礼貌,于是补了一句冗长的粗话作为平衡:

"□你个□□□养的狗东西!"

八十四从袖子里掏出一柄短刀攥在手里。我吓了一跳,伸手拦下他,压低嗓音叫了声:"喂!"他拿刀指向男人:"说啊!"女人和孩子探出半个身子看向我们。我看见她们一声不吭、像局外人一样呆立着。那两双呆滞麻木的眼睛就像深不见底的黑洞。我打了个冷战。八十四身上这股暴怒劲儿持续燃烧着,他怒斥着:"你再跟老子狡猾!"他太过激动,浑然不觉嘴角淌下一串涎水滴在地上。

突然,男人当着我们面哭了,呜咽着:

"留她住……她说她走散了……自己走了……她们都知

道……"

他指向身后的女人和孩子。八十四一脸不耐烦，威胁要把他肚皮划开、拖出肠子。那男人短促地吸了几口气，但没能止住抽噎。我劝八十四："够了，你把刀收起来吧。"突然女人怀里的婴儿哭了，哭声十分刺耳。女人和孩子仿佛从雕像变成了活人，一起哄婴儿。八十四不满地又一次大叫道："你让我问完！"男人抱住脑袋坐在地上痛哭流涕。我沉默了，婴儿尖锐的哭声盖过了一切声音。八十四再次提议说："你要是嫌麻烦可以先出去，我留下问他。"最后，在某个瞬间，我对这里的一切感到烦恼至极。我突然爆发了，愤怒地对八十四叫道："我叫你把刀收了！"

八十四吐了口唾沫，瞥了男人一眼骂道："这腌臜玩意儿！"我没有理他，蹲下问男人："她的名字是什么？为什么要走？去了哪里？你知道什么说什么，说给我听吧。"男人将头埋进膝间："她没说就走了，我不知道……"我失去耐心了，急于结束这场闹剧，先一步走出门。我站在菜地边等待，但其实外面并不比里面好受。他们用粪便沤肥浇地，气味呛得我不停咳嗽。过了会儿八十四才出来。他哼了一声，说："那女人应该就是你要找的，但他确实不知道她去了哪儿。"接着，他气冲冲叫道："大善人，大老爷，我拿刀只是吓他，不是要杀他——我是知道分寸的！既然你求我帮你，就别来管我怎么做，不然别跟老子一起，免得耽误我的事！"我没有反驳。回首望去，那破破烂烂的屋子有一种游离于现实之外的虚幻感。我感到一阵悲哀。

八十四跟在我身后，边走边说："我早就跟你说让我来问，省了多少麻烦。"我没有接话。八十四仍旧抱怨着："你不要看他哭就觉得可怜。他们那样的人最狡猾，得是捏了他的卵蛋，他才肯跟你说实话。你那样好声好气求他，他不把你耍得团团转！"

"她大概还在这里。"走了很久，我说。

"她肯定跟你叔叔在一起，多半跑沙市去了——他还真不是个东西！"八十四快步跟上我，和我并排而行。但愿如此吧。

我"笑"了。这还是我死后第一次感到愉悦，这说明我还能体会到情感。这样看来八十四是个粗鄙、狡猾、性格古怪的底层旗人，放以前我绝不会跟这种人打交道，正眼也不会瞧他。我有些理解那个梦境的后遗症了，看来我迟早会和他打一架。

我又做了个梦。等待楚卿期间我睡着了，趴在桌上打了个盹。她回来后叫醒我。和往常一样，我记不清梦的细节，但嘴角残留着来自梦境的微笑。我不知道为什么发笑。我抬头注视着她。她依然一身男人打扮：穿着黑缎琵琶褂，革命后剪了辫子，留着中长分头，发梢刚刚盖住后颈，鬓角和分际线梳得极为整齐，抹了桂花油。我觉得我睡了很久，但其实只过了十多分钟，身后红木案几上，三脚黄铜炉内的檀香才燃烧了四分之一。香炉旁的另一张案上摆着一把雪白的花梨木琵琶，上面绘着三朵青花；墙壁上挂着渊明小像，但我记得这里原来是一幅西洋仕女肖像，大约被道学家指责画中人袒胸后更换了；题着谢灵运诗的白屏风隔着房间门口，齐人高的琉璃碎瓷瓶竖立在过道旁。

　　大约是隔壁房间传来的琵琶声与歌声，唱歌的口音是荆州周边方言，我听不大懂，只依稀明白"回头是岸""红颜薄命"几个词。歌声出自小地方妓女之口，技艺平庸，也不算难听。

　　"我打发人去问了。"她说。

　　"好。"

　　"他的事确实很麻烦，但你别担心。"

　　"我没法替他操心，我自己还有一大堆麻烦。"

　　"你脸色确实不好。"她忧心忡忡地观察着我。

　　"我一夜没睡。"

　　"你要再睡会儿吗？里面有床。"

　　"不了。"

　　"晚上可以在这儿歇息，我帮你安排住的地方。"

　　"这太吵了。"我看了眼隔壁的方向。

　　"你现在怎么办？"她问我。

　　"还不知道。"

"暂时在寺里落脚吗？"

"是，奎善出了那样的事，原先的地方我不敢继续待了啊。"我回答道。

我们走到正红旗大街上突然听到有人大声呼救。停下来看见四五个巡警押了一个男人往东边去。那人像被捕兽夹钳住的麋鹿般挣扎哀号了一路。巡警们嫌他吵闹把他按在地上打了一顿，用手指粗的麻绳捆了个结实。一个巡警折返回来走到路边一位骑马的军官身旁，笑着询问他。

您是要我们押到善后局去还是先在我们那里关着？

关在你们那里就可以，等我跟总理讲了再说。

那辛苦您了，关长官。巡警扶了扶大檐帽，笑嘻嘻地说道。

巡警们一边龇牙叫骂一边抬着那人从渐渐聚拢的人群中间闯出一条通道。被抓获男人的嘴巴像快要干死的鲫鱼般翕动，重复不断地从喉咙里发出"啊啊"的呻吟声，令人感觉那不是人而是某种被捆绑的畜类。人们嚽着嘴震惊地注视滴在地上的点点血迹，以猎奇的心态急切渴望看一眼男人的样貌和他脸上绝望的表情。站在左手边的人挤了我一下，我用胳膊推了回去。男人机械地哀叫着，东南边传来暮鼓的咚咚声。金进宝突然伸出手指张口爆发出一声惊叫。他踮起脚望向我，用惊恐困惑的目光寻求解答。看清一切的我感到一种强烈的非真实感。金进宝摇晃我的肩膀令我稍稍清醒，随后我追随在队伍后面，口里无意识地同样发出"啊啊"的声音。我感到自己体内有一个小一号的自己正冲着巡警前进的方向大声呼喊："喂！"那个小小人想要拦下他们，但话到嗓子眼，一个可鄙的念头又强行打消了我内心高涨的情绪。

我不知所措地站在路边远远望着巡警把那个男人拖进了以前右都统署附近的巡警公所。这时，一个掉队的巡警捂着耳朵跟上来，停下脚步向未散去的众人展示带血的麻布以及右耳的伤口。

是个鸦片鬼！巡警愤愤不平地解释说。跑去姓吉的屋里要钱，姓吉的儿子也是个抽鸦片的，被这家伙带着抽，年前抽死了。这家伙拿了遣散费走了又偷偷跑回来找姓吉的要钱，姓吉的觉得自己伢儿是被他害死的，报官喊我们捉走，结果也是背时，这□子养的鸦片鬼把老子耳朵咬了块肉！……

在一阵咯咯的笑声中，我和金进宝匆匆逃离了此地。我很担心奎善把我们供出来。我又害怕又内疚。半路上我迎面撞见刚才那个骑马的军官和随行卫兵。他骑在一匹高大健硕的栗色马上。这真是一匹漂亮的马：深邃的眼窝，直立的马耳，宽阔的胸脯，如山丘般隆起的肩胛肌肉，前肢笔直而坚实地站立着。顺着马头仰望过去，马上的军官面颊像是木雕刻刀凿刻成形，脸上也一直保持着如雕塑般沉静的神情，唯有眼睛除外。这是一双猎人似的眼睛，居高临下审视面前所有人。

我曾经也有这样一匹马，白色的。但我没工夫多想了，我得换地方住。我们赶回公馆收拾好行李，老马载着我们在城里慢吞吞地打转，直到天色渐暗，街上变得异常冷清。金进宝问我接下来要去哪里。在我想好之前，他忽然问我，老爷，您说奎老爷会死吗？

那怎么可能！我吃了一惊，很快这样回答道。

这或许是我第一次近距离观察楚卿，也是我第一次注意到她女性的特征。她有着白皙的面庞，颧骨微微隆起，睫毛细长，鼻子是长而挺的驼峰鼻。她说：

"虽说我只比他大几个月，但毕竟是他的长辈，一定想办法找人捞他出来，之后再帮他找两个女儿。唉，我也是前几天才从杭州回来这里办事，马上又要走，如果再晚一点你就遇不到我了。"

"我还以为我认错了。"

"是，开始隔着街我也以为认错了，因为我记得你们一家是去了北京的。后来叫老周过去看了一眼才敢相认，心里正高兴，谁知道又出了这样的事……"

"楚卿，你又云游去哪里了？"

"去了桂林，上个月才回的杭州，然后坐船回来。"她移开视线，轻轻摇了摇头，"回来打点祖业。我把这儿的东西全卖了。屋子也卖了，地也卖了。"

"我也是，我的祖屋围城的时候被炮炸塌了，只剩下一地砖，后来我把地皮和砖瓦都卖了。"

"卖了也好，不然也难处理。我想我父母兄弟早就不在人世了，平时我又喜欢四处游玩，在杭州另买了房子，大多时候待在那边。这里一直空着，地也租给别人种，于是想干脆从此离开这里。"

"你再也不回来了吗？"我问她。

"也许隔个十年多回来看看吧，但家都卖了，少了许多牵挂。何况我本来就有志游览天下美景奇观，把中国的名山大川看遍，还想坐船去域外看看。我听马神父谈天，说天下本是一个大球，浮在空中，要是从中国出发，环球一周，又可以返还中国。我总想那样走一转。要真的出发了，再回来怕又不知是多少年后了。"

"说实话，我很羡慕你的豁达。"

"你这就说笑了。"楚卿笑眯眯地说，"你难道忘了吗，我们第一次见面时我对你说，我是个女子，这世上没有用我之地，加上我父母兄弟身故时又经历了些事，让我尤为感到人世丑恶，越来越不愿与人交往，这才假托放达，寄意山水，做个悖情离俗的游方外者。与其说我豁达，不如说我在逃避人世哪。"

"是，我记得的，那次也是在这里。"

"嗯，三四年前了吧，那时刚游玩三峡回来，煦伢子还活着。你、我、奎善还有吉星他们，在这里吃饭。"

"是，我从武昌军营里回来探亲。"

"你和我们坐在一起，总觉得难以融入。这也难怪，我们这帮人都是不务正业惯了的，终日没正经事做，不像你有青云之志。那时只见了一面，但我打心底敬佩你。可惜当时有事急着回杭州，只相互报了姓名就走了，说是以后去武昌再去拜访你，但始终没去成。好在你妹妹和煦伢子定亲和成婚，还有新年，我们又会了几次。"

我使劲搓了搓脸，闭上眼对她说道：

"就是从定亲开始，我们家就噩运不断，要是那时候没嫁过去就好了，也许没有这么多事。"

"那时怎么会料到将来呢，一年多就走了。煦伢子啊，本性不坏，跟奎善、吉星那些喜欢抽大烟、嫖妓的旗人不一样，只爱养鸟、斗蟋蟀什么的，心智跟孩子一样。他要是还活着，和妤儿一起生活大概也是幸福的。"

我咬着牙使劲摇了摇头，说：

"我不是这个意思，我是说，他为什么突然死了呢？因为他爹也是这样，做官做到知府，突然病了、痴呆了，娘也是，莫名其妙走路摔死了。这就是噩运，按城里汉人的说法叫'遭孽'。一个人遭孽了，家人也会跟着遭孽，不幸的事就像疫病一样一个传染一个，一件接一件发生，直到整个家族都染上不幸。他被他爹的噩运传染了，妤儿因为嫁给他沾上了噩运，接着是我父亲，下一个是我……"

楚卿愕然望着我，飞快地眨了眨眼，说道：

"人生之不如意十之八九。过段时间等你的事情弄顺了就好了。"

"不，我有这样的预感，大概我会像我父亲一样悲惨地死去。我已经感觉到噩运缠上我了，唯一庆幸的是经历过父亲的事后我已经不怕死，现在只担心死前没有把该做的事做完。"

"你思虑太多了。"楚卿安慰我说，"我这时忽然想起来，妤儿的事，要是你实在没有头绪，不妨去找一人，姓傅，人称傅先生的，近来在旗人里头声望很高，三教九流的人物都乐得结识他，可以请他帮忙打听。"

"有人帮忙比我在街上无头无尾地找好多了，但我没法相信来历不明的旗人。现在走投无路的旗人很多，什么事都敢做，我宁可相信汉人。"

"他不是什么随便的人，我大致知道他的来历，是北京一位旗官的儿子，好结交兄弟朋友。你不放心的话我先去见一见他。他用的是假名。这也不算稀奇，如今满人都取汉姓，不用旧姓了。"

"这我知道。我自己也不用旧姓，把'恒'改成'常'了。"

"这样改倒十分好。'恒'一听便是满人，'常'倒像是汉人，况且'恒''常'互训，不像他们有的改姓张、姓王，与本姓风马牛不相及了。"

"你也改了吗?"

"哈哈,你忘了吗?我名字'楚卿'本来就不是真名呀。"她微笑着回答道。

我们喝过几杯茶水,隔壁的琵琶声与歌声不知何时停了,忽然传来女人的哭声。我们停止交谈竖耳倾听,但没听出原委,没多久哭声变成争吵声,而且异常吵闹,令人心烦。于是楚卿邀请我移步楼下院子里转一转。我们沿台阶缓缓下楼,从后门步入庭院,庭中有一棵茂盛的枇杷树。长尾喜鹊扑腾羽翼从枝头落到地上,不畏人语。

我们绕树散步。楚卿说:

"去年冬天我去南京,在一艘驳船上,船不大,经过两山之间,夜里停泊在山脚岸边,谁知道半夜外头忽然下起大雪。我没发觉,拥炉睡了一宿,第二天推窗一看,天地间鸟兽绝迹,山上白茫茫一色,我不过是这白茫茫中的一点。看见这样的美景,我就懂了什么是'天地与我同一',世上哪里有什么'我',我也了悟什么是'吾丧我'。这样看来,人世间的纷纷扰扰实在没有什么意思。"

她让用人老周去叫车。老周跟我上次见他时比老了不少,应该五十多岁了。站在路边等马车,她问我:

"你的那位仆人呢,还在承天寺吗?"

"我让他办自己的事去了。他去他大哥那儿。"我看出楚卿在担忧我。我笑了笑补充道:"他很可靠,有一点愚蠢,是老实的那种蠢。可惜他不会待太久了,见完他大哥就要回去,看看吧,不知道还能陪我多久。"

没一会儿马车来了。车夫脱下毡帽,一边挠耳朵一边神情木讷地看楚卿和我拜别。

我"坐"在车尾,避开车厢里低头沉思的我。车尾颠得非常厉害,我觉得我随时会掉下去,但实际上没有。马车走了很远,楚卿依然伫立在原地。望着她几乎消失不见的身影,我不禁在想,要是三天后的我答应了她的请求,或者对她忏悔我的罪孽,是不是我的结局就大为不同了?是不是我就不用死了?三天后楚卿伏在桌上,肩膀不住颤抖,边哭边对我说:"这能怪谁呢?只能怪过去活得太没心没肺、太没出息、太不像话了。好了,这样的日子终于到头了⋯⋯"我们在珍园的客房喝了很多酒,相互安慰不要因为奎善的死,我们没能救下他而自责。饮到沉醉,她问我:"恒兄,不如你与我结伴云游四方。"我迷迷糊糊笑了三声。她也笑了。忽然她搂着我轻吻了下我的嘴唇。那只是一团毫无生气的肉块,一动不动,像烂肉一样瘫在四四方方的木笼里,悬挂在女墙上示众。她凝视我的双眼。我第一次这么近观察她的眼睛。我始终无法看清人头的脸:那是张既熟悉又陌生的脸。他闭着双眼、下巴垂下、嘴巴张大,就像睡着了一样。我身边的人仰头拉长脖颈急于看清死者脸上的表情。我们炽情高涨地拥吻在一起。她比我大七岁,雪白的腹部有了赘肉。我急于从层层叠叠无数个攒动的人头、无数张渴望的面孔中挤出去。持枪的士兵大声喝退越界的看客。我像猛兽扑杀猎物似的将她压在身下。我感觉自己无法维持人的外形，即将长出尖牙与利爪，脊背也将生满钢针般刺立的皮毛。与此同时，她紧紧握住我滚烫、坚挺、富有生命力的后颈。野兽被安抚了，我如癫痫发作般剧烈地颤抖着。我们浑身大汗抱在一起。我向她坦露："父亲死后我就像摔下山一样，一直往下坠，有一天坠到底了，坠到人以下了，失去做人的资格了。有时候我感觉我已不是人，而是披着人皮的怪物。外面看上去好好的，内心早就毁灭了。"她抚摸着我的脸庞，告诉我："重新开始吧。我已经把房产田地全部处理好了，明天我就会永远离开这里。你也换个地方重新开始。"然而当我拥住她柔软的胴体时，我脑中浮现的却是那个被我强暴后大腿沾满灰尘、坐在地上一脸惊恐望着我哭的丫头。就是这一刻，我犹豫了，没能下定决心开口。我想，要是那时候坦白的话，也许我就不会死了。

第二天是个出了大太阳格外温暖的一天，波光粼粼的水面上游弋着划子船和悬挂黑帆的货船，其中一艘载着楚卿已经缓缓远去，船橹划破河面留下的长长的波纹也随着时间渐渐抚平了。临别前她告诉我，她已见过傅先生，他十分想见我，也愿意尽全力帮我。在我遣走金进宝的那天晚上，寺里的和尚禀告说早上曾有人登门求见，等了两个小时后走了，留下书信表明他就是傅先生，但他接下来三四天要出去办事，只好下次再来拜访。那时我应该在南界门，请求金进宝最后做一件善事。付清工钱后我又支付了一笔额外的钱，请他代我替奎善收尸，找个地方把奎善埋了。我不知道他会把奎善葬在哪里，又或者他到底会不会按我的盼咐做。我统统不得而知。我俩算是彻底分别了，大概这辈子不会再见了，祝愿他早点在沙市拉上洋车吧。

按照约定，早上九时，我和八十四在公安门外碰头。他迟到了快一个钟头，我显然拿他没任何办法。他笑着问我：

"你的下人呢？"

"他走了。"我面无表情地答道，"只有我一个人。"

"换我我也逃走。"

我懒得和他争论。我们坐上一艘去沙市的划子船。船向东驶入便河，从白云桥的桥洞里穿过。桥上有一匹骡子不肯走，主人赏给它一鞭。骡子连连号叫，惹得边上一个吃烧饼的男孩大笑。一艘几乎和我们一模一样的划子船迎面驶来，船里坐了个男人在哭。两个艄公打个照面，相视一笑。顺着便河往东，我们穿过第二座单拱石桥。石缝间生满了手臂长的枯草，如同珠帘垂下，遮蔽了大半个桥洞。

八十四喋喋不休地谈论马神父。我忍不住打断他：

"他给你吃的，你还在背后说他？"

"因为确实很有意思啊，这洋鬼子。"八十四说，"好啦，去沙市不用到处转了，那儿的旗人都住在一块儿。"

他朝河中吐了口痰，溅起一圈波纹，哂笑道：

"都是帮穷光蛋！"

我们在塔桥下船，往租界方向走。我不得不承认，这里的繁华远超城内，恍惚间有点汉口租界的感觉：拉洋车的车夫在柏油马路上飞奔，怒斥挡道的行人让路；穿呢绒西装的多是追逐时髦的中国人，日本人反而换上长衫马褂；每隔数小时，铁船在江面鸣响汽笛，时间十分精准，住在江边的人可以靠这个判断时间。

八十四告诉我，从城里迁走的旗人有一大部分在洋码头西北面聚居。我们到了以后，遇见一个妇人在门口泼水。我过去打听，妇人摇了摇头提盆子进去了。对门出来个戴小帽的男人，瞅了我们几眼后也转回屋里。这里的旗人好像对外人格外冷淡，仿佛搬出城外便与其他旗人划清界限，只有老人与孩子不排斥我们。一群仍旧穿旗装、戴大拉翅的老妇人围着我问东问西，孩子们跪在地上玩弹子。其中一个老人说："有个叫恒良的，在学校做先生，是你要找的吗？"我说不是。一个提鸟笼的男人冷笑了一声，说："谁还有闲心管一个女的。"另一个满面苍髯、蓄着南瓜藤般辫子的老旗人眯着眼说："有个闺女在街上，不知是不是你们要找的。我看她可怜，给了两个饽饽，不知道去哪儿了。"我追问了一句，可惜老旗人记不清女人的模样。我觉得他说的不是妤儿。

八十四露出嫌恶的表情看着周围的小孩。他们正围着他跑圈。八十四说：

"还有些旗人零星住在别的地方。"

"没必要了。"我沮丧地说,"这儿来往的人太多太杂,谁也不记得谁,谁也不关心谁。"

"那现在怎么办?"

"不知道,再找不到我也不知道去哪里找他们了,南京还是杭州,或者别的有旗人的地方。"

八十四冷笑道:

"你叔婶要是逃到别的地方去了,我也不指望找到他们了。他们两个是这样的德行,哪怕找到了,不再找我借钱就烧高香了。"

"他们欠你的钱,你不要了吗?"

八十四看着我,笑得更加得意了,说:

"你会给我的。"

在我答应或者否认前,八十四抢先反问我:

"我这么热心地帮你找你妹子,难道你会不给报酬吗?"

我沉默了,认真思考了这个问题,最后不得不承认:

"是,我会给。"

"那我安心了,你也可以安心了。我再想想办法吧。"

过了中午,我们在便河桥坐船回城里。这会儿坐船的人少了,等了半天才又来了两个人,凑了四个,船家仍旧不愿走。我们在岸边又等了约莫半个钟头,二人其中之一等得不耐烦了,抱怨说:"等的这些时候,我们走路都走到草市去了,哪个还坐你的船！"船家只好开船，一边摇橹一边用沙市郊野的土话抱怨生意难做。

八十四继续对着我嘲笑马神父的口音、天真与愚蠢，刚才跟船家争执的人忽然笑着用北京话问我们：

"你们也是旗人吗？"

我们停止交谈看着他们两个。他们二人说道：

"我们也是旗人，刚才听到了你们说话的口音。"

他们介绍说：

"我们是叫永寿、祥顺的，战前在步军营里当兵，马山那儿，最前线，一路被打退到马房山，又退到城里，后来彻底完啦，混吃等死，听说拉洋车赚钱，打算去沙市谋个拉洋车的活儿。"

"刚才听你说话，还以为你是城那边的。"我打量着他们。

"我这老弟的娘是江陵的汉人，所以会说那边的话。"永寿指了指祥顺，乐呵呵地说。

祥顺摸着自己新剃的光头笑了笑。我微微颔首。永寿问我：

"老兄日子过得可还好？仗打完了，咱哥俩找不到事做，闲了快半年了，实在没饭吃了才出来，真后悔当初没拿钱走人啊。"

"咳，还不是你老兄说要留下来做生意，结果一分钱没赚到，还把本钱赔光了。"祥顺解释说，"我们在满城拖了砖头、瓦片去卖,做亏了。"

永寿舔了舔嘴唇,说:

"噫,我也没想到赚钱是这么难的啊。"

"还好我有一位姑舅老表在沙市,我们去他那儿——但别提了!都说人心是靠不住的,现在我总算知道了——过去还帮过他们一家呢!您说说,天底下竟然有这样的亲戚,不帮忙就算了,连顿饭也不给吃,直接赶出来了。"

"所以拉洋车的活儿没找到,又灰溜溜滚回城里了。"永寿自嘲道。

"怕你们不知道,这位爷从前也是营里的。"八十四朝我努了努嘴。

祥顺挺直了身子,说:

"那太巧了。和您说说吧,仗还没打起来的时候,我俩在马山脚下巡逻,遇上革命党派的送文书的两个使者。这俩家伙也是满人。长官叫我俩护送这二位爷去见将军,路上一问才知道,他俩原先在宜昌厘金局做官,眼光可比我们长远哩,一早就投降革命党了,所以转眼又做了革命党的官。我俩一直送他们到马房山脚下,正赶上恒大人骑马回来。恒大人接了文书读了,当场把那俩家伙臭骂了顿。"

他欠身调整了下坐姿,伸了伸腿,接着讲述道:

"他俩灰头土脸回去,还跟我说要是革命党打输了,希望到时候咱们能对他俩网开一面,或者不得已必须杀了,也请手快些。我拱手跟他俩说：'可别说这样的话！说不定最后是我俩投降，到时候还得投奔你们呢！'所以送走他们后我俩合计，马山前哨打起来首当其冲，要是冷不丁一枪把你我打死了怎么办？我想起我表叔父认识炮营管带，就出了些钱，求他调我俩去守八岭山的炮营。我想炮兵都在后方十几里操弄大炮，离前线远着呢，不会出什么事。

"唉，谁知道就真出事了。我俩归一个老兵管，叫固尔贝，一个倒霉蛋。他跟我俩说八岭山上多的是老坟，不知道埋了多少前朝的楚王，夜里出来当班千万小心，要是夜半迷了道，怎样也走不回去，总是原地打转，那就是鬼作怪。但也不要慌，安安静静原地坐到天亮。听见有人招喊，更不能理，只当没听见。我们仨半夜值岗那天，北边就响起枪来了，接着营房的火就呼呼烧起来了。我们跑回营地，也不知道革命党在哪儿，到处都是枪声，就跟着其他人乱跑，前头人跑散了。这时候固尔贝忽然停了，眼睛直愣愣的，口里念着：'欸，是了，我来了！'转眼跳进草里不见了。我追过去却被永寿拉住，这才发觉脚下是个断崖，固尔贝不知跌到哪里去了。没办法，我俩在树林里摸黑，一时半会儿也寻不到下山的路，最后蹲在草里躲了一夜，天亮了才慢慢溜下山。——那您呢？"

我愣住了，微笑着答道：

"我没有什么不寻常的经历，不过是一个同样倒了霉、吃了败仗、投降了的普通人。"

"您说说您营里的见闻吧,就当路上无聊解个闷。"永寿回过头笑着说。

我沉默了一阵,盯着自己紧握的双手缓缓说道:

"我最开始在万城,万城堤,防备革命党渡河打过来。半夜的时候,应该和你说的是同一天夜晚,河面上就有几十艘船趁着夜色朝我们这边偷偷划过来。

"最前面的船已经登上岸了,好在被巡守河堤的士兵发现了,然后开枪,打了一整夜。天亮以后,水里泡着上百具尸体,大多是还没下船、被射杀在河里的,还有上了岸但很快被打死、沿着堤坝斜坡滚回水里的。

"天亮了,河面真安静啊,波浪哗哗地刷着河堤,丢弃的渡船、炸烂的木板,还有尸体都被慢慢推到岸边。那些死了的人就这么一直泡在水里,在河里荡啊荡,一个挨着一个,全漂在岸边,岸边挤满了……那是我第一次见死人——以前也见过,训练的时候炮炸膛把人炸死了,但在战场上见这么多死人,还是第一次。

"然后第二天,我们换防到后方,叫秘师桥我记得,休整,再然后所有人调往前线,决战,最后惨败,跟你们一样退回城里。"黎明来临前,在乡间土路上由东向西排成一字长龙的士兵正在缓慢地行军。经过附近的村庄,村民们听见声音纷纷走出来,赤脚立在干涸的土里,如同道旁枯死的树木。孩子们赤身裸体跟在马后面奔跑,不羞于露出下体。有个地保听闻消息跑来慰劳，自以为是当地有头有脸的人物，结果没走近便被戈什粗暴地推开。一路上几乎无人说话，只有轻轻的脚步声与马蹄声连续不断。我仿佛听见了死亡沉重的足音。

到岸后，我请永寿与祥顺吃了顿饭，叫了盘猪肉血肠，又添了些鱼糕。永寿和祥顺说眼下虽然没钱，但将来发达了一定要报答恩情。吃过饭散了后，八十四对我说：

"这样的人还想要发达，哼——他们能赚到钱就有鬼了，怕不是将来跟你叔叔一样。"

"他们很乐观，不会饿得没饭吃的。"

"如果是我，一分钱也不会替他们出，更不用说请他们吃饭。但你们这样的旗人都很古怪，我是不懂的。"

我觉得这一偏见很可笑，反问道：

"我见到你时你就一直说我是'你这样的旗人'，我不明白，'我这样的旗人'是哪样的旗人，我们不都是旗人吗？"

"我可不敢跟你们一样。你老子是都统，我老子是马甲——哼，你们这样的旗人……"

说这些话时已是午后，街上人少了，连狗也伏在门前石阶上懒洋洋地晒太阳。我们在玄妙观对面的茶馆饮茶消食。我听八十四这样说后愣住了，接着说道：

"我父亲也不是生来就是都统啊，也是读书考的笔帖式，踏踏实实做事，这才一步步升上去。你恨那些家里有钱或者做官的旗人，不错，那些人里头多的是不务正业的纨绔子弟，不光你不喜欢,我也嫌恶他们,但你恨我做什么呢?"

八十四听了许久没吭声,之后突然笑道:

"我没有怨你,但我们这样的旗人是什么样子,你们那些住大宅子大院子的老爷是绝不知道的。你们高高在上,从不拿正眼看我们的。好在现在破落了,我们终于平起平坐了。"

"我知道。"我抢着说,"我父亲生前一直为穷苦的旗人着想,所以大家感激爱戴他。他也经常这样教导我们。"

八十四依然在笑。我看出他是在嘲笑我,我忍住怒气,等他解释。他说:

"你还是不明白。你以为我们多感激你们这些大人、老爷吗?是啊,活不下去,求你们开恩,谁不会说两句漂亮话呢?以前将军回京城,一人发几文钱,叫我们去送行——要不是为了这点钱,谁愿意这样下贱,在大街上给你们下跪、哭给你们看?你们还以为我们多喜欢你们吗?"

我非常震惊,追问他:

"你们看我父亲也是这样吗?"

八十四避开我的目光,没有回答。我又问了两遍他才开口说:

"你总说我们多感激你爹、拥戴你爹——那都是你们自己在说,我们可从来没这么觉得。"

奇怪的是,我并不惊讶或者愤怒,反而有一种醍醐灌顶之感。我们离开了摆满伤员与死者的承天寺门前,回到左都统衙门，发现门前聚集的人群正在和卫兵争执。他们很快注意到父亲的到来，喧哗声戛然而止。父亲拄着手杖一瘸一拐走上前，神情严肃。他像一只受伤的老虎。周围所有人的目光如投枪般射向他。父亲每前进一步，人们便下意识地让开道路。父亲想从他们脸上寻找答案，但见到的是无数冷眼以及一阵死水般的缄默。

他们像在对峙。突然间一个披散头发的女人冲出人群扑到父亲面前，一边哭号一边破口大骂。

你守不了城又不肯投降，要打自己去跟革命党打啊，都这样了还叫人送死，我们要活命啊！……

父亲愕然望着她。女人发狂了似的挣脱阻拦她的戈什，死死抓住父亲的衣襟。

我一家都死了啊！……

我和两个戈什拼命去拉女人。没想到这个女人瘦弱的身体蕴含着惊人的力量，我们三个强壮的军人无论如何也解不开她的手。都统府前的卫兵们吓得连忙拦住四周群情激愤的旗人，可他们区区六人完全无法阻挡上百人的怒火，反而被他们围堵在中间。被女人抓住不放的父亲手足无措地呆立在那里，他的喃喃自语被山呼海啸般的叫骂声淹没。父亲如同丧失了灵魂任由女人捶打。她被扭住双手，拽走，被推倒在地，很快又扑了上来，在父亲右脸上挠下一道血淋淋的抓痕。

你怎么不去死呢你怎么不去死呢……

  我气急败坏，从身后将女人拦腰抱住，又一次将她重重摔倒在地。我真想杀了她。我们用肉身拼死护在父亲左右，连拖带拽将他塞进了府门之内。脱身之后，我发现父亲的眼里盈满了泪水。

  "你说的是对的，我同意你说的话。我父亲一直觉得他在帮助旗人，拯救国家。现在看来这只是他一厢情愿的想法，其实他做的一切毫无意义，甚至于有些可笑。过去我受到父亲的影响，也有这种幻想，但现在我认清现实了。"我说。

  我非常平静，反倒是八十四看上去对我的反应感到十分意外。

  "我家四代都是马甲。"沉默了一阵，八十四忽然低声说道，"后来我爹死了，名额给了我大哥。我这样的人，生下来爹不教娘不养，没正经事做，打小在街上打架拼命。一起玩的人，每几年总要打死、打残两三个。三十多年前季家的老爷季鹮出钱给我们，叫我们跟他到处打架，后来他撇了我们跑去读书，最后做官去了。可我们这样的人哪有别的出路，还在街上混，老了连打也打不动了。好不容易熬了几十年，大哥死了绝后了，马甲的名额该给我了，好呀，忽然革命了，连马甲也没了——这他口都是什么事呀！"

  他大笑起来。我突然感到一阵强烈的笑意。这感觉像痉挛般传遍全身，令我笑得全身紧绷、前仰后合。我发自内心地笑出声，和他一起捧腹大笑。我俩笑了很久，以至于笑出眼泪。八十四说道：

"所以说旗人最可笑。我这样的旗人最可笑哩。"

"不是，相比于你，我更可笑。我在荒郊野外遇到一帮流浪的旗人，然后心软又动了帮他们的念头。经不住一个旗人的哀求带他进城，最后怎么样？——他被捉走砍头了，前不久头还挂在东门城墙上。"

"那人是你带进城的？"八十四惊讶地问我，并且以另一种方式又问了一遍，"那个人是跟你一起的？"

又坐了一会儿，午饭已经消化得差不多了。八十四忽然慢吞吞起身，伸了个懒腰说这会儿想起有件事要在下午之前办好，地址不远，就在北界门，走路一刻钟不到，去交代几句就回来。他走后我半躺在藤椅上望着街边的银杏树，心想这应该是自己最后一次悠闲地享受故乡的时光了。也许这天之后我也会决绝地离开，而妹妹则像奎善的两个女儿一样不知道在何处生活。也许多年以后我们会在某地偶遇，也许一辈子都不会再见。但不管未来怎样，眼下我只想安安静静躺着过完这一天。

就在八十四走远后没多久，一个戴毡帽的年轻男人从街对面走到我跟前，躬身小声说道：

"恒老爷，他们在城里找您。"

他的口音是旗人，但我不认识这个人，并且觉得莫名其妙。那人继续说道：

"奎老爷死之前把您供出去了，他们正在抓您。"

我惊得直挺挺坐起来。那人环顾四周，加快了语速解释说：

"我叫宁柱，是来警告您的——刚才您身边那个人是他们的人，他在骗您，那位奎老爷就是他帮忙叫巡警抓的。别信他的话，一个字也别信。"

宁柱脸上迟疑了片刻，继续说道：

"这儿不方便说话，一时也说不清，但您千万记着：别信他。我们是好心帮您，傍晚时候会在西门边上等您。"

他匆匆忙忙走了。我瘫坐在椅子上，琢磨宁柱对八十四的指控。我实在难以相信刚才和自己促膝长谈、哈哈大笑的八十四会背叛自己，因而不免对来历不明的宁柱心生怀疑。确实，我不知宁柱究竟是怎样找到我的，又为什么知道这么多关于我的事。他的话大概不可信。可是如果宁柱要陷害我，又何必跑来警告呢？我不怀疑有人在搜捕我，因为我确实这样担忧过。这样一来我又渐渐觉得八十四未必是好人了，并且话说回来，我也确实不够了解八十四……

八十四回来的时候，我无法掩饰我脸上冷冰冰的神情。我沉默着。

"怎么了？"八十四问道，解开袄子散热。

我没有立即回答，站起身一边往外走一边说道：

"我要先去办件事，今天先这样吧。"

"你要办什么事？"八十四忽然追到我面前，"你要去哪里？告诉我吧。"

八十四突然放开手笑了：

"你因为我刚才说的话生气吗？你真小心眼。好吧，那些旗人里头我最不讨厌你。"

我突然转头瞪了一眼他，故意用讥讽的语气问：

"你究竟是为谁做事呢？"

他愣了一瞬间，随即被激怒了，大声反问道：

"你这人奇怪得很——你以为我是在帮谁做事的呢？"

"奎善是你帮着抓走的吗？"我强压着心头的怒火。他的脸骤然僵住了，眼睛一闪一闪地望着我，嘴唇抖动，像是有话要说却语塞了。我已经明白十之八九，浑身的血液仿佛都在沸腾翻滚。我深吸了口气，指着他的鼻子质问道：

"你恨有钱的旗人，所以故意要害他是吗?！你发财的银子都是靠出卖旗人得来的吗?！"

八十四躲闪着我的直视，摊手说：

"我不知道他们会杀他，是吉家叫我去报官……我没想害死别人……"

我觉得自己受到了愚弄，愤怒到了极点：

"你是不是正想出卖我呢！"

八十四突然像龇牙狂吠的狗一样气冲冲叫道：

"老子是把你当自己人看的，什么时候想过害你！"

紧接着，他的嗓音突然变柔和了，眼里泪光闪闪，握住双手说：

"我瞒着你是怕你误会，我是尽心在帮你找你妹子啊！……"

我一拳将他打翻在地，骑到他身上一连打了十几拳。他一边拿胳膊格挡一边叫嚣："你他□有种打死我！"茶馆的掌柜和伙计拉开我。我走了，八十四满脸是血，仍旧坐在地上对着我叫骂不止。很快我回去寺里收拾了东西。这里也待不下去了。我很累，厌倦做判断。怀疑本身就是一件消耗人精力的事。平静下来，我发觉拳头非常痛。

我在珍园待着，一直等到天黑。回忆八十四的欺骗，以及平复心里如潮水般涨落的愤怒消磨了我不少时间，随后我又幻想了很久一家人在北京团聚的情形。幻想总是令人愉悦，我甚至一度原谅了一路上那些为我制造麻烦的人。但如果希望最终落空呢？我预感自己大概会消沉很久——我不会就此放弃，但会痛苦很长时间。我的心其实被两种无法控制的情绪支配着，一种是极度的欣喜，一种是极度的焦虑。

夕阳隐没于西门城楼，万物渐渐褪去颜色。我刻意放慢脚步，但还是来早了，于是在西门墙根底下走了一转。我虽然在城里出生长大，但从没来过城的这一端。我家以前在满城的东边，而这里是汉城的最西边，也就是说，这里是城里离我家最远的地方。在我心里，哪怕同属一座城池也只有满城才是我的故土，超出界线只能算作他乡。我像外乡人一样好奇地在附近游览。一群孩子相互追逐，从我身边跑过很远才停下。

卫兵催促挑着剃头担子的老人快点进城，之后内城的城门缓缓闭合了。

我很担心遇到值夜的巡警。现在街上零零星星还有些人，要是再晚些就麻烦了，我很难解释清楚为什么大冬天我一个人站在这里。又过了会儿，沿着城墙根远远走来两个人。他们在冷风中缩起脖子，看见我后忽然挺直身体叫了一声。

"这真是有缘，说报答您果然又遇到了！"

这两个人居然是永寿与祥顺。他们见到我十分惊喜，问我：

"您怎么在这儿？——啊，您也被他们邀请了吗？正好，可以结伴一起过去。"

他们正要描述事情的前因后果，宁柱来了。我朝灰暗湿冷的空气中长长地吐了口气。他对我说：

"您和他们俩跟我一起去吧，就在城里。"

"去哪儿？"

"顺城街那块儿。下午的事，您的事，现在不方便说，等您去了他们亲自向您解释。"

"他们是谁？"

"就是傅先生他们，他们在公馆那儿等您。"他转头对永寿与祥顺说，"你们也一样，傅先生有活儿交给你们做。"

我们跟随宁柱。寒风猛地钻进巷子里，发出呜呜的叫声。哥你等等我啊妹妹喊着我没有理她嫌她走得太慢了这样我就追不到季煦他们了我得在开戏前过去我一个劲儿往前跑可我跑到巷子中央就上气不接下气了突然一股冷风从我身后刮来钻进巷子尽头拐角深处传来呜呜的声音仿佛相互追逐竞跑的群魔在边跑边笑我停下来侧耳倾听呜呜真像是女人声嘶力竭的叫声巷子转角那一边像是有无数鬼魅在等待我我很害怕不敢一个人往前走了这时妹妹堂弟和婶子过来了走吧婶子对我说。他的脚步快得像是要甩下我们逃走似的，我提着行李箱跟得十分吃力，中途有几次不得不小跑一段才追上。我的手冻得刺痛，身上汗湿了。要是这是一场梦该多好。如果是梦的话，我希望我能快点醒来。

三

南门变得热闹了，骡子、马、牛从城门洞里依次进出。我触碰不到任何东西，只能"站"在一边静观。我没有窥探他人的欲望，我什么欲望也没有。于是我远离人群和市集，走下护城河岸来到水边。我想看看我的脸。当我望向水面时，果然，我看不见。我只能看到一个椭圆的轮廓，就像泛起涟漪微微晃动的水面一样，脸的轮廓也在随风波动，并且这张脸上没有五官。我的脖子、身体、四肢都是这样虚无缥缈近乎透明的样态。这就是我作为幽魂的全貌。

我没有觉得伤心痛苦或别的什么。我只是不解，为什么我没有彻底消失。我在市场中来回观察寻找，没有发现我的同类。至今为止，我没有见过别的幽魂。昨天晚上，我还怀疑是我有什么执念所以阴魂不散，但现在想想，我没有什么执念。国家灭亡、家族血脉断绝都无所谓，父亲也好，妹妹也好，他们死不死、活不活都无所谓。我只想永远安息，像困倦到极点后洗个澡躺在干干净净软乎乎的床上大睡一觉一样。但这一点愿望也无法实现。换个思路想想，也许这一切是对我的惩罚？我犯了罪，但比我恶劣的人不在少数，为什么受罚的单单是我？

我不能保证此刻我的思绪能维持多久。我回头望去，看见耸立在洋楼尖顶的十字架。我知道那是圣母堂，南门外的老圣母堂。我跟随我的步伐走入其中，从不远处看着我。

我站在门口，就像是个冒冒失失的闯入者。正当我环顾四周不知如何开口时，马修德神父主动上前跟我打招呼。

"您很眼熟呢。"马神父对我说。他的眼睛是漂亮的淡蓝色，闪烁着玻璃的光泽，正饶有兴致地注视着我。他居然记得我，看来我无法遮掩过去了。

"我来过，见过您，和八十四一起的，姓常。"

"哦，是吧，我就觉得好像在哪里见过您。"他点了点头。我愣了下，他不是认不清中国人的长相吗？

"八十四呢，他还好吗？"我问道。

"他不知道干什么去了，已经很久没来过了。"

"好吧。"我笑了笑。其实我松了口气。他要是还在,我反而不知道该怎么办了。

我看到院内种着月季,沿墙根长了一圈。一个扎羊角辫的小姑娘蹦蹦跳跳来到神父跟前,一头扑进他的怀里。她在神父耳边说悄悄话,笑眯眯地捂住缺了牙齿的嘴。马修德坐在凳子上,放她下来,问我:

"您现在在忙什么呢?"

"我现在……在工厂,一个工厂里,之前帮忙成立工厂。"我现编了个谎,还因为紧张口吃了。

"您去干实业去了,怎么样,工厂还好吗?"

"还好吧,帮人做事,他们给钱和地方住。当然我也有别的事求人家帮忙。不久前给了我一百大洋。"

"嗯,那很不错啊!"

"但一百大洋不是我一个人花的,我管着几个,得负责他们的花销,匀到我这儿没多少。"

"那您现在是头头了。"马神父笑着说。

"我不知道算不算头儿,也不想当什么头儿。老实说,我对眼下做的事没什么热情。"

"您不喜欢您的工作吗?"

我摇了摇头:

"不喜欢。一开始他们邀请我,我拒绝了,后来又同意了。"

"嗯,如果不喜欢为什么不走呢?您应该做喜欢的工作。"

神父看着我。

"很难解释。那时候走投无路了,他们接纳了我。我有求于他们,也可能那时我的精神处于高压之下,快被压垮了。"

"那您现在后悔了吗?"

"不知道,走一步算一步吧。"

"看来您不是完全自愿的。要是您心情实在不顺的话,不如换个事做。您还可以投奔亲戚朋友。您写信吗?写信问问吧。我经常给沙市的神父写信,也给汉口的主教写信,还有给南方的朋友写信。"

"没有什么亲戚朋友。您不知道,我先前去了东北,最后受不了,跑回来了,中间很折腾了一番。所以哪怕眼下我不干了,我也不知道该做别的什么。"

"原来是这样……"马神父沉吟了一阵,说,"那您当初为什么要离开这里呢?"

"为什么……"我想了想。**因为我想逃走。**我苦笑道:"哈哈,因为那时家里有很多变故,不想再待在这儿了,想去别的地方,正好父亲以前的同僚介绍了份差事,就这么离开了。"

"嗯,听您这么说,我有点担心您。因为按您说的,您离开家乡,受不了,又回来了。可是,要是这里依然不能让您安心的话,您还能去哪里呢?"

"是啊,还能去哪儿呢,到时候再说吧。"我望了一眼天空。

"所以，我有点好奇，当初您为什么要走，又为什么回来——哈哈，不好意思，问得太多了，太冒昧了。不管怎样，这里欢迎您。工厂的事不忙的话您可以随时来教会玩。"

我点了点头。我为什么要回来？是为了寻找妹妹，还是受不了同僚下属的排挤？或者惧怕我的丑行事发？又或者只是思念故乡，想着哪怕烂掉也要躺在熟悉的地方烂掉？

我看着我从圣母堂出来，我的神情看起来舒缓了不少。看来八十四逃走了，在我们决定诛杀这家伙之前早就逃出城了。他应该不敢再待在荆州了。我该把这件事告诉凤鸣吗？还是不要吧。要是让这家伙知道我去了圣母堂，去见了一个外人，他估计会焦虑得睡不着吧。这家伙一天到晚绷得紧紧的，一有风吹草动就害怕得不行。上次见他，他支支吾吾的，我问了一遍又一遍他到底想说什么。

我劝你早点走。他说。

走去哪里？我觉得莫名其妙。

去哪里都行，别跟这帮人搅在一起。

先前是你们招募我的，求我留下帮你们，现在你又劝我走了？

是，我错了，我后悔把你牵涉进来，真的，我担心最后害得你把命丢了。

你这么担心为什么自己不走？我反问道。

我会走的，我留在这里纯粹是为了我哥，我劝过他，他已经完全听不进劝了。

傅凤池现在去哪儿了？我问道。

汉口，又去买枪和炸药了，他觉得时机快到了，他快疯了，我劝不了他。凤鸣低下头。

你把大家招进来，你又想逃走，你对得起大家吗？

我对不起你们，我太不负责了，我没法跟他们解释，说了他们也不会听我的，谁都不听我的。但你不一样，我想劝你，走吧，宗社党这帮人没希望的，别被他们害死了。

我没地方去了。我现在随波逐流，命运把我推到哪里是哪里。

你想走随时都可以走。凤鸣说道。

我知道，我会走的，而且哪怕你哥叫我去杀人我也不会去的，我没那么傻。

不是，你帮他们运货就够危险了，我已经受不了了。

你精神太差了。我说道。

是，我精神很差，我心里话不知道跟谁说。我去运过一次货就吓傻了，我跟额克登还是谁站在城墙底下，看他们从外面吊绳子下来，就这么把炸药一箱子一箱子吊进来，我们就这么在下面接着，我能不害怕吗？你不害怕吗？

我没有回答。我不知道怎么回答。他说的没错。这不对，哪儿哪儿都不对，更可怕的是，我心里十分清楚，身体却没有任何行动，而是在听之任之。

这段时间，我经常到南门外的圣母堂转一转，找马修德神父聊会儿天。反正路不远，步行十分钟就能到。我觉得和马修德说话格外放松，因为他是和我不相干的外国人，可以放心大胆地说出心里话，不需要提防，反而是面对端瑞他们，有些话无法说出口。马神父也非常乐意和我这样的中国人交谈，倾听别人说话时总是非常耐心。有时候聊得忘了时间，到了饭点，他会极力挽留我吃午饭。他领着我来到圣母堂后头的屋子。厅中间摆着木桌，由两张大桌子拼在一起，足有四米长，是他请木匠定做的，方便所有人都能聚在一张桌上吃饭。我们吃得非常简单，菜汤、蚕豆还有炒洋薯。我虽然吃不惯但还是陪着神父吃。马神父一边咀嚼食物，一边慢慢挥舞着手里的银叉在空中转了个小圈，说道：

"我的家乡在比利时，很远，您应该不知道。教廷派我来中国接替上一任神父，他去世了。我到的时候，这地方还没完全修好。"

"怎么把教堂建在这里呢？"

"怎么？"

"南门外这块儿，过去在我们眼里都是城里买不起房子的穷人住的，随便找个空地，拿泥巴一围就是一间房，土房子一间挨着一间，慢慢连成一片了。我们都觉得这里太乱不怎么来。"

"也许正因为这样，所以地价便宜，把教堂建在这里。——

您最近怎么样？"

"很好，那天正是跟您谈完以后，我忽然受到了启发——只有知道自己为什么回来，才能看清接下来去哪里。"

神父放下叉子，全神贯注地看着我。我说：

"我想明白了：我回来是因为我想重新开始。"

我继续说道：

"从我离开家乡算起，我的人生一直在下跌，跌到谷底了。所以我想，回到家乡是不是就能回到原点，重新开始。"

"我明白了，回到出生的地方，重新出生一次。"

"您是说'重生'吗？"

"对！抱歉，我的中文还不够好。"

"没事，您说得反而更形象，就像婴儿一样，重新出生一次，身上什么都是干干净净的。"我的心里咯噔一下。**就像拿滚烫的热水冲洗过一样。**

吃完饭我在院子里散了会儿步。一个男教民捏着剃头刀为神父理发。金色的头发掉落在地上，被一群小女孩捡在手里把玩。

神父不是每天都在，有时去乡下传教讲经，有时候为人看病。教堂其他人虽然不知道我的名字，但认得我的脸，尤其是李修女，每次都热情招待我，也许马修德特别交代过。我不怎么跟他们交谈，喜欢一个人在教堂院子里待着。我走到教堂后院的最深处，发现一片不大的坟墓。十多座小小的坟丘隆起，上面插着木头钉成的小十字架。无名的小花悄然生长，在灰褐色的土丘边缘点缀上紫色与蓝色。野草则没有那么走运，被人连根拔起，扔在一旁，气息奄奄，等待清理。马修德回来后，我问起这个地方。他告诉我那里埋葬的都是死去的婴儿。我的心里忽然一沉。

"最近怎么样？"神父问我。

"老样子，不过最近我都待在沙市，帮着转运货物，很少在城里。从汉口来的货物，运到沙市，再到城里。"

"那您决定好不干了吗？"

"唉，还没有完全下定决心。不过，我给自己定了个期限。我打算再干几个月，三个月，最多半年，到时候我拿钱走人，另谋生路。眼下不缺吃的穿的，但为了将来的生活还是缺。我虽然对现在的工作没兴趣，但给的报酬不错，比我原先的那份高多了。为了将来打算，我也得攒钱啊，攒很多钱。"

"请您保重。您在这里还有别的朋友吗，能帮您的？"

我揉了揉眉头，笑了，说道：

"经常见面的有几个，但算不上朋友。有一个不爱说话，老实，没脾气，被我们使唤来使唤去。其他几个很狡猾，他们总混在一起，跟我聊不到一起去。每次我一进屋他们就马上安静下来，连骰子都不摇了。"

"您跟他们闹矛盾了吗？"

"倒也没有，也许他们觉得我不可靠。"

"怎么不可靠，工厂不是靠您才运转起来的吗？"神父把经书夹在腋下，问。

"因为我的立场模棱两可吧，不跟他们完全一条心。他们都知道我有别的打算。唉，这也是我猜的，很难说清。"

"那不怪他们。如果您一边干活一边总想着离开的话，别人是很难信任您的。"

"这算是原因之一吧。另外就是我跟他们出身也不一样，不是一路人。我读过书，他们没有。"

"我看出来了。认识您这么久，我很早就发现您的出身跟其他人不一样，所以不管遇到什么困难，相信您能走出来。"

"是吧。"我笑了。

"您说话可以听出来的。我这里也有旗人，生活不好，没受过什么教育。您的谈吐跟他们很不一样。虽然我不是中国人，但在这里待久了能感觉出来。和您说话很有意思。"

这样的称赞让我心里很高兴。马神父接着说道：

"如果您跟他们关系不好，说不上话，您可以找我说说心里话，什么都可以，我会绝对保密，就跟忏悔一样。平时那些教友找我忏悔，无论他们说了多么严重、可耻的罪行，我们之间的谈话，一个字都不能泄露。"

我的心跳停顿了一瞬间。我深吸了口气，眼皮一颤一颤的。我很快恢复过来，问他：

"什么样的事都可以吗？可是我没入教，不是教民。"

"没关系，如果您担心，我也可以起誓。"

"不不，我相信您。我是想问您，忏悔之后呢？只要忏悔了，罪孽就了结了吗？"

"不是，但只要真心实意悔罪，就有被宽恕的可能。"神父注视着我，"就像您说的——新生。"

神父突然问我：

"您是有什么很重要的事需要对我忏悔吗？您也可以告诉我，我会替您保密的。"

"马神父，我暂时还不想告诉您，因为我害怕您会厌恶我。哪怕您嘴上不说，看我的眼神变了我也受不了，那样的话我就再也不来了。我还不想让您厌恶我。"

"那就等您想说的时候再告诉我吧，我也许会对您改变看法，但绝不会因此厌恶您。您告诉我的时候，我一定会站在您身边，一字不落地全部听完。"神父微笑着说。

我看着我颓废无力、眼神空洞的样子。我如果在这个时候说了，也许就不会死了。我依然一副犹犹豫豫的样子。我看见我最后说了些无关痛痒的话。

"神父，我想先说点别的，您随便听听吧。不怕您耻笑，第一次见到尸体的时候我哭了，躲在一个没人的地方哭了，但那次之后就好了，也许是对暴力麻木了，就像得过一次病后就不会再得了。唉，我的性格不像我父亲那样坚强。您就当我在胡说八道吧。"

"这说明您是个心地善良的人。"

"善良，哈哈，也许是软弱。神父，我跟您说过我父亲的事吗？我父亲死了。"

"最近吗？"

"不是，死了有段时间了。我父亲是军官，一年前在这儿战死了。但是，其实他不用死的，我们一家本来可以好好的，我也不用变成现在这样。他真是白死了。我本来在武昌，他在宁夏。我们是送我祖父灵柩才回来的。从四川运回来还没下葬，将军就上门求我父亲复出带兵。我们一身孝还没脱呢。那时要是他没答应，他本来不会死的。"

马修德拍了拍我的肩膀，说：

"我们没法知道命运的安排。"

我低下头。每次提到"命"，我就会失去抵抗，像被制服了似的，立刻变得非常沮丧。父亲死了，遗体停在承天寺里，因为战事吃紧，没能及时下葬。当时承天寺的老方丈弘愿法师说他不忍看到父亲自杀后堕入畜生道，甘愿在寺院里提供一方安身之所，以后会日日夜夜为他超度亡魂，直到他的灵魂解脱。于是我暂且打消了葬在祖坟的念头，何况那时又不知我们一家人接下来如何打算，只好等过几年时局安定了再把父亲的棺椁迁回祖坟和母亲合葬。下葬那天下着小雨，湿漉漉的感觉糟糕透了。仪式非常简短。我只想着快点结束，迅速了结，完成任务，然后擦掉裤腿上的泥巴回家休息。就在父亲死后第三天,将军开城投降了。

我看见我跪在墓碑前。墓碑周围一圈的缝隙又生了几株野草,被我一一拔去,我的手抚在冰凉的碑面上。没来这里之前,我还有些期待见到父亲的幽魂,结果再一次证明,这世上的幽魂唯有我一个。所以这里不过是一堆石头,根本不是父亲。父亲已经消失了,哪儿也找不到了。我想不通怎么会有人对着墓碑说话,就像在表演一样。对着石碑,我连眼泪都挤不出来。

太阳正在落山,我绕着承天寺院落中央两棵高大茂盛的雌雄银杏游荡。仰望树冠,枝叶间大大小小的缝隙被夕阳的光辉填满,整棵树一边闪烁着粼粼金光一边发出轻柔的沙沙声。这会儿已经没有多少游人了。几个穿棕色西服的游客显然来自沙市租界,说着我听不懂的日本话。在正殿前的三脚香炉附近,他身着军服,正同寺里的老和尚交谈。这不是我第一次遇见他,他就是奎善被抓走那天,坐在马上指挥的军官。那次之后,大街上、道署衙门门口,我同他偶遇了许多次,每次他都骑在那匹高头大马上。后来我从端瑞他们那里听说了他的名字,关仲卿,善后局的协理,专门负责对城里的旗人"善后"。每次看见他,我看起来都有些沮丧。我不害怕他,也不仇视他——也许抱有一点敌意,但还远远没有到像端瑞他们那样恨到欲杀之而后快的地步。过去我们杀革命党,现在革命党杀我们,这是天经地义的事。如果宗社党成功了,我们也会反过来杀他。那么那时我的沮丧从何而来呢？也许是我羡慕他的马，那匹高大神气的骏马。

  我观察着他：他看上去和我差不多年纪，比我略瘦一些，总是一脸严肃。他结束谈话转到正殿北边，我跟随他，见到他独自一人站在松树底下长叹了声气，之后就像一具被吊起的尸体般立在树影中一动不动。我既好奇又意外——他也有伤心难过的事吗？他的伤心难过同我的比起来孰轻孰重呢？这时，老和尚回来了，他收起那副忧伤的样子。正好三个日本游客踱步到附近，扰乱了原本隐秘幽寂的角落。一个脖子上挂着折叠式相机的日本人比画着，说着简单而蹩脚的词语冲我挥手，邀请我们所有人过来合影。我看上去迟疑了一刹那，也许是觉得如果此时此刻拒绝邀请，那就像真的惧怕他而选择逃走一样。我怀着高傲之心大步走过去，挺胸站在一个留胡子的日本人身旁。我们五个并排站着。清脆的机械按键音响起后，我们的影像应该永久地映在银版上了，也许照片早已在暗房冲洗出来，刊登在异国某份报刊不起眼的中间页上。照相的日本人抬头龇牙笑着冲我们比出大拇指。

  另一个会一点中国话的日本人询问他天主教堂怎么走。我旁听他们的谈话，发现他居然用流利的日语同他们交谈起来。他去过日本留学吗？是了，留日的学生里很多革命党，父亲说过。那么他是留日归来的革命党？一个对待陌生人彬彬有礼的革命党，一个功成事遂的革命党，一个拥有漂亮栗色大马

的革命党。没过一会儿,他,关仲卿居然主动问我:

"他们说要去天主教堂玩,我不去,你要去吗?"

"我不去。"我困惑地看着他。

刚开口,我的口音就暴露了我是旗人。他也觉察到这一点,视线转向我。

"你怎么样,日子过得?"他忽然问我。

"还行吧。"我答道。我感到恐慌了吗?

"你平时做什么?"

"给人当佣工,混日子。"我随口扯了个谎。

我竟然在他眼中看到了一丝同情的目光。不过那个时候,在我隐秘的心思中,我其实更希望他以鄙夷的目光看待我,轻蔑地盘问我一番,然后狠狠侮辱我一顿赶我走。但他没有。或许那个时候,我这种受虐者的心态令我愤愤不平,使得我对他平添了几分恨意。

他点了点头,随后抱着双臂对日本人摇头说了什么,最后看了我一眼,对我点头致意后转身离去。我暂时撇下我,跟着他走出承天寺。原来拴在寺前系马桩上的是他的马,正是那匹马。他已经上马,在一个持枪卫兵的陪护下向西去了。我第一次从背后观看这匹马:饱满的屁股,紧绷的大腿,芦苇花穗般的尾巴。

等我回到我身边,那个会中国话的日本人冲我挤了挤眼睛,问我:

"你去吗？他不去，他说他是无神论者。"

我婉拒了。我不会跟其他人一块儿去马修德那儿，我只会单独见神父。

我站在院子里透过窗户望着神父他们做完礼拜。其间马神父瞥见了我，冲我招手致意。刚一结束，他放下《天主经》匆匆走出来，握住我的手。

"您去哪儿了？有段时间没见了，您的事怎么样了？"马修德问道。

"我去了汉口，受委托去租界准备'货物'。"我说。他的热情让我很高兴。

我在汉口码头下船，坐洋车前往英国租界内的一幢红砖洋房。抵达后一个仆人模样的人安排我们住在一楼，透过房间窗户可以看到后院草地。随后我被请上楼，说瑛二爷想见我。上楼后，我见到一个穿白夏布大衫的男人。他在长满紫色藤萝的窗边，坐在轻轻晃动的摇椅上冲我微笑，随后从袖中掏出绸帕子拭去头皮渗出的汗。

今天是开春后的大太阳天，阳光晒得人浑身燥热。窗对面是汇丰银行，有个外国女人半露胸脯，在银行门口呼唤一个孩子。孩子跑步穿过柏油马路。

"我认识你父亲，也知道你。"瑛二爷说，"说心里话，我欣赏你，留在我这里做事吧，在傅凤池那里太屈才了。宗社党里头他只是个小角色。我这里的事要紧多了。"

我谢绝了。瑛二爷哑然失笑,说道:

"你不相信我。我看得出来,你不大相信我们能成功。你是个聪明人,但在这事儿上糊涂了。"

"我是个愚蠢的人。"

"谁不蠢呢?我不蠢也不会沦落至今,那些当兵的,革命来了他们嗡的一声造皇上的反,现在革命结束了,革命党说要裁军了,他们又嗡的一声造革命党的反去了。他们就不蠢吗?"

他摇了摇头,说:

"谁都会犯蠢,只要在关键的一两件事上选对就行,最坏的是聪明一世,结果在最重要的事上犯了糊涂。"

"我会考虑的。"我回答道。

下楼后,我休息了一会儿,随后出门在租界内闲逛。租界内和租界外的风景决然不同,沿街都是两层楼的洋房。我在医院和中学门口朝里面观望,没进去,然后去了剧院,欣赏彩色布告牌,最后在滑冰场看一对洋人情侣滑了很久的旱冰。

"我在他的洋房里住了三四天,终于筹集到了需要的'零件',钉在木箱里由日本商船运回沙市。当然,全是他一手操办的,光靠我什么也做不成。那时我才知道,原来他就是我们的金主,不过,最大的金主来自北京。临走前我向他辞行。我对他说:

"'我从进来后第一眼就认出您是谁了。从前我见过您。

您是位大人物。我有话想对您说,您住在租界,我在这儿住了很多天,这儿环境很好,我很羡慕。但不知道您从这边江岸望过对岸武昌没有,我经常散步去岸边。这儿的港口停着像巨兽一样呜呜响的汽轮,对面江面漂着划子船;这儿街上点亮的是电灯,对岸是油灯。'"

"您在讽刺他吗,他是怎么说的呢?"神父听了我的讲述非常好奇。当然,我的讲述隐去了宗社党的部分。

我笑了,但转眼间我又陷入忧郁之中。我说:

"我满以为他会继续和我争辩一番,但他没有。他没再劝说我,大约觉得我顽固不化吧。他很平静地讲述了他们家的事,他妹妹的事。革命那天,他妹妹留在武昌守家,没逃走,被革命党抓去处决了,尸体拖到阅马场示众。神父,单听这么一句话其实不觉得有什么,无非就是个女人在动乱中被杀了,这事儿古今中外不是常常发生吗?有什么稀奇呢?接着,他又对我描述了一番他的妹妹:一个圆脸小眼睛的女人,个子小小的,慢性子,安安静静,不爱说话,总是一副笑脸,从没见过她生气,对谁都是和和气气,喜欢吃甜的,冬天容易冻手,养了一条土狗,念佛,快四十了一直没嫁人。她就这么被拉去枪毙了。她死之前该多么害怕啊!临刑前一定跪在地上哭得发抖地叫哥哥。唉,听他这么说,我对他完全讨厌不起来了,哪怕再不认同他,也不忍心继续说什么反驳他了。

"之后我坐在公园长椅上休息,忽然有种转瞬即逝的冲动——我想乘火车逃走，永远离开这里。等荆州的那帮人发觉时，我早就彻底消失了，谁也找不到我。但我很快打消了这念头，甚至一度为这想法羞愧。唉，我居然会为抛下这些人感到内疚，这是不是说明潜移默化中我的内心动摇了？"

"人心是很复杂的，很多时候我也看不清自己。"马神父的手按在我后背上。

"是吧，我也觉得。那人曾经问我：你难道一点恨意也没有吗？有一个同伴，他也这么哭着问过我。我说我没有，我说我放下了。可是我真的放下了吗？要是我的妹妹也被人抓去杀了，我能放下吗？也许我心里想的没有那么简单，所以我对他们、对这里、对整件事怀着极为复杂的态度，导致我踌躇不决，像身陷泥潭一样没法脱身，最后自作自受，越来越痛苦。"

"那您要怎么办？"

"我还没想好。如果可以，我什么都不愿想，什么都不愿做，听天由命。"

"我有一句忠告：迷失在黑夜中时，不妨抬头看看星空；如果不知道该相信什么，人应当面对自己的良知。"

"嗯，算了，不想了，老这么昼夜颠倒可不行，好好睡一觉比什么都强，也许一觉醒来我已不是昨天的我，我的苦恼也全部消失了。"我一挥手，一边往外走一边说道。

回到恩喜家，家里只有端瑞和恩喜。他们还在挖地窖。

挖出的土坑有一尺半深了。端瑞蹲在土坑中，铆足劲儿挖土。恩喜隔一会儿进去一次，把土铲进麻袋里搬到院子中央。

"其他人呢？"我问端瑞。

"出去喝酒了。"他说，一刻也没停下。

"亮方和额克登也去了？"

"他们没，他们去码头了，去运枪了。"

"你怎么不去喝酒？"

"得快点挖好啊，亮方那儿都放了二十箱了，地窖快堆满了。"

"你一个人弄也太辛苦了，等他们回来一起弄吧。"

端瑞没理我，像苦行僧一样不知疲倦地挖着。我在一旁站了会儿，走到院子里。过了没多久，恩喜抱着麻袋出来了。我问他：

"今天你问到什么了吗？"

恩喜摇摇头，停下来看着我。

我习惯了他的寡言少语。他就这个性。我说：

"那明天再去问问吧。"

"好。"他小声答道。在得到我的吩咐后，他才继续行动。

这两句话好像已经成为一种重复空洞的问答。我甚至不关心恩喜会怎样回答我了，说不定恩喜哪天答说"有消息了"，我大概还是会说"请明天再去打听我妹妹的消息"云云。把一切交给命运吧。但我早晚会离开这里。这也是我跟他们的不同之处。早晚会去,但不是现在。不是现在,但又不是明天,不是后天……是将来,是我也不知的某一天。

天黑后,我、恩喜还有端瑞一同出门。夜里八时左右,我们来到城墙边。这是东门南侧的一段城墙,相较于其他地方,墙面尤其凹凸不平。我们托举着瘦小的恩喜。他把拇指粗的麻绳一圈圈缠在肩上,踩着突出的墙砖一点点爬上城墙,翻到城垛后面去了。

我和端瑞在下面等着。黑暗中,我们谁也没有说话。过了很久,端瑞开口说道:

"对了,凤鸣去北京了。"

"啊。"我想了想,问,"什么时候的事?"

"就这个月,傅凤池说他下个月回来。"

我想,端瑞应该不知道凤鸣不会回来了。他终于如愿逃得远远的了。

又过了一会儿,端瑞去附近放哨。他的身影和脚步声渐渐与黑夜融为一体。我独自站在墙根下,等待绳子从上头吊下来。我不知道绳子什么时候吊下来。仰头望去,城头淹没在淤泥似的一团漆黑中,我的双眼像失明了一样。远处传来狗叫。我垂手站着。我不知道绳子什么时候吊下来,我只能这么等着。

回来后,端瑞继续挖土,终于在两个小时后完工了。我们把恩喜带回来的两箱子弹装进去,盖上隔板,覆上一层薄土。完成这一切的我走到窗边的水缸舀水喝。我没找到瓢，干脆不找了，趴在缸边直饮。低下头，我看见映在水中的倒影。在油灯昏暗的光照下，我看到一个模糊的影子。这完全不是我记忆中的我，如果说像什么，像个幽魂……

我是一个幽魂，一个不知道自己存在意义的幽魂。时间对我而言非均匀地流逝着。我感觉只发了一小会儿呆，实际却过了大半天、好几天。我之所以能注意到，是因为在我待的地方，草、树叶明显生长了。有时候回过神来，发现天空已经由白昼变为黑夜，而在我体感中不过眨了眨眼。

这一次回过神，我发现我在门前徘徊，最终下定决心叩响了圣母无染原罪堂的院门。天正一点一点暗淡下去。门终于开了，马修德提着油灯，发现来者是我后很惊讶，因为我从未在夜晚造访过。

"神父，发生了一件事。"我站在门外，有气无力地说，甚至没有力气在话语里增添一些感情波澜，"简直晴天霹雳一样，非常糟糕。"

马修德请我进去说话。我们坐在空无一人的教堂末排。室内唯一一盏煤油灯照耀着我的脸庞，在沉默了不知道多久后我缓缓开口：

"我终于要走了。"

"什么时候？这是好事啊，您不是一直说想走吗？您的事办完了？那为什么说糟糕呢？"

"我想忏悔，神父。"我说。说吧。

"我听着呢，请说吧。"他有些意外，但没过多询问。

"您还记得吗，我说过的，总有一天会告诉您，现在是时候了。"快说吧。

"我记得，我在听。"

"一个女孩子，一个丫头，我父亲以前的下人，唉，我强奸了她。真难看啊，那姑娘，黑黑瘦瘦的，被我按在地上，掐着脖子，就这么强奸了，我父亲死后。真恶心。为什么？那时候已经到极限了，坠落到底了，快疯了，脑子里有个念头，一定要毁灭什么、伤害什么，像有颗炸弹，要是不做点什么就会爆炸，会自杀。所以就这么做了，像发狂的野兽一样干了，说不定让那姑娘怀孕了，生下的孩子应该和她一样难看吧。"

我顺着神父惊诧的目光望去，看到他那张双眼圆睁嘴巴微张表情凝固的脸。我突然觉得非常滑稽，抑制不住地从鼻子里笑了一声。我不应该笑，不该在这个时候发笑。

我闭上眼，咽了咽唾沫。我仿佛注视着一头野兽，披着人皮的野兽。

我继续说道：

"我想重新开始，神父，我想向您忏悔。"

我双手紧扣，抵住额头。

等我的身体平静了，我站起身，对神父说：

"我要走了。"

"您要去哪里，去找她吗？"

"不，我现在没法见她，将来会吧。"

"这想法是可以的，是您赎罪的开始。"神父震惊过后很快稳定了情绪，义正词严地劝诫道，"而您能否获得宽恕，这世上只取决于一个人，您知道是谁。"

"我知道。您厌恶我了吗，神父？"

马修德沉默着。

"随便吧，反正这是您最后一次见我。"我起身走向教堂大门，说道。

"如果您因为这件事感到痛苦，愿意做一切事情挽救，那么我还会用以前的态度看待您。"神父对着我的背影说道。

我没有回答。显然，他厌恶我。我说过，一旦我说出口他就会厌恶我。可是一切并不如我想象的那样顺利。我以为只要说出口就能重新开始，看来说出口还只是忏悔的第一步，而忏悔是我由兽类变回人、获得婴儿般新生的第一步。我忽然停下脚步，身体靠在墙上，一边抽泣一边自言自语："哦哦对不起……哦哦对不起……"我一边哭一边颤抖，我的肩膀颤动得越来越厉害，渐渐由抖动变成了晃动。我的肩膀剧烈地晃动着。端瑞抓住我的肩膀使劲摇晃着。

"我说，他们被警察抓走了！"

虽然听清了每一个字，但这些字句无法在我脑中拼凑成一个完整的句子。我还没完全清醒，眼里是端瑞惊恐的样子。端瑞一遍又一遍对我叫道：

"亮方和额克登，还有几个，他们昨晚上被抓走了！"

端瑞哭丧着脸蹲在地上，又猛地起身，不断来回踱步，边走边用拳头捶打自己的大腿：

"他们昨晚去运枪，被巡查的士兵逮到——全被押走了，一个也没回来！"

端瑞忽然停下，急不可耐地对我说：

"我们得先走，他们迟早要把我们供出来，那时候可全完了！……"

我们两个顾不得还没回来的恩喜，急急忙忙从南纪门逃出城，之后饿着肚子一边在城外游荡一边探听消息，中午前正好遇到同样逃出城的恩喜、永寿与祥顺——前者出门买菜，后二人因为昨天晚上出城到草市看戏彻夜未归侥幸躲过一劫。我们寄居在南门外恩喜一个转行杀猪的表弟家。商讨怎么办时，我听见表弟媳妇在灶房低声抱怨自己的不易，吱声叫走表弟，商量如何客气地请我们在饭点前离开。

最后，我们一致同意派会说荆州方言的祥顺装成汉人去公馆找人。去了没多久，祥顺回来时面色发白。

"他走了。"他几乎快哭出声，"全跑去汉口了。傅凤池已经卷钱跑了，人去楼空，留了字条叫我们想办法去租界找他……"

可是我们怎么去租界呢？当天下午，这一事件引发的震动波及城外。驻扎在草市的军队大批调入城内，和警察一起搜捕宗社党。来往的旅人议论着新近的传闻：夜巡的警察抓了一批想要谋反的满人，搜出一屋子的枪弹，最后枪毙了二十个，又一说杀了五十个。最后，一个鱼糕商人宣布是十四个，因为将军府门前立了十四根柱子，木棍支成的三脚架一字排开，十四颗人头摆在十四个架子上。

我们坐在河边草地上继续商议。除我以外的人一致决定筹路费去汉口投奔瑛二爷，只是不知钱从哪里来。我非常失望。我怎么又沦落到这样的境地了，明明我一开始觉得宗社党的计划毫无意义，为什么又跟他们搅在一起？我是什么时候竟然对这帮乌合之众产生了一丝期望？也许我不能责怪他人……我已经厌倦思考这样复杂的局势了。我觉得我是一只慌乱过度、跟随本能行动的动物。

突然，端瑞爬起来，站在斜坡顶上对我们说：

"我们去杀人抢钱吧！"

恩喜同样站起来，惊讶地望向他。端瑞接着说道：

"善后局肯定有很多钱，我们把那家伙杀了！——杀了他，报了仇，抢他的钱，我们拿钱去汉口。"

端瑞的泪水在眼里打转。他像是用尽最后一点气力说道：

"哪怕我死了也要杀他。只要能报仇，我情愿死在这里！……杀了他！……做完这件事，然后我们离开，再也不要回来！……"

我们被他的提议吓了一跳。但我倒是十分理解他。他只有满怀恨意才能继续活下去；一旦停止仇恨，他就跟死了差不多。就在永寿和祥顺逐渐被端瑞说服时，我突然冷漠地说道：

"我不去了。"

他们还没反应过来，我用这副没有任何情感的嗓音继续说道：

"我一个人走，就这么分道扬镳吧。"

他们试图挽回我，但被端瑞厉声制止了。

"别管他了，他本来就跟我们不是一路人。"端瑞吐了口唾沫，鄙夷地看了我一眼，说，"懦夫！"

随他们怎么说吧，我懒得管他们了。他们不知道的是，从恩喜家逃走时我身上带了钱。我身上一直带着钱，虽然不多，但足够支撑我买船票，只用两个银圆不到，三等舱能去汉口，去杭州，去哪儿都行。我可不会再管这些人的死活。我被这帮家伙害惨了。就像端瑞说的那样，"我们不是一路人"。既然如此，就让他们去送死吧。去他□的宗社党！去他□的傅凤池！去他□的旗人！……

天黑以前，端瑞一行四人出发了。我没有跟他们走，我选择了另一条路，打算走去沙市，花两个钟走到日租界。在那之前，我想去教堂一趟。我想见马神父最后一面，这事儿就像某种非做不可的使命一样。一旦真的决心离开，我发觉这过程其实异常轻松，反而有些弄不懂我当时为什么如此纠结。我非常高兴，精神振奋，就像被放回河流的鱼儿，一个劲儿摆动尾巴游向光明美好前途无量的未来。我即将从父亲的死、妹妹的走失、我在这里的两次失败中脱身，开启自私自利的另一次人生。我将舍弃"常丰"和"恒丰"两个旧名字，重新取一个名字——说起来，我那铁定遗传了母亲丑陋外貌的新生儿该取什么名字好呢？我望着天边层层叠叠的火烧云边走边想着。

整片天空仿佛在燃烧，散发出凝固静止的火焰，而当火焰燃烧殆尽，余留下焦炭一样的夜色时，我从神父那儿出来。我正步行去沙市，途中始终觉得有一道无法摆脱的视线尾随着我。我穿行在这片不太熟悉的街区中。随着天越来越黑，周围越来越安静，这种不安感也越来越强烈。我仿佛听见了许多跟夜晚格格不入的奇怪声音。很快这一预感得到了印证。一队提灯的巡警同我迎面而过，他们小跑着往圣母堂的方向奔去。一些街坊邻居聚在路口夜聊，我因为和他们站得很近躲过一劫。他们的目标显然就是我。我离开路口拐入巷子，身后有人呐喊。脚步声正朝我迫近。我惊慌失措，只能盲目逃窜。我被耳边各种声音折磨得近乎发狂，被迫钻进更深、更阴暗的巷道。我忽然停在原地，屏息聆听：我觉得谜一般的黑暗中，正有无数军警从四面八方朝我围拢而来。我居然慌慌张张跑去路边一排土房子前拍门求救。有人打开木门，我哀求道："帮帮我！……"但刚这样说，我忽然意识到这么做的荒谬之处——

我怎么能相信这些人呢？他们又怎么会帮我呢？我真是疯了。

　　我迷路了，只能一直往前走。我很害怕。孩子我们是荆州人但是又和一般的荆州人不同我们是荆州旗人你知道吗？我不害怕战场上轰轰烈烈、受到表彰的死，最害怕稀里糊涂、默默无闻的死。我们的祖先出身寒微是舒穆鲁氏远支正白旗下一个普通步兵名字的满语意思是羊在康熙朝跟上千八旗兵一起被皇上派到荆州府驻防他对北京的生活念念不忘出发前问本旗的牛录什么时候能回来他甚至没有向留在北京的好友讨要借款到了荆州他还请人写信给北京的哥哥抱怨南方潮湿的天气希望快些回北方但他再也没回去过了。我最害怕在某个谁也不知道的地方窝囊地死了，并且死相难看，尸体被人随意找块地埋了，如果那样，还不如当初像父亲一样穿戴整齐，官服一个褶印也没有，端端正正坐在背椅上，饱含热泪一枪打爆自己心脏。对北方的怀念只持续了一代后来的子孙很快习惯了南方的气候之后又过了两代人据京城外放到此做官的旗人评价我们的口音已经受到南方话的影响略微改变了又过了一代人后代的某一支取了恒作为汉姓以与其他宗族区别。猝不及防，我和其中一个巡警撞了个正着。他举高射灯照见我，下意识呐喊了一声，当即拦住去路高声呼唤其他人过来。然而接连打仗族里的男丁战死十之八九家里的女人和孩子戴了十年孝没有脱下十年过后家族只有一个马军活了下来他叫恒俊就是你的爷爷我的父亲咸丰末年他跟随官文将军征战湖广的粤匪亲手收殓了父亲和叔伯的遗体后来又在同治朝陪伴多隆阿将军前往陕甘平乱运回了哥哥和堂兄的骨殖。没办法。我从怀里掏出父亲自杀用的五响手枪朝他开了一枪。死亡降临得平淡而突然，连我也难以置信。灯摔碎了，火顺着泄漏的灯油燃烧了一地，映亮了我的双腿。他的眉骨中枪摔下马昏死了后来清理尸体时被救活一位骁骑校了解我们家族的事于是将他遣回荆州休养你爷爷娶了同城一个瓜勒佳氏的正白旗兵丁女儿生下我和你叔叔。这奇异的景象短暂地吸引了我，令我不知不觉忘记自己是一个逃亡者。我打了个冷战，冲死者小声骂道："都是你自找的！"他对此无法反驳。我从尸体身上跨过去时，发现那巡警相当年轻。

我沿路飞奔，脚下坚实的土地渐渐变成干瘪的枯草。你出生那天我记得很清楚发生了一场事故公署西南面的钟楼因为守夜人疏忽毁于大火大钟烧成一摊铜泥从此再没有复建余下的鼓楼取代了钟楼。然而这一次没逃出多远我便被警察和士兵前后堵在中间。你要记住听见了吗孩子。再往北，路的尽头是城墙，没有回头路可走。爹我知道了，我会记得的。没人敢过来，单膝跪地的士兵手里端起的一排枪管齐刷刷对准我，警察远远躲在低矮的瓦房后面喊话：

"你没得地方跑了！"

我半跪着大口喘息，衣服湿透了，粘在身上像一层蜕不掉的皮。我强烈地感觉到最终命运的迫近，巨钟撞响的声音在我耳边越来越大，嗡……嗡……我的身体像打摆子一样抖个不停。我的脑海中突然闪现出第一次杀人后蹲在树后草丛里一边呕吐一边抽泣的丑态。

"你跑不脱了！"一个巡警又一次隔空喊道。

"那你过来啊！"我站起身，怒吼着回敬道。

许久没有动静，这之后枪声大作，就像庆贺新年时响起的鞭炮声。我倒在地上滚了个圈。

如您所见，我死了，我可笑的人生就这么稀里糊涂结束了。人们常说盖棺论定，我这么觉得：我其实是自杀的。这是我自己给自己下的判决。我不是父亲那样果决的自杀者，而是懦弱的慢性自杀者。我不知道别人怎么看待我，我不在意，何况这世上没几个人记得我，我能平静地被人遗忘。我所关心的唯有一件事，就是我还会以幽魂的形式存在多久。无事可做，我会观察路人，但这于我而言很快也变得异常艰难，因为正如我所感受到的，时间的连绵逐渐变快了。我凑上前刚想听清他们在议论什么，下一秒他们也许就消失不见了。最令我吃惊的一次是，我明明站在空地上，可是转瞬之间我身处一棵大树之中。好在我是无形的，不必担心被树干贯穿，但这也就是说，一下子逝去了由种子成长为大树的漫长岁月。我不知道就这样过去了多少个日日夜夜，许多新奇的物体陆续涌现，超乎我的理解，而我能清楚感知的是，我似乎又经历了一次战争，接着是一段短暂的和平时代，然后又一次燃起战火，平静……在某个黎明时分，强烈的金色光芒又一次在东边天际线上闪烁，我忽然意识到也许这就是为我单独设下的孤独地狱？为了惩罚过往人生中犯下的罪过，以至于我将永远游荡在世上，不断在紊乱的记忆中重复经历这一切？想到这个，不免让我沮丧。我只希望我的刑罚能快点到头，届时也许我的存在变得稀薄，我也将彻底化归于无。

第二部分

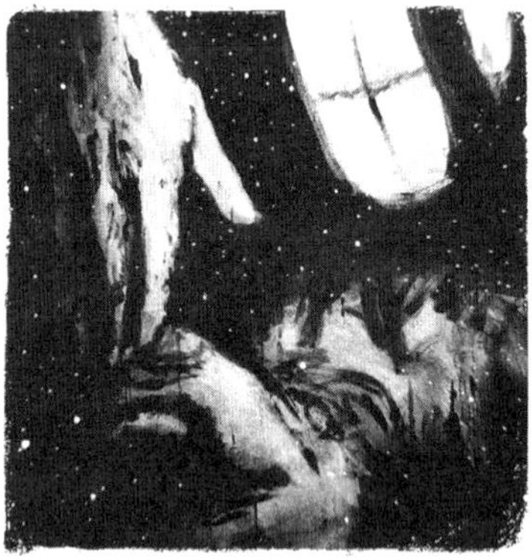

一

《申报》荆州宗社党系列报道：

五月十八日　荆州亦有宗社党

自鄂军第七镇统制唐牺支光复荆州已久驻防满人归降者一概优抚发帮助其自谋生计孰料近日竟有北京之宗社党数人勾结旗人亮方（亮方为原右都统戈什哈）密谋刺杀军政要员伺机起事占据荆州为根据地以图恢复满人旧势力五月六日夜东门巡长李鹤翁夜巡见数满人立于城墙之下不知何故皆神色慌张乃呵问汝等深夜在此做何如实直供或可宽宥不然一经查实性命难保众满人皆称无事又伪言在此纳凉聚谈李巡长即疑今日天气甚凉岂有聚众纳凉之理此必诡言乃命巡警将各满人剥衣检查并无所得众满人口呼冤枉复于树下寻得子弹一箱手炮一只李巡长以此物诘满人皆战栗不能答李即命巡警将各满人拿下共计七人带归

镇司令部请唐统制严加鞫审内有额克登（额与其兄额尔布原在省陆军三十一标）受刑不住供云七人为宗社党人往来沙市运送军火俟夜深无人时缒城运入枪药炸弹又供出同党数人唐即派兵至亮方家地板之下搜获子弹炸药五十余箱手炮快枪二百余支并满文密函数十封又在康熙庙内拿获宗社党数人掘出地雷枪弹百余件八日将额亮十余人枭首悬于满城将军府前以申警诚说者谓此事既泄在荆满人虽有叛心必不敢再为乱矣

五月二十四日　宗社党来鄂送死

前清荆州将军连魁之子现改名傅凤池为宗社党荆州支部首领五月该州宗社党谋叛事败伏诛收缴火药炸弹皆为傅从汉口运来鄂军第七镇统制唐牺支亲赴武昌报知黎副总统即派侦探跟傅踪迹至汉口租界该探诈称商贾与傅饮酒数日交谈甚欢知其不日将离汉去京遂报汉口军队俟傅十八日出租界时将其缉拿归案解送都督府经黎公审讯供云该党由汉口某洋行代汇银一百五十万为经费入其党者发有徽章为记武汉军界将校下士卒多有与焉昨日黎副总统已宣布静街令每夜九时不准军人上街走动商民则以十一时为限违者重罚谅傅凤池性命必不保矣

五月二十六日　鄂省宗社党余谈

武汉连日拘获宗社党及谋叛军士正法者已数十人本月二十一日午时都督府又令军法局绑出宗社党匪七人押送阅马场

典刑内有三人毫无惧色怒目圆睁詈骂不绝其余四犯则面如土色一时观者如堵咸云看杀将军盖七人中有一为前在汉口拿获前荆州将军连魁之子傅凤池旁观拥挤竟有小孩二名被众挤毙现军务司长拿获宗社党什九皆系汉人且大半服役盖鄂军饷发发难支官佐军士恐遭裁撤多受蛊惑黎副总统已屡开军事会议详订退伍方法军界诫劝军人勿附和但在宗社党者多蠢笨如猪恐非空言所能感化必须有获必诛斯为上策耳

墙根下的尸体保持着扭曲的姿态。在它跟前，巡警们并排跨立，挺直的双腿如同深黑色的铁栅将它隔离在内。铁栅之外是来回走动的脚步、踮起的脚、安安静静等候运尸的骡子的四蹄。喧闹声中，死者的身体已悄然褪变为蜡白色。忽然，铁栅打开一条缝，看守尸体的巡警让开一道口子。关仲卿被簇拥着走入其中。借助灯光，他朝地上看了一眼便转过脸，随后向一位巡官点了点头。巡官毕恭毕敬地汇报说："这是宗社党同党，我们的侦探跟踪这帮人好几天了，还有三个在逃……"

铁栅又合上了。关仲卿捂着胳膊，在巡警的搀扶下来到不远处的巡警局局长面前。

"袭击你的人已经找到一个。"局长说，低头查看关仲卿挽起的袖子、被纱布包裹的手臂，"死了，你开枪还击的时候把他打伤了，找到他时已经死了，坐在街边上死了。另外两个还没找到——膀子还好吗？要缝针吗？"

"要。"关仲卿感觉浑身发冷。

"去找军医啊,不要感染了到时候。你可以回去休息了,我们还要忙一晚上。等下我要去见唐司令,今晚上他又睡不了,又要戒严了,前几天戒严现在又要戒严,我们都睡不了了。"

突然之间,关仲卿的心脏仿佛被一双大手紧紧捏住。他拼命大口呼吸,但感觉空气吸不进肺里。他死死捂住胸口,手指在震颤。他想大声呼救,可是一阵尖锐的耳鸣贯穿了他的大脑,接着整个世界都被持续不断的耳鸣占据了。树丛里的尸体,街上的尸体,布满弹孔的尸体,老人的尸体,女人的尸体……他倒在地上,浑身冒汗,从后背到小腿的肌肉快要紧绷到断裂了——他还在耳鸣,视线变得模糊不清。他的心脏要爆炸了。他强烈地预感到自己马上要暴毙了!……

不知道过了多久,这阵暴风雨般的病症消失了。他没有死,他重新掌控了身体。他觉得自己像婴孩一样被人抱起,接着一股冰凉的液体灌入嘴里。这种冰凉的感觉顺着喉咙延伸至肚子。恍惚间,他听见有人在呼喊:"错了,怎么把酒给他喝了。"他这才发觉灌进自己嘴里的不是水。他很久没有尝到这股辛辣苦涩的味道了,上一次还是多年以前在异国他乡的某个夜晚,并且那个夜晚之后他突然戒酒了,但其实更早些时候他是滴酒不沾的。那是他在东京留学的岁月。每当想起那段日子,他的思绪总忍不住重返这一幕:一个阴天午后,闷热潮湿,雷雨来临的前夕,他躺在八叠半房间里被热醒了。他翻了个身,支起双肘撑在褥子上,发现床单被汗水浸湿,汗渍隐现出人四肢的轮廓。抬起头,在他一步之遥的地方坐着一个人。他首先看见的是那人脑后一股浓密漆黑、几乎悬垂至地板的辫子。

听见动静,凭案而坐的青年转过头,微笑着打了声招呼。关仲卿漫不经心地答应着,慢慢坐起身。和室友不同,他在半个月前剪掉辫子,剃了光头,如今脑袋上新生了一层短发,刚刚覆盖住头皮。

他的室友名叫乌端,同是公派留日的学生。关仲卿还未完全从睡梦中清醒,乌端忽然递来一张纸。

"关兄,劳烦你帮我看一看,刚刚写好的。"

窗外,楼下几个妇人站在街边说笑。

"昨晚你几时睡的?早上出门看你还没起来,吵到你没?"乌端问他,随后站起身,走到窗前。

关仲卿把纸拈在手里,没有回答。他伸手去摸枕头边的陶杯。

"老太太回来了。"乌端看着楼下的三个妇人说道。

过了一会儿,远处的天空响起几声闷雷,吓得楼下的女人失声尖叫。即便开着窗,室内的空气也还是闷极了。暴雨久久不至,令人烦躁不安,关仲卿的脸色如同外面的天色一样阴沉。他略微看了一眼纸上写着的四句诗。

"还好。"他开口时嗓音沙哑,同时指出,"可你是满人,不该用'炎黄''轩辕'。"

乌端笑道:

"关兄,我是满人,但也是中国人。如今故国疮痍满目,有黍离之叹,何必分什么满汉呢?"

关仲卿对这番解释不予置评。他背对乌端重新躺下,将自己的想法深藏于心。

关仲卿和乌端虽不能说是俞伯牙与钟子期,但的确是一对极要好的朋友。乌端生性随和,无论何时无论对谁都面露微笑,哪怕真的伤心难过也要先苦笑自嘲一番。没人见过他发怒,也从没有人见过他忧愁烦闷或者哭丧着脸。他就像是太阳,永远只释放光与热,而绝不产生阴暗与寒冷。反观关仲卿,他算得上是乌端的反面。乌端是太阳,他就是一块冰冷的玄武岩;乌端平易近人,他睥睨万物不近人情。他以魏晋风度自居,做事随性,并且四体不勤,东西乱糟糟堆在一起,"以乱易整"是他的作风;不仅如此,有时他故意展露出一种攻击性,用讥诮的话激怒对方,他也常常因为言语不和而与人发生龃龉。他所到之处,了解他的人要么回避,要么沉默。即便旁人毫不掩饰对他的嫌恶,他也全不在意。但他并非真的迟钝于人情,相反,他洞察人心,他对自己的性格、所作所为以及他人的好恶知道得一清二楚,只是不在乎旁人怎样看待自己,也不屑于讨好他眼中的蠢货愚夫,浪费口舌在无知之人身上,宁可碍着他们的牙眼。所以他独来独往,没有朋友。

他没有朋友——除了乌端。

这真是一对奇怪的伙伴,但细细想来也不是不能说通。关仲卿寡言,乌端健谈;关仲卿量小,乌端包容;关仲卿冷漠,乌端热情;关仲卿喜欢静处,乌端偏爱交游。他们个性互补,或许这就是他们成为挚友的缘故。

他们原先在南京的矿路学堂就是同学。乌端是杭州旗人出身,世代马甲,兄弟姊妹六个,他一人投考到南京。关仲卿则来自荆州府城东边的小镇沙市,父亲是卖布的商人,出钱让他去学新学。学堂里,兴趣相投的二人熟识了,一同研习算学、格物、生理与化学,讨论中外地理与历史。乌端与关仲卿刚一接触西学便被震惊了——新学为他们打开了一扇窗户,让他们第一次对自己既往所学的一切心生怀疑,并且第一次意识到宇宙天地万物世界竟然是这样运行的。他们几乎同时决定了要去海外求学,而在被问到学成归来后要做什么时,关仲卿从未谈论过,但在乌端看来,他只是不善表露心迹,其实早已下定主意——"他不可能甘心一辈子做个庸人。"乌端这样评价他。

他们同一批入选了官派留学生。八月下旬的某天凌晨,不到六点他们就起床换好靛蓝色操衣,盘好辫子,戴好小帽从会馆出发去码头集合。其他学生比他们来得更早,一百来人排成三列等待学监点名。轮到乌端时,学监突然拿铅笔敲了敲乌端的左耳。

"辫子没塞好！"学监大叫道。他的叫声在人群上空回荡。接着，学监拿铅笔抵住乌端的喉咙呵斥道："再这样就滚回去，开除！听见没有！"

在场所有人齐刷刷望向他。乌端小声道歉，摘下小帽重新盘了一遍辫子，一点发尾也没露在帽子外边。这件小事很快过去了，然而关仲卿见到此情此景暴怒不已。他决计轮到自己时，如果学监以同样的方式羞辱自己，他一定要当场报复回去。他已经计划好怎么动手，并且因为沉浸于思考暴力，他没注意到自己的脸绷得紧紧的，仿佛随时会以骇人的方式爆发。

好在最后他们之间什么也没发生。学监手捧名册点完名，有三个学生逾期未到。为他们送行的南洋公学学生开始拍掌唱歌。

即将出发的巨轮已经停在栈桥尽头了，汽笛轰然鸣响，仿佛在欢迎他们。戴圆框眼镜的日本医生拿小勺挨个检查沙眼病，有一名学生筛查不合格被扣留。这时栈桥还泡在海水中，他们没法登船，只能等待潮落。众人在岸边席地而坐，远远望着轮船、海平面和天空发呆。海风似乎带来了对岸的陌生气味。过了一个钟头，栈桥的水位还有小腿那么深。他们又等了两个小时，直到下午三点，水终于退了。工人手提铁桶把煤灰撒在栈道上。他们重新排好队，一个接一个穿过铁栈道。关仲卿排在乌端后面。轮到他时，他踩着栈道尽头的橡木跳板，攘臂把包裹扔上甲板，然后狠狠地爬上结网，抬腿翻过舷槛。

终于上船了,送行的人们在下面挥舞小旗,朝甲板上扔橘子。这一天,关仲卿唯一一次见到乌端流下眼泪,而即便这时乌端仍强装笑容。等船驶出码头,送别的人群散去,关仲卿发现岸上还剩下一个人迟迟没有离开。那个人背手站立,一动不动。关仲卿认出那是学监。从船上望去,岸边的学监渐渐化为一方石柱,一颗米粒,一个点。

他们在三等舱里躺了六天,吃了六天只能勉强下咽的咸鱼。同行的十个学生忽然下痢,吓得船长险些挂起黄旗,幸运的是十人在抵达横滨港前痊愈。下船后他们换乘火车抵达东京,搬进留学生会馆。

客居东瀛的中国人里,求学者不在少数。他们刚一到,便受到同乡前辈的邀约。乌端被一个在日满人协会请吃饭。没过多久,一个名叫周利贞的鄂州人找上门,请关仲卿过去他们鄂人同乡会"玩一玩"。这个人身着棕色西装,比他们略长两三岁,脑后的辫子剪了,模仿西人梳着分头,抹了头油。在乌端与关仲卿这样的初来乍到者看来,这种打扮十分新奇,但在其他留日学生眼里早已见怪不怪了,就连学监与领事也睁一只眼闭一只眼。那时关仲卿面对邀约未置可否,乌端看出他不大愿意,担心他说出失礼的话,急忙替他回应说:

"我们刚来,近日还有些忙,等安顿好,得闲了一定去看看。"

"那太好了——你是浙江人吗?"

"是，我是杭州人，杭州旗人。"

周利贞沉默了，之后说话语气大不似刚才那般热情，敷衍几句就告辞了。这件事固然令他们奇怪，但关仲卿本来就懒得与人交往，所以并未放在心上。他不无轻蔑地对乌端说："我不喜欢这些不学无术的人，整日拉帮结派。"乌端对此付之一笑。

因为学生宿舍管束严格，乌端和关仲卿在小石川找了一间寓所住下。那是一栋两层楼的房子，一楼住着房东太太和她儿子。这是一位寡居的妇人，丈夫十年前醉酒跌落池子溺死了，据说是一位大学的教员。她养了一只橘色的猫，年前老死了，埋在院子里，立了一块小碑。她的儿子刚二十岁，个子瘦小，戴着眼镜，在横滨念书，每周末都要头顶学生制帽坐电车回来住两天，但学的是什么他们没有问过。二楼的一间八叠半房间租给他们了，两个人住一间房。房间外面是一条东西向的走廊，东边尽头是通向一楼的楼梯。关仲卿喜欢住在幽闭之室，执意把铺盖搬入隔间，一同搬进去的还有从各个地方借来或购来的书。他们渴望知识。在这个到处都是新生事物的地方，他们如同饥饿的人暴食一般学习。每当乌端释卷睡下，还能望见隔间内映出的光亮，那是关仲卿仍在夜读。

他们每天坐电车去预科学校，回到寓所前房东会预备饭菜给他们，常有鱼与豆腐，但也只是勉强下肚，算不上可口。

闲暇时乌端常邀关仲卿去周边游玩，说："你整日学的是书本里头的知识，这固然重要，可这世上还有社会的知识，非出去与人交往不可学到。"受邀的次数多了，关仲卿盛情难却，只好走出隔间，随乌端一道去传通院附近走一走。当他们将辫子盘在脑顶用学生制帽遮住，漫步于幽静的古道，二人总是要对大到时政国是，小到当天心情，以及留学生间的逸闻发几通议论。有一次，乌端拉着关仲卿拜访了留日学生里一位姓孙的前辈。那位前辈住在本乡区的伏见馆，因为熬夜患上了心悸的毛病，总是一副疲惫的模样。他坐在席子上指着案头的稿纸对他们说：

"这些都是我写的，给他们报纸和书社写的。"

"是什么呢？"乌端问道。

"什么都有，大多是翻译的小说，还有些自己随便写的，拿去换一点钱补贴花销。"

关仲卿略微翻阅了几张。前辈笑着说：

"我在想退了学专心做这个。要是能把外国人写的东西传入国内，叫国人看了萌生什么新思想，引起变革，那也是不错的。"

回去的路上，关仲卿和乌端对此深有同感。可当他们把这件事说给学校其他同学听时，他们却觉得"小说也好，文学也好，那样的东西什么也改变不了"。

谈到从学院毕业后的打算时，乌端说自己想去学工程或机械。他说:"我看报纸说,现在已经有机器能让人飞在天上。我从前的兴趣就在轮船和火车,将来想去造那样的东西。"与乌端不同,关仲卿所读的书多涉哲学、法律、宗教与历史。他极少谈论自己的抱负,只有一次突然问过乌端:"你觉得我去念军校如何?"乌端惊讶地询问他缘故,他却改口答道:"我在开玩笑。"

他们之间有一种难得的默契。关仲卿会讽刺别人,但唯独对乌端忍让,不对他刻薄。尽管关仲卿的性格在他人看来古怪,乌端却懂得他的脾气,总能在谈笑间小心避开矛盾,仿佛为了维系这段珍贵的友谊,他们都各自退让了一步:关仲卿不再那么傲慢孤僻,乌端也刻意给关仲卿留下了一方不受外物打扰的精神世界。

然而这样一对好友,最终却绝交了。

这一天,乌端早早出去了,关仲卿直至中午才起床,吃过饭后出门了。半路上他忽然不想去学院,打算去本乡的旧书店看看。他常去的是红叶书店,那里的老板不像别处那么小气,无论看多久也不会驱赶。关仲卿俯身翻阅之际,旁边慢慢走来一个穿高木屐的男人。那人随手翻了几页书,忽然开口问道:

"你是中国人吗?"

关仲卿打量着他——他剪着短发,穿一身深蓝色和服,外面披了一件外衣。

"我是。"关仲卿放下书答道,同时盯着那人反问,"你怎么知道的?"

那人笑了,说:

"新来的留学生怕日本人取笑,都爱把辫子盘起来藏在学生帽里。其他人看不出来,但中国人一看便晓得——帽子里头是鼓的。"

关仲卿猜测这个人大约也是留日的学生。男人接着说道:

"其实倒不如把这猪尾巴剪了省事,只消买根假辫子,每个月领钱时装上……"

说罢他大笑起来。

关仲卿对他的言行感到吃惊。那人请关仲卿到别处说话。他们步行百米在一家居酒屋内坐下,叫了些生鱼片与酒。男人这才自我介绍,自云梁天才,字汉声,乃是浙江绍兴人,已赴日一年。说起刚才的辫子戏谈,梁天才笑道:"也有日本的女人专爱着这辫子的,给我们中国的学生取爱称叫'蝌蚪',但足下恐怕不是讨她们喜欢才留辫子吧。"他谈起自己的穿着,说道:"长衫马褂是他们满人的衣服,我们汉人亡国了,做了奴隶,被迫改穿他们的衣裳,反倒这身衣服是我们汉人本来穿的样式呢。"关仲卿从未听过这样的话,一时不知如何回答。梁天才一边饮酒一边说:"这辫子也是一样。"关仲卿请他再说详细些,梁天才笑道:"我听足下刚才说跟一个满人住在一起。

这样的话我还是少说些，你少知道些好，不然为你引来麻烦，也为我引来麻烦就不妙了。"

关仲卿再三追问，以至于有些动怒。他不是被梁天才的议论冒犯了，而是感到自己被小看了。梁天才又叫了一碟鱿鱼干，终于开口道："我们汉人向来是束发的，剃光了头留辫子是他们鞑靼人习俗。当初强迫剃头，杀了不知道多少人，把有骨气的人都杀光了，留下一群奴才，过了几百年后反而以这猪尾巴为美，殊不知正受世界上各国人的讥笑，也不晓得这辫子正是做了奴才的标志咧！"关仲卿听了默然无言。梁天才看他如此，说道："你想知道真相吗？"

关仲卿发誓不会告诉别人，梁天才请他稍坐，自己出去片刻回来。他取了一本册子交到关仲卿手里。"不要叫你同住的那人看到了。"梁天才叮嘱道。关仲卿发现里头夹了一张纸。分别时，梁天才又笑道："被发现了就烧了吧，说出我来也没事，这名字也不是我的本名。"关仲卿把书紧紧夹在腋下，感到既紧张又内疚。他觉得自己背负了一个人的信任，同时又背叛了一个人的信任。

回去的电车上，他坐着出神。一个醉汉在他身边说了好长时间的胡话，他浑然不察。等快到站时，他抬头看见对面坐着一个穿和服的年轻女人，那女人对他微微一笑。关仲卿想起了梁天才说的"蝌蚪"，不由得红着脸慌忙低下头。

这一天深夜，直到乌端睡去后他才敢翻开这本书，并且几乎是提心吊胆读完的。这本描述明末满人入关后血腥屠杀汉人的禁书《扬州十日记》是从日本馆藏流出，相传作者为扬州屠城的幸存者。此书在留日汉人学生间辗转传抄，造成不小轰动。这也是一种标志，若谁偷偷持有此书，他的政治立场显而易见。

这本书固然令关仲卿震惊，但阅毕就像读了什么稗官野史，仅仅为他提供了一些发生于百年前的旧闻，并未改变他的思想，甚至不能激起他的愤慨。于是他觉得那个梁天才夸大其词。然而他没有注意到这本书在他身上起到的真正作用。对他而言，这本书成了一个契机，在他的头脑中破开了一扇窗户。窗户一旦打开，外界的一切都涌了进来。这天之后，他在阅读《新民丛报》时，第一次对保皇的观点产生了质疑。在那之前，他与不少学生一样，认为中国应当走温和的立宪道路，而激烈的革命会导致社会的混乱——大革命后的法国就是前车之鉴。然而他第一次动摇了——"保皇"究竟保的是谁的皇帝？内阁究竟是谁的内阁？他想起了自己脑后的辫子。那天过后，每当他对镜照见自己的辫子，或者在学校看见其他学生的辫发，他的心里总有一种别扭的感觉。那天之前，他觉得中国人有辫子是自然而然的事情，如同人生下来有一个鼻子、两个眼睛，但现在他突然觉得这辫子极为刺眼丑陋，就像人身上的赘余的器官，而有辫子的人就是畸形的怪胎。

半个月后，他在学校里捡到了一份不知是谁遗失的传单，上面用油墨印着华夷之辨之类的话。他把传单叠好收起来，没告诉任何人。

不久后发生的另一件事不知不觉进一步推动了他的改变。土曜日的一天，一位与中国亲善的教育家大久保先生在东京高等师范学校做了一场关于中国问题的演讲，在场有位叫羊晳人的中国留学生与他往复论难，最后大久保先生邀请在座中国学生改日去他家中继续讨论。关仲卿与乌端是从一个叫何家干的学长那里得知这一消息的。那几天乌端患了感冒，不得不卧床养病，只有关仲卿一人去了那里。

他到大久保宅邸门前时，已有许多穿学生制服的青年在此等候。二十分钟后，两辆东洋车拉着一个穿褐色西服的人与一个戴眼镜的人过来。大家见后纷纷大笑，调侃羊君近来果然阔气了，出入都是洋车。穿西服的人辩解说这都是为了接这位同乡周君，要绕远路，怕赶不及。正说时，门内有个老妪和一位青年出来请大家进去，众人于是跟着走进院门里。

庭院中央有一方石头垒成的水池，游着七八尾红黑相间的鲤鱼。一片枫叶落在池面，惊得鲤鱼四散。波纹还未平息，鱼儿们又重新聚拢，嘴巴一张一合去碰水面的落叶，之后一齐摆尾游走了。

大家跪坐在室内闲谈，过了一会儿，穿褐色西装的青年与一个穿和服留八字须的男人拉门进来。关仲卿不习惯跪坐，学和尚一样盘腿而坐，引得旁边的学生侧目。先前那个戴眼镜的学生起身与蓄八字须的人问候，之后在他身边坐下，面向大家说道：

"前几日大久保先生在礼堂讲演，之后皙人君提问，那时先生的解答未能令羊君完全信服，在座诸君心中也有些疑惑，彼此都未尽意。于是大久保先生答应今日请大家到他的寓所小聚，继续讨论上次的议题。因为先生不会说中国话，座中有些同学初来日本，日文未必精通，所以不才代为翻译，万一有错漏之处，还望各位指正。"

"别客气啦，都是认识的。"座下一个学生笑道，接着众人都笑了。穿和服的大久保不知他们笑什么，也跟着笑，同时坐着鞠躬致意。

关仲卿因为懂得日语，所以不怎么在意翻译。身边有人小声议论说：

"大久保先生上次做讲演，论说中国正值内忧外患之际，不适合暴力的革命，内乱恐怕招致列强瓜分。羊君反驳说，内乱未必一定招致瓜分，又举日本倒幕与法兰西革命为例，期望革命能带来革新，国力因而重振。"

关仲卿听见大久保说：

"羊君前次说革命的作用，其中之一是可能推动人观念的进步，我很是同意。我是研究教育学的，尤为重视个人观念的培育，所以一向认为凡社会要进步，则社会每一民众的观念非进步不可。但诸君切不要看到日本近几十年的变化，便以为中国只要效法日本就能与日本一样了——中日两国国情实在大不相同，国民的个性也迥异。日本适宜的方法，中国未必行得通。"

"那先生以为应当如何呢？"羊君问道。

"我以为中国人应支持政府行渐变式的改革，谋求自强。"

"那样的改革有什么作用呢？不单是我们，先生去过中国，想必是亲眼见过的。现在已快到了非革命不可的地步了。"

大久保沉吟片刻，说：

"也许吧。我并非社会学的学者，对中国的了解也有限，比不上诸君，眼下的看法可能大谬。我所欲告诉诸君的是，暴力与革命未必能解决一切问题。当然，这只有等待历史的证明。"

"历史的证明。"羊君重复了一遍。

"历史会证明一切。"

羊君沉默了，之后说道：

"是，历史会证明一切。"

大久保说话时喜欢低着头，不看人的眼睛。他说：

"我想以我研究所长，把个人的见解说给诸君一听。我想，不论中国将来进行暴力的革命还是温和的改革，都应当重视对国民的教育：一是要启迪国民的智慧，消除文盲，培养科学、法律、教育及其他专业的人才；二是要教化出有道德感的国民。据我去中国游历所见——恕我冒犯，中国的百姓多狡猾，没有自尊，官员做事没有道德底线。若不重视国民教育，中国的改革或革命恐怕都难以成功。"

羊君说道：

"先生所推崇的教育，不是我不认同，实在是在现行的政体下做不到。满人的朝廷压制汉人人才，所推行的教育是奴隶的教育，把汉人教成奴隶，以便养出更多奴才来。我所以为的教育，当务之急是要教汉人去除奴性，做人，不要做奴才，但他们最忌惮汉人强大，必然不肯这样做。"

羊君接着又说：

"但我十分同意先生的观点。若是国民没有公德，复兴国力纯是空谈。"

大久保低着头，说：

"我对中国的民族问题研究不深，不敢妄断，但总希望汉人也好，满人也好，日本人也好，能一起团结起来，对抗西洋人及俄国人。不管怎样，我见到在座诸君这样热心国家命运的青年，总以为中国的前途绝无可能断绝。诸君就是中国的希望。"

快到中午，大久保请他们留下吃饭，但羊君一行人怕麻烦他了，连忙起身告辞。仍有学生单独与大久保交谈，询问日俄关系等问题。

关仲卿走下台阶，弓身在摆放整齐的一排皮鞋里寻找他的木屐。

"倘若看不到一点希望，不如寻求彻底毁灭。"他这么想，"他担心动乱，真可笑！动乱能让大家警觉，总比浑浑噩噩，一天天烂下去好。"

当然，他回去以后，没有把他们争论的内容告诉乌端，只说"辩论并没有什么趣味"。

他的思想正是在这样的情况下发生了变化。他开始视自己脑后的辫子为耻辱。他想起了梁天才的话——这的确是奴才的标志。不仅如此，他发现不论自己阅读何种书籍报纸，只要读到"满人""奴隶"与"革命"这样的字眼，不由得心中一震。渐渐地，他开始主动寻找一切关于满人与汉人的文章来读。他阅读的报纸由《新民丛报》变成了《游学译编》，又由《游学译编》变为《江苏》和《浙江潮》。最后他的案头出现了《警世钟》和《革命军》。他开始认为中国之所以从文明古国衰落为任列强宰制的弱邦，这都是因为异族的统治。这是他所坚信的关于国家与社会的真相，而这一切正源于最初的那一本书。

他变得憎恨满人，但却不恨乌端。他无法去恨自己唯一的朋友。他感到思想上的矛盾，于是转而说服自己，认为乌端是个好满人，是满人里的特例。

对于关仲卿的变化，乌端一点儿也没察觉到。关仲卿很少表露自己的心，这也是原因之一。乌端仍像往常那样同关仲卿谈论读过的某篇出彩的评论和小说，或者近来看过的西洋戏，有时说到留日的汉人学生对满人学生的态度，乌端的感慨多了起来。他是个温和的立宪派，希望朝廷能尽快消弭汉人与满人间的差别，又常常对现实感到无力。他对关仲卿吐露心声，说他自己其实对未来也缺乏信心，难以看到改革的前景。朝廷虽然有立宪的倾向，但终归太慢了，慢得令人失望，让他这个皇帝的拥护者都摇头叹息，不知出路在哪里。他连笑容中也多了几分苦涩。

关仲卿曾经觉得自己绝不会恨乌端，然而在亲耳听到乌端说出"为圣上效力"时，他突然感到了一阵生理上的厌恶，随后变得更加沉默了。

一天早上，学院里发生了一场闹剧。那天讲日文的早川教员还没来，关仲卿和乌端走进教室，见到黑板上写了几行字。乌端突然敛起笑容——不知是谁用粉笔写了侮辱满人的几句话。这恐怕是关仲卿头一次见到乌端脸上这样难看的表情。这时又陆续进来了四五个满人学生，他们愤怒地冲上讲台质问是谁写的，威胁要告到学监那里。下面无人应声。有一个满人学生想息事宁人，怕事情闹得难以收场，急于将这些字擦掉了事。谁知汉人学生里突然跳出一个高个子，指着台上的满人大骂。底下汉人学生纷纷起哄。他们鼓噪着拥上讲台，双方都摆出攻击的架势。乌端挤在他们中间，但他的劝阻声已被一波接一波的叫骂声盖过。一个满人学生憋红了脸，忽然挥拳打去。

他的拳头虽然没有沾到人，却令原本混乱不堪的场面越发失控。两边混战在了一起。

关仲卿没有卷入冲突之中，而是站在末排冷眼旁观，眼睁睁看着乌端被打倒在地。这场打斗直到学监赶来才算结束。乌端脸上的伤养了半个月才好，这期间他从未抱怨过关仲卿没有帮忙——因为是朋友，所以他不愿妄加揣测——譬如关仲卿剪辫子这件事，乌端以为他是不愿被日本人嘲笑"猪尾巴"，而关仲卿内心真正的想法，乌端从没问过。

乌端还是没有发现关仲卿身上一天天的变化，直到有一天，关仲卿突然对他说：

"我要搬走了。"

乌端不敢相信自己听到了什么，难掩惊讶之色，问道：

"什么？"

"我要搬走了。"关仲卿没有解释这样做的理由，就像是在陈述一件理所当然的事实。

这是此生他们之间说的最后一句话。

从小石川搬出后过去了两年，关仲卿变成什么样子了呢？他过着一种隐者似的生活，与三个素不相识的留学生在西片町合租了一间屋子，门内放了四张席子。这地方是他偶然觅来的，说起来像是玩笑——他在横滨到东京的火车上遇到三个中国人讨论到哪里能再找到一个室友合租，他就这么径直上前对他们说："喂，要是不嫌弃就让我去吧！"于是他们就这样住在一起了。但关仲卿从未与他们交心，从来没有成为朋友。他很少同他们说话，甚至于最后搬离时也只知道其中一个姓孟，是浙江人；另外两个总是结伴喝酒到半夜，醉醺醺回来倒头就睡。他们三人也从不询问关仲卿整天在做什么。

房东是个老头，儿子是大森警署的巡警，近些年知道中国留学生的生意好做，于是把房子的半部分改成出租屋，专租给中国人。平摊算下来，关仲卿每个月得交四元钱。这不算多，但他的日子过得节俭，每餐只吃房东提供的一碗米饭、一碟豆腐和一小碗汤，吃不饱就去买鱼或牛肉罐头。他早已脱掉学生制服，穿一套灰色旧西服，从房东那里买来的二手货，花了十五元。

他从预科学院毕业后去了东京高等师范学校，但只念了半年便退学了，之后转去振武学校，不到一年又退学，最后在本乡区找了间法文学校，也极少去上课。他有的是办法应付考试，相比之下更严重的是他总觉得自己做的事没有意义，不值一提。他自认为应当去做一些重要而伟大的事，关乎国家和民族的事。他觉察到了巨流在他脚下涌动，却苦恼自己未能投身其中。他也因此无所事事了一段时间，不知该怎么办。他曾想去找梁天才，觉得自己应该和他谈一谈。然而他托浙江同学打听后收到回复，没人听说过这个人。这是他到日本以后经历的第二段迷茫期。

每天他都会去南边的海滩散步，在海边坐很长时间。从他的住处出发，穿过电车隧道走五百米就是海滩西岸；有时去东岸，东岸的视角不仅能看到江之岛，还能看到富士山高耸的雪顶。他白天会去，夜里也会去。他喜欢大海，喜欢那种既静谧而又深邃的感觉。白天的时候，世界仿佛只有蓝白两种颜色：蔚蓝的海洋和蔚蓝的天空几乎连成一片，白云飘浮在海天交汇处，仿佛一条若有若无的白色丝线，蓝色的海浪将白色浪花带到他的脚边。到了夜里，大海变换了模样：他坐在岸边，倾听黑暗中涌起落下的海潮声。在看不见的大海深处仿佛存在着某种崇高雄浑之物，震撼着他的心灵，施与他不可名状的威压。

他喜欢自然。自然缓解了他的焦虑。和宽广的大海相比，人是多么渺小，多么微不足道，所以人的烦恼、他的烦恼算什么呢？这是他从大自然的力量中学到的。

过了一段时间，他发现除自己之外，还有一个人也喜欢到这片海滩散步。他们偶遇了很多次。那个男人留着披肩长发，总是穿学生制服，所以关仲卿对他印象深刻。那个人也是一个人，每天孤零零地沿着两公里的海岸线从东走到西，有时在清晨有时在傍晚。不过他们从未打过招呼。有天下午他们在坂道迎面相遇，关仲卿正要去海滩，而那人正要离开。他们对视了一眼，很快避开彼此的目光。关仲卿知道，那人也记得自己的面孔。关仲卿十分确信，对方和自己是一类人，不愿被打扰也不愿打扰对方的孤独。他们从未交谈却相互理解，保持着某种默契。

然而冬季十二月初的一天清晨，发生了一件令他大为震惊的事。

前一天夜里，关仲卿读了一通宵的书。近来日本政府颁布法令，打算遣返反清的学生，导致留日的学生一片哗然。他一时也不知该放弃学业继续支持革命，还是老老实实回国谋个一官半职。他失眠了。到了次日凌晨，他打算去海边观赏日出，然后再回屋补觉。他步行至海滩西岸，站在最高处远眺灰蓝色的大海。冰冷的海风吹得他面颊僵硬，寒气从袖口和领口钻入他身体的各个毛孔。他不得不裹紧围巾和大衣。这时，他发现海滩上除他以外还有一个人。他一眼认出了那个人。海风吹乱了那人的长发，他依然穿着那身学生制服。这一偶遇令关仲卿十分惊喜。

那个人没有发现关仲卿，朝着海边缓缓走去，在沙滩上留下一排浅浅的足迹。关仲卿注视着他的背影，像往常那样不去打扰，随后将视线转移至灰蒙蒙的天空，在那里寻找太阳升起的踪迹。天渐渐变亮了。

突然之间，关仲卿发现那人已走入白色的浪花之中。海水淹没了他的脚脖，然后是小腿，膝盖。他挥动双臂，在齐大腿深的海水中吃力地前进着，平静而又坚定地缓缓步入大海。关仲卿惊呆了。这时天越来越亮，金色的光芒已经闪耀在东边江之岛的方向，第一缕阳光刺得关仲卿眯起眼，而他又急于睁大眼睛看清那人在做什么。太阳从东边升起来！海水已经没过那人的胸口！那个人抵抗着海浪沉稳地走向大海深处！太阳完全出现在了海平线上！那个人在金光粼粼的海浪中只剩下一团海藻般的黑色长发！万丈金光令关仲卿睁不开眼。他大声疾呼，跳下石阶，朝海边奔去，而当他再次看清时，那个人已经彻底消失在海水中，眼前只剩下初升的红日，宁静的大海，以及耳边不断起伏的海潮声。

他震惊得浑身颤抖，不知所措。过了好长时间，他回过神，循着脚印回头在礁石上找到那人脱下的棕色皮鞋。鞋子里放着一块怀表和一方铜质印章。他惊讶地发现印章上刻着"革命"两个字。

他怀抱遗物跑去附近的警所汇报目击的事件。警察登记了他的姓名和住所。但因为是投海自杀，警察也无能为力，只能等尸体上浮再找人确认身份。

回到住所，关仲卿完全没心思睡觉了。这件事对他冲击太大了。那人也是中国人吗？也是留学生？也支持革命？如果自己和他是一类人，那么他的命运也是自己的命运吗？自己迟早也会迎来独自走入大海的结局吗？他被这想法折磨了很久，将近二十个小时未眠，最终精力不支在下午困得睡着了。

第二天早上九点，两位警察上门拜访。

"已经捞上来了。"昨天负责接待的中年警察告诉他，同时向房东解释发生了什么。

关仲卿跟随他们去大森警署认尸，辨认是不是前一天见到的自杀者。来到停尸房，他发现有中国学生在场。走到尸体前，死者的表情安详得如熟睡的婴孩一样。这是他第一次亲眼见到遗体。死者的肌肤变成了腊肉一样白中泛黄的颜色。他摸了下他的手背，本以为摸起来会跟木雕一样僵硬，但实际上依然很柔软，又柔软又冰凉。

其中一个中国学生拿出照片，对着遗体比对半天。

"是他。"他说，随后抽泣起来。

警察向在场众人呈交了缝在死者棉服内侧的布条，油布包裹的遗书。关仲卿看见布条上有死者的名字，这也是他第一次认识这个既熟悉又陌生的人：陈天华。

读完了死者的绝命书，关仲卿重新认识了这个人。他听说过这个人的名字，读过他的文章，但没想到就是每天散步遇到的那个人。绝命书里的每一句话都振聋发聩，令他愤怒，令他泪流满面。他曾经以为自己和这个人一样，但其实不一样，自己完全比不上他。这个人才华横溢，这个人有着高尚品格，这个人有必死的决心与勇气。这个人是太阳，是大海。这个人才是真正的大海，比大海更宽广，更崇高。他求死时缓慢而平静的力量压倒了任何汹涌的波涛。他战胜了大海。

关仲卿意识到，个人潜藏着比大自然更加崇高的可能性。他在死去的人身上看到，人并不必然渺小。

关仲卿因为机缘巧合卷入这次事件。认领尸体的其他留学生邀请他一起将遗体运回横滨的留学生会馆，然后参加下午的追悼会。追悼会上，他见到许多传说中的革命党领袖，而最令他印象深刻的是上千张悲愤的面孔。上千人的恸哭声与宣誓声仿佛怒潮鸣响。他曾无数次在夜晚来到海边聆听潮声。他感到体内涌动着暴力与毁灭的冲动。他跳入了潮水中。

追悼会后，关仲卿很快加入了在日留学生中的光复会——它是激进派中的激进派，计划以暗杀推动革命。光绪三十一年五大臣出洋遇刺、光绪三十三年安徽巡抚遇刺，这些令朝野震惊、缙绅胆寒的事件都由他们策动。后来在各个革命团体联合的时期，关仲卿又成为同盟会的一员。一次内部会议上曾有成员提出疑义：暗杀到底是不是革命呢？有人认为暗杀属小人手段，又有人觉得刺杀的官僚不少是开明派，反而于国家不利。关仲卿的回答是：他们开明是为了谁呢？还不是为鞑靼皇帝作伥。他们把我们当作奴隶的时候，用尽了一切手段镇压，反过来难道不许我们用尽一切手段推翻他们吗？

关仲卿投身于革命的浪潮，然而没想到两年内事情急转直下。先是孙先生被日本驱逐出境，继而两大革命团体之间生出龃龉；几个月后，光复会的徐锡麟与秋瑾被杀，起义先后失败。同盟会与光复会的活动相继陷入低谷。

当关仲卿心中迸发出火一样的激情时，他突然意识到现实并非如他幻想的那样简单。追悼会的炽情退去后,有些人回国了,从此脱离革命。关仲卿逐渐意识到:人人都坚信黎明来到前总有一段黑暗,可是没人知道黎明到底何时才会降临、会以何种方式降临。他害怕的是,自己什么都还没做,革命便偃旗息鼓。他又惧怕历史最终证明革命是毫无意义的。

他只有一次决定学那些浪荡的中国留学生买醉,就是在七月的某天。半醉之时他发现两个不知姓名的舍友也在。他们一起欢笑,用"你"来称呼对方,最后喝得晕头转向。关仲卿半躺下看他们两个同一个叫阿一的日本女人嬉闹。阿一拉开拉门出去,一个秃头的男人正好路过,对门内露出鄙夷的神情。

这神情令他酒醒了大半。回家后,他在寓所对面街上吐了。房东老头提灯出来,吓了一跳——"你也成他们那样啦。"

第二天清醒了,他与两个舍友依旧极少交谈,就像把昨晚的事忘得精光。他再没喝过酒。

七月末,在学校附近的斜坡上,前头路人的巴拿马帽被吹掉了,落在沟渠里,漂在水面上。路人叫了一声,趴在地上用手指勉强夹住帽檐,爬起来后站在渠边抖掉帽子上的水。

"我认识你。"关仲卿看着他说。

"啊……是吗?——您是中国人,您是……"那人仔细打量他的脸,既惊讶又疑惑。

"我是你的同乡,以前见过的。"

周利贞拊掌大笑,问他:

"你还跟那个人住一起吗?"

关仲卿也笑了。

他们聊了很久,大部分时候是关仲卿在讲述自己这几年的经历,包括他如何同乌端断交、如何加入革命党,以及近来的苦恼与沉沦。他从没想过自己会对一个不怎么熟悉的人说这么多真心话。

说起过去,关仲卿回忆道:

"那时我嫌恶你们拉帮结派,就没跟你去。"

"我当时也觉得你难相处,但要是知道你现在是这样,我是绝不会不管的。"

"过身的话说了也没用了。"

"但你到底变随和了些,要是过去,你是绝不会同我打招呼的,也不会同我说这些话。"

关仲卿心中一阵惊讶,随后默认了这一判断。他观察外在世界的变化,却极少注意自己内心的改变。

"那你现在怎么打算呢?"周利贞问道。

"书读完了,迟早会回国吧。"

道别之后,关仲卿觉得自己的孤独感减轻了,心里变得明亮了许多。没走多远,周利贞忽然追上来叫住他。

"其实我回国待了两年,家里为我捐了官。"周利贞长叹了声气,说道,"去坐船,老家的乡下人反而以为我是外国人,夸我中国话讲得好,我同他解释,他还以为我在同他开玩笑。

我以为是我在异乡待久了，人变得古怪了，到哪里都格格不入，但回过头来想，何尝是我变得古怪了呢？其实古怪的一直是他们呀！"

他咽了咽口水，又说道：

"但凡不是想升官发财的禄蠹，只要出来见了世界是怎样的，都没法安心回去装傻继续过旧日子——你以为脑袋后边装了假辫子有用吗？"

关仲卿沉默着。

等待不是毫无意义的。八月下旬，他按地址来到宴会厅门口，但他记错了时间，迟到了十分钟。那天恰好是周利贞在门口接待，打了个招呼便放关仲卿进去了。从后门入内，大厅内坐了百来人。他一面寻找角落的空位，一面望见台上梳偏分的男人激昂地讲述着什么。听众们神情各异，不时拿报纸和扇子散热。入座时他不慎踩到了一个留背头的男人的脚。他没有道歉，急急忙忙坐下。

留八字须的男子面色凝重地说道：

"……现在大家都在说应该怎样怎样，却没人去做——都成了口头革命派！日本的留学生两三千，大家都在嘴巴上谈革命，谈得何其热烈，仿佛这么谈下去，革命便真要成功似的，然而有几个动手去做了？眼下更要紧的是做，而不是空口说！徐伯荪就义了，竞雄女侠也就义了，光复会一蹶不振了。

同盟会在南边搞的几次也不得行,眼下太炎他们又和孙先生起了争执——这下好了,事情还没成功,我们自己人先闹了起来!——要革起自己的命来了!这样下去绝不是办法,各位,我不是危言耸听,再这么下去,革命就要完了!"

他的一番话引起在座不少人的共鸣。有一个戴着大圆玻璃眼镜的男人注视着他说:

"孙兄说的,我张某人完全同意。自从江浙、两广的起事失败后,革命大有一蹶不振之态。光复会和同盟会的人又在内耗,恐怕近些时候难以见到什么希望了。我每每想要做什么,到头来又什么都做不了,常常感到无力。一想到我待在这里碌碌无为,心里就难过啊。"

座中另有一个深眼窝的人夹了一支烟在手里,但没有点燃,说:

"孙先生和黄先生只重视两广,总想要由南及北慢慢发展,这是问题。依我看,革命的未来不在南边。"

"在哪里?"他身边一个广东口音的人问道。

这个人把香烟放进上衣口袋,慢悠悠地说:

"在长江,长江腹地。"

方才讲演的人骤然拊掌道:

"不错,我听说湖北新军里头有支持革命的团体,并且湖北又有哥老会之流的会党,要是我们能拉拢这两股势力,借助他们的力量,革命就成了一大半。"

"湖北新军驻地在武昌,那是总督眼皮底下,恐怕不容易活动吧?至于会党那帮人,他们可靠吗?"另一个打着黑色领带的年轻人一脸疑惑地问道。

"所以要先联系上新军里的革命党,跟他们合作,应该不成问题。至于会党,他们想造反,这个跟我们目的是相同的,只是他们不知革命为何物,又不受我们约束,这是麻烦。"

"确实是麻烦。"

"但也不算大问题。"

"关键是人——不是说漂亮话的人,而是有决心、有勇气的人。"一个三角眼、胡须剃得干干净净的人说。

"对,人。"留八字须的人点头说,"尤其是愿意为革命而死的人。"

"为了革命,我们都有赴死之心。"一个有双下巴的人说道。

"不错!"

在场众人争先表露赤忱之心,只有关仲卿仍旧抱住双臂坐着,一言不发。正当大家情绪高涨之际,有一个蓄着山羊胡须的人反问道:

"眼下同盟会人心涣散,孙先生和黄先生又不听我们的意见,就算我们讨论得这么热烈,有什么用呢?"

室内忽然安静了下来。

"那我们就自立组织。"最开始讲话的人眯起眼睛,鼻子吸气，说道，"没人来做，就由我们来做吧。"

他刚说完就有人跳起来大声质问道：

"自立组织！死去的同志尸骨未寒，你们便想这样做，只怕有分裂之嫌吧？"

周围的人被这话惊得哑口无言。八字须的男人并没有被这逼问吓倒，反而迎着对方的诘问声挺起胸膛，目光炯炯，像回敬道：

"这也是没有办法的办法了！"

"什么叫'没有办法的办法'？"

"不这么做，革命就要完了。"

"恐怕你这么做，革命才完了吧！"

戴着玻璃眼镜的人慌忙起身，立在中间将两个人分隔开，劝道：

"喂喂，这何必呢，先坐下，有话好好说，凡事可以再商议。"

"同盟会已经经不起折腾了，革命也再经不起折腾了。要是你们在这个时候另立山头，那跟帮凶有什么区别！"

八字须的男人虽然听了劝告，不再和他争论，但毫不掩饰自己脸上的不屑。高颧骨的男人也站起来劝说大家安静。有的人心生怀疑，也有人对"另立组织"表示赞同，余下的人则默不作声，或者不愿挑起新的纷争，或者打算静观其变。戴玻璃眼镜的人扶了扶镜框，望着众人说：

"虽然各人有各人的看法,但诸位切不要忘了我们共同的宗旨——推翻满人皇帝,光复汉人统治。如此,国家和国民才有希望。"

他又说:

"孙兄刚刚说的话,我很以为然。长江一带的哥老会有一股巨大的势力,如果能善加利用,定然会对我们的革命大有裨益!现在同盟会筹划的起义进展缓慢,这是众人皆知的,而且孙先生和黄先生他们另有意见,没法支持在长江腹地举事,只能由我们自寻办法。但我们组建新的革命组织绝不是在分裂同盟会,相反,是在辅佐同盟会,帮助孙黄二公。今天请诸位来清风亭集会的目的,就是告诉大家,我和孙兄还有仲文正打算组建'共进会'——建立共进会,但不会退出同盟会。无论是道义上还是原则上都不算背叛孙先生他们。我知道这必然会引起非议,但既然连死都不怕,难道还怕别人嘴里的议论吗?"

他又说道:

"湖北新军如何,那里的会党又如何,我们需要派人前去调查清楚。但这个任务很危险,稍有不慎就可能会死——出事。"

话音刚落,角落里传来了一个暗哑的声音。

"我去。"关仲卿站起身,举手说道。

二

筹备了将近一年后,九月,关仲卿由日本归国,用共进会提供的资金纳捐了候补道,接着携带礼金求见了杭州驻防的一位右都统,用银票敲开了他的心扉。这位右都统和武昌的一位新军总办是旧友,于是一边摸着温热的票子,一边笑嘻嘻地在信里写上"此诚忠义正直之士也",将他引荐到武昌。一个月后,故技重施的关仲卿又花费重币得到了那位总办的信任,被荐给了总办曾经的同僚,荆州八旗将军恩存。

逗留武昌的一个月内,他试图以共进会的名义接触传闻当地新军中的革命志士,最后费尽周折才寻到一位曾经的日知会成员。这个人名叫范宝通,如今已经脱离革命团体,在工程营安心做文案。范宝通告诉关仲卿,此前张之洞总督在武昌大索革命党,把日知会的领袖刘静庵一干人悉数抓获,武汉的革命组织已经覆灭。这件事发生后,范宝通对革命的理想幻灭了。

"这就是命。"他说,"这地方就这样,几千年就这样,哪个来也改变不了。"

"不,就像野草一样,看起来火烧干净了,到了春天又会冒出头来。"关仲卿反驳说。

"你的意思是支持革命的人只是暂时藏起来了？但愿吧，张总督刚处死了好几个，近些日子应该没人敢出头了。"

"不要紧，思想已经传播出去了，只要等待一个契机，这些沉默观望的人就会站出来。"

关仲卿辞别范宝通后继续向西，朝着故乡的方向前进。他的留学经历、新学知识以及手里的推荐信为他赢得了时任荆州将军恩存的青睐。将军以为自己真的遇到了一位治国良弼，不时咨诹他以军政大事，并且把他推荐给了统领振威新军与警察营的正白旗协领恒龄。最终，他被任命为参谋并且协助管理两个营的巡警。

总而言之，关仲卿是将军身边新晋的红人，这庶几已经是城内满汉官员的共识。他们认为他像一个苦修僧。没人听说过他夫人、妾室以及有关他的任何风流韵事。于是人们纷纷猜测，他大概喜好玄佛，恬淡寡欲。然而他们不知道的是，所谓举止稳重、年轻有为的候补道只是他的伪装。关仲卿对他们拱手行礼，同时也在观察着每一个人——将军愚蠢，左都统无为，右都统有着肤浅的狡猾。他计划说服本地帮会的头领加入革命党。等到共进会发起的革命浪潮席卷而来之时，四川、湖北、湖南、江西的帮会将揭竿而起，在革命党的指挥下攻打各处衙门，届时他将在混乱中控制军队的一部分。

但一个月后会操发生了一件事，令关仲卿对现实有了新的认识。

那时两千士兵从东门外的营房出发，排成一字长蛇阵向马山行军。恒龄身着蓝色军服，头戴冬帽骑在马上，与并排而行的关仲卿讨论练兵，中途又说起日本的水土山川、物类故事。

恒龄推了推帽檐，问道：

"我也是听别人说的，不十分可信：之前康党那些人逃去日本，又说革命党也在日本。你在那边可曾遇到过呢？"

前面的队伍忽然停下来。恒龄让胖脸戈什去问，回报说前头有人驱牛过桥，牛受惊了在桥上不肯走，正在处理。

等待的时候，关仲卿答道：

"没有遇见。有肯定有，很少，被学监捉住就开除了。"

恒龄叹道：

"朝廷送他们出去，是要他们在外头学成回来为我所用，哪里有反过来造反的道理！"

关仲卿没有回答，心里只感到不屑。

到了演习当天，意外突然发生了。那时他随恒龄巡视炮营，距离他们十米外的一门山炮忽然炸膛。关仲卿下意识将恒龄屏在身后。当哀声响起，两个戈什这才反应过来，慌忙扶起关仲卿。检视周身，关仲卿左腹处渗了点血。掀开一看，有一枚指甲盖大小的铁片嵌在皮肉里，好在没有伤及脏器。管带急忙呼唤军医救治伤员。其余士兵合力把两个炸伤的炮兵抬到草地——其中一个伤员胳膊和双手烧伤了，另一个炸断了一截食指，躺在地上大哭。

关仲卿没受多么重的伤，但恒龄坚持要他躺下，而后命令随行戈什拿担架抬他去营房包扎。血很快止住，创口附近淤青了一块，隐隐作痛。

午后恒龄过来探问，对关仲卿说：

"害得你为我受这飞来横祸了。"

他沉默了一阵，又说道：

"明年我就要调到武昌去了。"

关仲卿有些惊讶，听恒龄说：

"我走之后，将军可能把新军交给隆都统管理，也可能是佛协领。"

关仲卿虽然常去将军跟前走动，但从未听说这件事。

"这不稀奇。"恒龄苦笑道，"你如果将来还想留在这里，就得明白。"

他仿佛生怕关仲卿不知道他在说什么，一脸认真地告诫道：

"别人平庸，你做得好，就不讨他们喜欢……又没有德行又无才能的人，最喜欢他人奉承，巴不得人人都像他一样庸碌，想做事的人反而遭他们嫉恨。你是有才干的人，留在此地委实屈才了。"

"我知道。"关仲卿突然打断了恒龄。

"也是我多虑了，虽然你是头一次获缺做官，但像你这样聪明的人不可能不明白的——你是绝不甘心受那些人气的。到时万一你想通了，就去武昌见我吧。"

这次轮到关仲卿默然了。

这件小事引起他心中异样的情感。恒龄走后，他瞑目静养，想起自己刚才保护恒龄的举动。假使那是一个妇人、孩子或者老人，他应该同样会毫不犹豫挡在前面。他从未想过与恒龄以及这里的其他官员建立任何私人情谊，因为他十分清楚，自己总有一天会卸下伪装，而到那个时候，这些外表和善的大人一定会跟着蜕皮，露出牙齿与爪子，迫不及待想要将自己撕碎。

他不得不承认，如果依照"他们那一套"道德体系判断，这位协领无疑是个可敬的人。尽管如此，他又觉得自己杀掉这个"可敬的人"没有任何过错可言。因为他认为这另一种道德，是"革命的道德"。如果有人问他，依照这种道德能随意剥夺一个人的生命吗？他绝对会这么回答：如果这个人是革命党的仇敌，那么能。

当恒龄对自己示好时，关仲卿的心里突然产生了一个疑问：屠夫会对自己刀下的牲畜产生感情吗？这个比喻可能不算恰当。他好奇的是，倘若自己有朝一日必须杀掉恒龄，或者恒龄必须杀掉自己，他们之间谁会对谁抱以同情呢？他的思想只

"出轨"了很短的时间。在将军府,他们商议从汉阳订购枪械时,恒龄对他说:

"张总督还是仁慈了,我看应该把抓来的革命党杀了枭首示众十五天。"

关仲卿猛然清醒了。

三

他执行着计划的另一面。如果混迹官场是光明的一面,那么另一面是黑暗的一面。在阳光触及不到的地方,他们在那里滋生。

关仲卿十分想弄清他们是什么。此前,他这样的读书人从未接触过他们,也不知道哪里能找到他们。他们可能是任何人,是偷油婆与老鼠,蛇与毒虫,蛰伏在每一座城镇、每一座村落与每一条街巷。关仲卿渐渐有了这样奇怪的感觉:人人都知道这些人的存在,但没人能说出谁才是其中一员。他们是手抓破碗光脚跟在人后面跑的乞丐,拴了骡子坐在树下休息的脚力,赤膊摆地摊卖跌打药的艺人,挑子里装着甘蔗、糖饼与茶叶沿街叫卖的小贩,低头认真为人补鞋子的皮匠,艰难推着独轮车的车夫(车上坐了两位出行的夫人),沉默的和尚和道士,微笑的衙役,甚至是一位穿着蓝色制服的新军士兵。他们可能是走在街上的任何人。但如果上前盘问,谁也拿不出证据指证,并且绝没有一个人会愚蠢到承认是自己。了解这些人的巡警有一条默认的规则:即使意外发现了什么,也不要深究——比如暴露田野或者漂在河里无人认领的死尸。哪怕生活在光明中的大人物也默许了他们在阴影中活动,仿佛只要不去掀开石头,底下的蜈蚣、马陆、蝎子与鼠妇便不会被发现,也就不存在于这个世上似的。

关仲卿找过很多地方。他去过泊满货船的码头,并且十分清楚,他们是那些繁华市集的实际操纵者,是那些妓院、赌场以及其他藏污纳垢之地的真正拥有者,并且他们不是只敢藏身于郊野破败的庙宇以及远离官府统治的地方。因为就在城内,在衙门的眼皮底下,他们同样在那里滋生着。当你追寻他们的踪迹时,他们也正窥视着你。

就在关仲卿发愁之际,这天下午,南门内大街关庙前,他见到一个男人手持马鞭抽打一个乞丐。乞丐在地上打滚,一边上气不接下气地笑一边求饶。关仲卿从男人的骂声中了解到,乞丐趁他睡着偷吃了他马车上的一块糖饼。有路人出言劝阻,但暴怒的车夫不肯罢手。

突然,一个穿棉袍的人冲上前挡在乞丐面前,替他结结实实挨了一鞭子。车夫吓了一跳,等看清那人是谁时越发慌张了。围观的人们很快发现,那个人虽然身着棉袍、脑后留辫,但其实是个金发碧眼的外国人,并且很快认出来,这是南门外圣母堂的外国人,这里唯一的外国人,大家都认识的"那个外国人"。

车夫局促不安地走到跟前询问伤势,神父摆手示意自己没事。好事者起哄叫神父不要轻易放过他,神父笑着一摊手。车夫很快逃离了现场。神父从地上扶起乞丐,但乞丐操一种长江南边的方言,神父不能完全理解,只好用手比画着指向南门方向。乞丐也不能理解神父蹩脚的官话,二人僵持着。关仲卿见状主动上前,替神父翻译。

"我想请他到教堂去。"神父说,"可惜我的本地话还不太好。"

乞丐乐呵呵地站着,神父再去牵他袖子时乖乖跟神父走了。

关仲卿简要询问了神父的信息。原来这个教士叫马修德,比利时人。关仲卿想了想,用法文问候了几句。马修德惊喜地握住关仲卿的手,问他怎么会法语。

"我留过洋,在日本学过。"关仲卿如实回答。

神父邀请他去教堂做客,关仲卿不嫌弃和乞丐同行,于是一起前往。从这里到圣母堂不过三百米,南向走五分钟就能到。关仲卿听恒龄的某位戈什谈起过,南门外是穷人住的地方。刚出城门,他就在一片低矮的茅草顶棚中间望见教堂耸立的尖顶,以及顶上醒目的十字架。圣母堂建在土房和草棚中间,无论是远观还是近看都显得格外醒目。他们一行人来到教堂门口时,那个十字架正好在他们身上投下一个巨大的十字形阴影。

马修德请关仲卿在西边书房小坐,他和一位青年教民帮乞丐剃光头、洗干净身子、换干净衣服。做完一切后,乞丐焕然一新。

"你叫什么,家在哪里?"神父问他。

"熊丑,公安那边来的。"乞丐乐呵呵地回答说,望向关仲卿,等他翻译。

马修德明白公安在哪里后,若有所思地点点头,对熊丑说:

"你没地方住,就住我这里吧,教堂欢迎所有人。"

"不。"熊丑使劲摇了摇头,咧嘴笑道,"您是好心人,我不能住您这里。"

"为什么?"

"我不能跟洋教扯上关系。"熊丑挥舞双手,郑重其事地说。

马修德困惑不已。

"因为我是哥老会的。"熊丑笑着答道。

多年以后,关仲卿在和周利贞讨论此事时才知道,哥老会曾在数年前围攻教会,闹出长江教案,前任圣母堂神父就是因此而死的。但无论那时还是后来，关仲卿都不理解为什么这群会党如此讨厌耶教，明明他们是最迷信的一帮人。他们几乎什么都信，拜一切神，菩萨、佛陀、关公、土地神与财神，甚至向神佛祈求保佑他们的恶行，难道再多拜一位神有什么坏处吗？

不管怎样，他终于和哥老会牵上线了。在他寄往武昌、转交共进会总部的报告中，他这样描述：

"……从上游川贵到中下游湘鄂，他们遍布长江两岸，各自占据地盘，彼此独立。楚地的风俗又与外地不同，习惯用动物的名字为自己取名。比如动物是'驴'，那么就叫'驴字堂'。

"在城内，这帮人的名字是'鸡'。在沙市镇，他们称呼自己为'鱼'，不久前打垮了盘踞码头的湖南人，目前正与武汉人争夺布匹生意。在太湖，他们叫自己'蛇'，控制着当地船业与渔业。在江陵和公安，他们叫作'狗'与'牛'，勒索粮食，或者抢劫过往旅客。

"本地的会党被官府清剿过一次，现在势力最大的两个山堂是城内的鸡字堂和沙市的鱼字堂……每年会有两次入会仪式，地点不定，一般在郊野废弃的庙宇。入会时所有成员都要到场，将对应动物的血滴在酒里喝下。目前，我已与所有堂主会面，和他们结盟加入哥老会，鸡字堂堂主冯茂贤和鱼字堂堂主朱金舌也已加入革命党……"

关仲卿还记得那次马王庙之行：庭院内的篝火猛烈地燃烧

着，黑暗中忽然传来一阵猪叫。五个男人狰狞的脸庞被火光映得通红，其中四人各自抓了黑猪的一腿拖到火堆前。"慢点！我抓脱了。"其中一个叫道。话音未落，一根木棒敲在猪头上，猪被打晕了；第二棒下去，猪四肢僵直。四个人一起压住猪身，呼唤旁边的老人快点过来。老人蹲到跟前割开猪喉咙，拿木盆接了半盆血。"唉，你□的。"抬猪的人累得松了手，一边揩汗一边笑着抱怨道。

在关仲卿面前，各式各样的人围在火堆边。掷骰的人群中突然爆发了一场争吵，两个人踢翻了筹子，相互揪住对方的辫子，哪怕疼得龇牙咧嘴也不肯放手。有人喝多了走路歪歪斜斜撞到别人身上，被抽了个嘴巴，如陀螺般打了个旋倒在地上。忽然有个身影跳到火堆前捡起一根燃烧的木枝。他放声大笑，一边挥舞火棒一边奔跑，时而腾空跃起时而单足跳舞。火焰在他手中渐渐熄灭，赤红的木屑抖落了一地，仿佛灼热的火雨在空中散落，还未触及大地便暗淡下去，化作一摊灰烬。

这次集会上，他见到了各个山堂的堂主，同他们歃血为盟。他强忍恶心喝了猪血、牛血、蛇血、鱼血、鳝鱼血，还有不知道什么乱七八糟的血液，并且见证了一场可怖的处刑。三个所谓的"叛徒"像先前杀猪一样被割喉放血，而且接血的还是那个老人，用的还是那个木盆。关仲卿意识到，在这里，道德与法律丧失了效力，人与人之间奉行另一套准则——由暴力维系的准则。他们痛恨世俗的法律，正如黑暗厌恶光明。所以他们真的敢去做出各种骇人听闻的勾当，反正依照他们的规矩，这不算肮脏。

就在关仲卿以为一切朝着自己预期的方向顺利发展时，他突然中断了计划。那是会操结束后不久，警察局下辖马军营的管带永德偶然提及了一件事。

"佛陀宝最近抓了个'革命党'。"永德说，"'革命党'……分局那帮人也太无聊、太立功心切了，硬是不知道从哪里抓了个叫花子说是革命党……想抓去南方抓呀，欺负乡里人，在我们这儿抓革命党……"

在场所有人笑得前仰后合，一致认为倘若革命党是这副模样，那朝廷上下也不必劳神费心了。他们没有注意到，关仲卿一点也笑不出来。

当天下午，关仲卿打听到这个所谓的"革命党"关押在城北的班房。他以巡察的名义来到巡警分局，调阅嫌犯的口供，发现是一个醉汉莫名其妙宣称自己是革命党，正好被巡夜的警察撞见，于是逮捕羁押至今。整件事看起来确实非常无聊，难怪永德他们出言讽刺分局局长佛陀宝。然而关仲卿看到那个嫌犯的名字后惊出一身冷汗——他就是熊丑，那个引荐自己加入哥老会的乞丐。

这件事还未脱离他的掌控，他只需要找佛陀宝打个招呼马上就能放人，可是就算把他捞出来又怎样呢？谁知道熊丑会不会指认自己或者永远保持沉默？也许下一次醉酒之后他会将所有秘密和盘托出，届时关仲卿迎来的只有毁灭。

这一刻，他动了杀心。但他从没有杀过人，被这念头吓了一跳。他的理智十分清楚，熊丑并不是什么穷凶极恶之徒。这个可怜的乞丐不过偶然被自己选中，偶然知道了自己的秘密，又偶然是个行事不严谨的大嘴巴，最后偶然被捕。对关仲卿而言，刺杀高官是一回事，灭口弱者又是一回事，后者不是随随便便就能下定决心的。

他想不出两全的对策，只好去寻求鸡字堂堂主冯茂贤的帮助。

"这很好办。"冯茂贤不以为意地回答道，"看守他的狱警，那个张阿毛，是我们哥老会的人，直接叫他在班房里解决掉就好了。您什么都不用操心。"

最后，关仲卿异常艰难地做出了决定。他知道，如果放过熊丑，最终危及的是整个共进会的计划，乃至于革命。他逐渐说服自己：熊丑只是个愚昧、肮脏、臭烘烘、无知、缺乏教养、低贱、微不足道、像虫豸一样的东西，哪怕死掉也不会对世界造成任何影响。这种想法让他的负罪感减轻了。

当天晚上，熊丑被调换到另一间班房。他刚找了块空地坐下，突然被重物击倒。他护住脑袋躲避袭击，爬到尿桶边挣扎着站起身。他一边把尿桶横在中间，威胁谁上前泼谁一身屎溺，一边冲班房外声嘶力竭地呼救。没有狱警回应。他跟其他人就这么僵持到天亮。

白天他又被放回原先的班房。他倒在角落里，迷迷糊糊中回忆起过往的经历。他原本是公安乡下的佃农，没钱交租逃到府城，从此沦为乞丐；后来经马修德的救助，由乞丐升级为无业贫民；近来受到鸡字堂堂主夸奖，开始为山堂跑腿。如今，堂主们都入了革命党，真叫他大吃一惊。那夜饮酒后，他忽然顿悟，大概革命党的老爷比哥老会的老爷还要厉害。他又想，既然革命党招安了堂主，那便未必不会招安自己，自己也未必不会是革命党了。他觉得自己即将由跑腿升级为老爷，因而越发感到威风，开始站在晚风中胡说八道。巷子里的土狗叫起来。他越来越得意，后面又说了什么、去了哪里、见了什么人，无论如何都想不起来了。

有个年轻人哆哆嗦嗦在他身边蹲下，手缩在袖子里自言自语——自己是被人冤枉的，根本没偷东西，不认得对质的人，不知家里老娘怎么办……他边说边哭。周围人都在笑。青年哭了半天，突然问熊丑："你是为什么被捉进来的？"熊丑刚想开口，忽然转念一想：若说自己是鸡鸣狗盗，怕被人看低了；说是杀人越货，牛皮又吹得太大了。想来想去，他说："我是革命党。"他直起身，强忍着伤痛叫道："我是革命党哩！"他没力气站起来，不然一定冲到他们跟前，面对他们惊讶的表情，高兴得手舞足蹈。

他坚持了两天。第三天夜里他又被送去那间班房，在黑暗中搏斗了一夜。狱警故意不给他饭吃，他全靠那个青年分给他馒头、咸菜和水维持体力。关仲卿听说熊丑还活着，心中大受震撼。他只想这个麻烦马上解决，最好睡一觉就了结，尸体自动消失。每多拖一天，他就多焦虑一天、质疑自己一天。不得已，他又一次去见冯茂贤。冯茂贤又一次不紧不慢地回答道："不要紧，您不方便出面，我们还有办法。"

办法就是，熊丑被县衙提审了。跪在大堂之下，被知县审问有关革命党的事时，熊丑终于忘了自己幻想中勇武的模样，转而颤抖着辩解说自己在说大话。于是知县判决他造谣滋事，扰乱治安，罚站笼三天。鉴于朝廷刚刚下令取缔酷刑，知县决定等熊丑站完就销毁所有刑具，约等于熊丑属最后一批站笼受罚者。

第一天是阴天，他和一个老人一人站一个枷笼，并排摆在县衙门口示众。看守他们的警察是个大眼睛的洪湖人，四方脸，手里拄了根长木棒。到中午换成了年长的警察。半个钟头后他把棒子倚放在墙边，擅离职守，进去睡午觉了。

"喂，老头子！"熊丑踩在五块青砖上，呼唤右边站笼里的老人。

老人没理他，露在笼子外的脑袋歪倒在枷板上，脑后苍白的辫子像蛇蜕下的皮，无力地缠绕在枷笼上。

"喂！"

老人一动不动，脖子像折断了一样，支撑不住头颅。熊丑对门里头大叫：

"老爷，他死了呀！"

看见死人，他兴奋极了。

"死啦！"他大叫道，"这老家伙头歪了，站断气了，眼睛闭了，没命了，看呀！"

他的叫声引来许多人驻足围观。警察慢慢走出来，瞪了一眼熊丑，抓起木棒对着老人的枷笼敲了敲。老人的脖子突然恢复了活力，慢慢竖起来。他眯起眼瞧着警察，东张西望了会儿，很快头又歪在一边。

"原来是睡着了。"熊丑十分惭愧。他又对警察叫道：

"老爷，我要屙尿。"

"屙啊，屙裤子里。"

他唯独在这件事上有自尊心。周围人都在笑，而他觉得自己能惹人发笑，这是他的本领，他也因此自傲起来，请求围观的人喂他一口水。一个戴黑色毡帽的男人说：

"喝水？把他喝尿！"

一旁的警察也忍不住拄着木棒笑了。熊丑用尽喉咙里的全部力气搜刮出了一口他这半辈子含过的最大唾沫，以至于吐出去的时候差点站立不稳。笼子外的人吓了一跳。戴毡帽的男人和他对骂。他们每骂一句，边上的人便哄笑一阵；他们口里骂得越脏，叫好声越激烈，连旁边枷笼里打盹的老犯人也被逗乐了，仰着脖子发出"啊啊"的怪笑。但这并不是一场"费厄泼赖"，警察拉了偏架——熊丑每回一次嘴，他都要拿木棒敲一下站笼，小声训诫："莫吵！"枷笼每被敲打一下便晃动一次，导致熊丑脚下的砖头摇摇欲坠。警察并不真正制止这场闹剧，仿佛借此从枯燥的看守工作中觅得些许乐趣。

吵嘴的男人忽然抓到犯人的软肋，对警察说：

"这垫高了呀，他太安逸了，拿些砖头去呀！"

警察一想确实如此，于是开笼撤去一块。这下熊丑得踮着脚了。他的毅力一旦集中在脚尖就还不了嘴，只能任别人骂。

中午的时候，隔壁笼子的老人获释了。老人卸下枷板，被警察勒令"滚蛋"，随后飞也似的逃了。

下午出了大太阳，这下熊丑觉得自己像被装在桶里熬油。

在烈日的炙烤下，枷笼被晒出一股烂木头味，加上他裤子里的尿臊味，两种气味熏得他头晕脑涨。一只绿豆蝇飞停到笼子上，沿着倾斜的木栏往上爬，爬到边缘露出一对红色的复眼——还好这是绿豆蝇，不是麻蝇。他厌恶麻蝇，曾经拿鞋拍死过一只。他凝视蝇子亮晶晶的绿色外壳。许多东西是绿的，蚂蚱也是绿的，但绿得粗糙，身上的颜色像是一摩就掉；荷叶的绿是清香的绿，塘里的水草是湿漉漉的绿，狗尾巴草是刺痒的绿，茶是苦的绿。银杏的绿果子，搓在手里好玩；开元观碧瓦上的苔藓，他虽然嘴上嫌弃湿滑，但其实心里喜欢；关庙的庙会，一个老巴子穿了件翠绿的衣裳，看起来滑稽极了。另一种绿是黏糊糊的绿，那是田鸡。他想起小时候，自己拿劈开的竹子在稻田里奔跑，惊得指头大小的田鸡四处乱窜。他一棍子下去打烂了一个，一小块绿皮挂在竹片上，被他揭下扔了。结果回去后手莫名肿了，渐渐肿到手肘，拿金钱草捣成墨绿的汁涂了一个月才好。他忽然想起绿豆蝇其实名不副实，这虫子并不像绿豆。绿豆是硬的绿，放糖煮了绿豆汤是甜的绿。绿豆汤甜味淡，山楂糖酸，但还是淡的好，绿豆煮软了可以嚼。他馋得口水直流，幻想有人拿一碗凉绿豆汤灌到他嘴里。他咽了咽口水。然而他脑中想象的绿豆突然全变成绿豆蝇浮在汤水里。他觉得恶心，从胃门涌上一股酸味，逼得他把刚吞下的涎液全呕出来。他重新看那只蝇子：它转了个身，拿屁股对着他。他吹了口气，想把蝇子赶走，但它爬到下面去了。他急了，踮着脚小心晃动。站笼跟着晃了晃。绿豆蝇终于飞走了，这了结了他的大恨，然而那蝇子忽然掉转方向朝他鼻尖飞去。他急忙摇头驱赶。绿豆蝇没能着陆，振翅绕了一圈，不料飞歪了，一下撞在他脸上。他吓得大骂一声。

绿豆蝇嗡嗡飞走了。汗从他颅顶发源，不知不觉在脑门汇成了一股细流，又在眉心分出三道支流。滑过鼻梁的汗流得很慢，他觉得鼻子上像有一只毛虫在爬。他皱起眉头想要从毛孔里挤出一些汗液，以便这只"虫子"爬得更快些。一大滴汗像蜷缩的西瓜虫，沿着鼻梁滚下，滴在木板上，沁出了一块褐色的斑块。但他鼻尖残余的汗液很快又积攒成一大滴，荡在空中不能落下，如同跳蚤抱在鼻头吸饱了血。他同这滴汗斗气，故意不动，想看它究竟能变多大。就在他心急火燎的时候，突然间汗滴落了，而且是连续两滴，其中一滴正溅在他嘴唇上。他把汗舔干了，嘴里觉得咸。他口更渴了。昨天晚上被狱警拿瓢灌了一大口，之后他靠吞咽口水一直忍耐到现在，但这一滴汗忽然让他觉得口渴难耐。他想喝更多的汗止渴，舌头把嘴唇周围舔了一圈又一圈。实在尝不到汗了，他决定喝眼泪。他咬自己的舌头，疼得眼泪源源不断往外流，全流进嘴里——他突然醒了，定睛一看鼻子，那滴汗还悬在那里——原来这一切都是他在发梦。

到了傍晚，他的手脚已经没知觉了，甚至不知道自己是否还踩在青砖上。他感到鼻头刺痒。他不停皱鼻子，噘嘴解痒，但恰巧痒的部位是一块无论如何也够不到的飞地。很快，他觉得浑身上下的皮肉仿佛共鸣一般，一时间都瘙痒了。他虽看不见，但固执地认为身上到处起了红斑，尤其鼻头有一大块。越这样想，他越觉得痒，接着感到通体发热。他开始幻想自己灵魂出窍，留下一具发痒的皮囊站在笼里；他的魂魄像柳絮一样飘走，穿墙到别人屋里。他要到大人老爷屋里，看他们的老婆出恭、洗澡，看她们白花花的屁股。一想到这个，他的"雀雀"忽然在裤裆里勃起了——他被关在站笼里示众，忍受疼痛、疲倦与饥渴，可他竟然在光天化日之下勃起了！他感到羞耻。他被人围观与辱骂时不以为耻，可他的裤裆支起一角时，他突然觉得羞耻了。他的胯下像立起一根烧火棍，热得发烫。他于是维持一个奇怪的姿势,踮脚把屁股往后缩,使得下体看上去不那么"翘然挺然",同时努力回想屎溺鬼怪及一切恶心的东西,好让这玩意快些低下头去。不巧这时警察出来正看见他裆下昂首的雄鸡,气得抄起木棒重重打在枷笼上,狠狠骂道:"□子!"熊丑觉得委屈:"不是故意弄的……"然而警察误以为这竖立的旗杆是在故意挑衅,举起木棒又敲打了一次:"□子养的!"熊丑在笼子里摇摇晃晃,两腿间跳动的竹子终于退化为竹笋。"我……"他刚想分辩,警察已经把棒子扔了,走过来要开笼:"看来还是垫高了呀!"熊丑吓得哇哇乱叫。这下竹笋缩回地下,只露出一个尖尖的嫩芽了。

过了一夜,到第二天早上,他已变得跟昨天的老人一模一样了。他晕晕乎乎感觉自己随时会断气。就在这时,洪湖的警察来了。他叫年长的警察打开枷笼放人出去,又对熊丑说:"你跟老爷有关系,早点说啊,说了怎么会受这些苦,何必呢?"

熊丑听不懂什么"老爷"。他几乎失去意识了,被两个警察架回班房。狱警给他带来一碗葱花素面、两个猪肉包子、一块甜酥饼。他恢复意识饱餐一顿后获释了。

他不知道发生了什么。他不知道的是,关仲卿每天都会从县衙门口经过,每天都在观察站笼里的他。关仲卿没有想到整件事最后变成了一场残酷而漫长的折磨。要是干脆利落地结束熊丑的生命,他还好受些,但他无法眼睁睁看着熊丑被折磨至死。那个站在笼子里气息奄奄的形象成了他挥之不去的梦魇。他再也受不了了。最后，关仲卿不得已跑去佛陀宝与知县面前撒了个谎，谎称马修德神父找到自己求情——这个熊丑其实是个教民。

虽然经历了一番曲折，好在结果是好的，他没有暴露——至少现在没有。然而没过多久，城内发生了另一件事。这件事最终促使关仲卿下定决心彻底抛弃这帮人。

事情的起因是上元节庙会的骚乱。为了庆祝庙会，东门外的草市搭建了戏台，荆州最知名的花鼓戏班受邀登台演出，满城和汉城的居民纷纷到场观看。戏进行到傍晚时分，人群中忽然伸出一只手。这只手纤细，苍白，越过黑压压的小帽，伸向一个女人，摸到了缀在大拉翅上的花。女人吓得尖叫连连，扭头看见手的主人是个少年。她用北京话高声骂道："摸你口呢，喜欢摸回去摸你口呀！"

台上正敲着"七个隆咚锵"，台下好斗的年轻旗人和汉民之间爆发了一场小规模的冲突。很快，冲突演变为混战，混战变为暴乱。尽管巡警分局局长佛陀宝迅速率领警察弹压，但有人趁乱点燃了戏台。火焰顺着竹架倏地蹿到半空中，竹子烧裂爆开，如同巨人的骨骼断裂，最后巨人轰然倒下，焦黑的残肢散落一地。商铺门前的幡在风中熊熊燃烧，火光很快随风蔓延，连成一片，一直烧到夜里才彻底熄灭。

为了报复，冯茂贤不听劝阻执意发起一场暴动。关仲卿极力反对这么做。这很可能招致官府围剿,甚至暴露共进会的活动。但没人听他的。他想起那次共进会成立大会上有人提出的质疑:"会党不受革命党控制,这是大问题。"

两天后,不知道是谁号召的,也没有人说要去哪里、去做什么,城里突然聚集了一批人,他们沿着北门外大街向拱极门移动。走在最前面的是孩子,光头的、垂髫的、扎髻的、留小辫子的,一路蹦蹦跳跳,时而蹲下回头看,时而跑出去很远;青壮其次,皮匠、豆腐贩子、赶马车的、提着鱼篓的渔民、哑巴,大家肩并肩;最后面是妇女和老人,零零散散在队末拖了一条长长的尾巴。刚开春,风还很大,但人一多就不觉得冷,每个人都高高兴兴,像是又过了一次新年。

他们遇到的第一道关隘是瓮城门口的城卫。两个瘦黄的旗兵驼背站着,缩进城门洞里躲避风寒。他们背靠城墙有一句没一句聊天。孩子们先停下,他们害怕,在门洞前徘徊。后面的队伍放慢了脚步,但没人停下。第一个人进入城门后,后面的人受到鼓舞,接二连三地拥入。两个旗兵注意到异状,此时人流已进入一半。其中一个旗兵问:"今天过什么节吗?"另一个说:"是唱戏吧。"

他们进城后向南走,沿街百姓十分好奇。有人跑过去问:"你们去哪里呀?"一个老妇人刚想回答,儿媳扯了扯她的棉袖。问话的人不死心,终于从别处打听到"真相",随即高声对人宣布:"衙门在发钱!"这支队伍吸引了更多人加入。挑担子的菜农、茶叶店的佣工、休息的更夫，许多人放下手里的活追随，其中不乏一些奇奇怪怪的人，比如假装少了一条腿的乞丐、头骨畸形者、肥胖的痴愚儿、手背上文梅花的算命先生、披着袈裟一样的破棉袄且爱咬人的女疯子、脊背严重佝偻的老人、瞽目唱曲的夫妻、眼睛和嘴巴歪斜的男人、提着一只鹅的人。他们仿佛眨眼之间凭空出现，令人好奇这些人平时都蛰伏在哪里。

人群在南界门前停下，由欣喜逐渐变得躁动不安。有人试图逼近城门洞口。喜欢滋事的无赖从地上抠了块泥巴扔过去，污了巡警的裤子。门口的卫兵如临大敌。最终在他们冲击界门之前，骑警夹了马肚撞进去，从中分开一条路。众人像受惊的麻雀群，倏忽飞散了。道路被清空，巡警按倒一个穿花棉裤的地痞、一个木讷的书商、一个骂街的妇人、一个吓哭的少年以及放走了一个滑倒的老头子。

也正是在这之后，关仲卿向共进会总部发去第二封报告，判定"哥老会是一群乌合之众，同他们联合绝不是革命的未来"。留守武昌的周利贞仍对会党抱有期望，结果遭遇了更为惨烈的后果：武汉的哥老会同样执意暴动，结果迎来的是张总督的清剿，武汉的会党几乎全部覆灭。

总而言之，既是为了革命的存续，也是为了自身的安危，关仲卿向将军递交了辞呈，迅速离开了这里。辞职前他曾有过这样的想法：如果自己必须刺杀一个人，那么他一定会刺杀恒龄。像将军那样的人越多越好,他们只会加速腐朽王朝的毁灭,而恒龄这样立志救国的人才是最危险的。

他离开荆州,前往汉口租界。临别之际,关仲卿前往沙市同父母、哥哥告别。家人已经隐约猜到这些年他在干吗。他们大吵一架,最后决裂。父亲更是威胁要把他送官法办。关仲卿脑中闪过的第一个念头竟然是杀掉父亲。事后他想过,要是那时父亲执意报官,那么自己一定会动手。

四

接下来两年,关仲卿在武昌和汉口法租界活动。有时必须在武昌多停留几天,他会去武胜门附近的房子借宿。这座院落是共进会租下的,正好位于一处旗人聚居点西边,许多从荆州来武昌参军的旗人在附近定居。

一天,关仲卿正打算到江边坐渡船去汉口,忽然听到一个熟悉的声音。他扭头发现有几个旗人边走边讨论即将到来的婚事。他们都穿着军官制服,纷纷朝其中一个人贺喜。关仲卿一眼认出那个人是谁。他忘了多少年没见了,不过乌端还是以前的模样,这时已经是军官了。关仲卿下意识地避开他们。他害怕他们相认。

一个月后,他又一次见到乌端。关仲卿把自己遮得严严实实的,谁也认不出自己。他发现乌端和其他旗人经常路过这条街,这里应该是他们从营房回家的必经之路。这一次乌端和一个女旗人在一起。这应该是他的新婚妻子?这个女人脸很白净,小小的眼睛,长脸,长着一副关仲卿心目中旗人的典型长相。

又过了几个月,关仲卿看见女人一个人出来散步,并且怀孕了。

每次暂住他都有新发现。再后来,他见到乌端怀抱婴儿,跟妻子、母亲一块儿在街上溜达。

他不知道乌端有没有认出自己,也许早就认出来了,只是佯装不认识;也许根本是自己这些年变化太大了,至少在肉体上变强壮了。他忍不住闪过一丝这样的念头:如果当初自己老老实实回国做官,会不会跟乌端现在一样,谋一份体面的工作,过上平淡的婚后生活?如果不出意外,乌端还会迎来第二个孩子、第三个孩子,还会继续晋升参领,而关仲卿只在日本短暂交往过一个女革命党,没有迸出什么感情的火花。那是个像风一样的女人,虽然身材瘦弱,但精神力比关仲卿还要强大,绝对不依附任何男人,不需要男人为她做任何事,他也猜不透她在想什么。所以说她像风一样,无法捕捉,无法看见,也不会在一个地方盘旋太久,很快吹走了。她这阵风现在在哪里呢?——不管怎样,现实的情形是,革命马上就要来了,已经有几十个、一百个、两百个、五百个士兵加入共进会了。乌端他们过着看似平静安稳的生活，但这虚假的幸福马上就要毁灭了。灾难迟早会降临到他们一家所有人身上。关仲卿是这世上少数几个掌握真相的人之一。

他最后一次见到乌端是一颗彗星出现在天上的时候。这颗彗星一连显现了八天，每到清晨和黄昏便可望见天空中拖长的彗尾。从蒙古广漠的草原到岭南炎热的集市，从江南湿润的农田到新疆干燥的戈壁，全国民众都看到这一异象。大家开始这么觉得：可能真的要改朝换代了。这期间，他们在武昌的临时住所搬到了更北边。他再没去过老地方。

又过了一年，临近九月十九，武昌城里忽然疯传"革命党中秋杀鞑子"的流言，这令全城的官员和旗人无不骇然。一种诡异的说法流传开来："九"是"革"的笔画数，"十"是"党"的笔画数，合在一起就是"革党"；又有人认为九十九是百去一，从字形上看"百"去一是"白"，而臂缠白巾正是革命党的标志。

这些谣言正是关仲卿和他的同伴散布的。每一天，这样无头无尾的消息经过他们的传播，在小报、街头、人们的嘴巴和耳朵边辗转，而且越传越可怕，仿佛到处都是革命党，随时随地便会爆发革命。每个人都听说某处有剪着短发的革命党现身。武昌城一天接一天戒严，而当汉口租界突发一起爆炸事件后，新一轮的谣诼又一次席卷而来。这一次，谣言的对象成了官府：相传总督大人已经掌握了军队中所有革命党的名单，正在全城搜捕没辫子的男人。

次日早晨发生的事似乎证明这次的消息不是谣言。市民围聚在武昌城西边的文昌门前。他们仰望城楼，上面刚刚挂上三个铁笼，笼子里盛着三颗革命党的人头。市民们更加确信，昨晚捉了几百个革命党，一晚上都在捉革命党，已经捕杀了几百个革命党。

一个少年背了一袋枣子进城路过这里，有个又高又胖的男人指着少年叫道：

"你们看，他没得辫子，他难道不是革命党？"

少年吃了一惊。他确实一头短发，没辫子。所有人警觉地望向他。少年回过神，感到十分荒唐，指着自己的鼻子说：

"我是小孩啊！"

大家都笑了。

这个男人对身旁的关仲卿小声说：

"现在没人知道革命党在哪里，现在到处都是革命党。"

关仲卿望向前方：茂密的芦苇丛后，深黑色陆地像尖角一样突入水中，靠近岸边的浅滩如镜面般亮着光，倒映出残破的太阳。芦苇丛在江风中发出连绵成片的沙沙声，听起来就像海浪漫过沙滩。闭上眼，他感觉自己仿佛身处海边，像过去的某刻一样,坐在黑暗中聆听涛声。他第一次发现江岸和海岸很像,江水和海水很像,都有一种宁静治愈的作用。可是芦苇细碎轻柔的声音只能暂时安抚他的心,没一会儿他又无法抑制地躁动起来了。他产生了一种奇特的幻想:芦苇丛中走出一个人影,人影逐渐来到岸边,一步一步走入水中,紧接着刚刚开始西落的太阳会重新升起,天地间被另一种金光笼罩……

他强迫自己冷静下来。昨天散会后,他们分头行动,每个人联络一个营,约好起义的时间。本来应该是昨天,又变成今天。但他强烈地预感到就是今天了。只能是今天!仿佛今天过后什么也没发生,他就会倒地而死。波涛快要淹没他了!太阳要升起来了!……他的太阳穴也随着脑中涌现的幻象突突跳动。

这时,在陆地的延伸处,临近岸边的浅滩中,他看见一个鸟影。从影子细长的双腿、尖尖的鸟喙判断,那是一只夜鹭。这只夜鹭缩起脖子,立在水中一动不动。这只夜鹭仿佛有某种致命的诱惑力,吸引他静悄悄地走过去。鸟没有飞走,依然停在原地。再往前走,当他踏入那片尖角形的陆地时,他的脚下突然陷落了。原来这不是陆地,而是一摊淤泥。他退回去,在路边草垛般蓬松干燥的野草中擦干脚上的泥巴。

如海潮般宽广的沙沙声又一次响起。他这次变谨慎了,又一次逼近夜鹭。突然之间,江面上响起巨物震耳欲聋的嘶鸣声。鸟受惊飞走了。这声音来自战舰的蒸汽轮机,最近几天它一直在江上巡航，就像一头蓝鲸巡视自己的水域。他不免担心起来，眼下同伴乘坐的划子船是否会遭遇这头巨鲸，被它撞翻？

又等待了半个钟头，他听见咚的一声，石头投在水里，接着是第二声，第三声。他反应过来，一边循声跑去，一边压低了声音呼叫："喂——"

渔船靠岸了，他接应的同伴，被他戏称为"老大哥"的人跳下船。

"五点了。"他对老大哥说。

他们快步离开这里，来到城墙下，用钩索翻过城墙。等换岗的士兵走远后，他们沿着汉阳门大街心急火燎地狂奔起来。

炮营的代表已经先到了。他们告诉老大哥，炮队在南门外进不来，必须等工程营先动手打开城门，再把炮拖进来。他们站在高坡上望向东北方的营房：四间房子在夕阳的照射下染成了一式的橘红色，仍然笼罩在一片宁静的气氛中。他们不得不焦急地等待下去。又过了半个小时，整片大地渐渐沉入黑暗中。这是关仲卿人生中最漫长的半小时。他坐在椅子上，浑身肌肉如抽筋般紧绷着，仿佛只要松一口气就会晕厥。

七点左右，枪响了，起初他们没反应过来，以为是某种怪鸟的叫声，接着营房中忽然蹿出七八米高的火焰——开始了！关仲卿体内积蓄的情绪已到极点，马上要火山迸发红日升起轮机轰鸣野马狂奔似的爆发了,然而下一个瞬间,所有的激情忽然消失了,他变得非常平静。他跟老大哥不一样,他不懂指挥,也不擅长枪械作战,这一刻他忽然不知道自己该做什么了。这时,一个炮营的代表拍拍他的肩膀。

"跟我们推炮去吧!"代表笑着说。

"什么?"

"出城,把炮推进来,推到山上,轰!"代表指了指山的方向。

起义后的第二天,在中和门附近,五个士兵在街上扫荡。他们风衣左臂上系着一条白布。空气中弥散着硫黄和木炭的气味,远处腾起的硝烟把天空熏染成灰黄色。四下太安静了,他们一连经过三个化为焦土的街区,只遇到一个疯疯癫癫的乞丐和两个运尸的人。

突然,他们望见从拐角迎面走来三个人。

这其实是三个女人和一个孩子。她们看见士兵,想要退回路口,但已经来不及了。

"你们做什么去的?"一个士兵走上去盘问道。

"出去的……"其中一个女人回答道。

这个士兵非常年轻,不到二十岁,是鄂州人。他听出这个女人说的是武昌口音,只是语调上有一点奇怪。他看了看身后的长官,继续问道:

"你们从哪里来的？"

女人不敢看士兵的眼睛，往身后的方向指了指。另一个妇人把小孩抱得越发紧了。

士兵觉得自己多心了。这几个女人穿着打扮和口音都不像是满人。他请示长官。那位厚腮帮的棚目把枪支在地上，拄着枪身休息，点头示意放她们过去。

她们在士兵的注视下快步离去。突然之间，那个士兵眼睛一亮，脱口叫道：

"大脚！"

女人们呆立原地。棚目大步冲上前，指挥士兵拦住这些女人。她们的大脚藏在裙子下摆里面，平时难以分辨，可是一旦走快了就露出了马脚。年老的妇人泪眼婆娑地用北京话哀求道：

"她们丈夫、我的几个儿都死了——他们该死，他们有罪，可我们什么也没做，杀了我们几个妇人也没用呀……求老爷开恩饶命，放我们走吧！……"

"只要是满人，一律带走，哭也没得用。"棚目转过身，对年轻的士兵说，"先抓起来！"

老人磕头求饶，额头在地上磕出一块血印。另两个女人也跪着哭，只有孩子不明所以瞪着大眼睛，好奇地啃着手指。

在棚目不断催促下，士兵走到跟前，把老人拽起来。就在这时，她做了一个令所有人始料未及的举动——她猛地扑向士兵，夺走了他手里的枪。

事情发生得太过突然，所有人都愣住了。士兵反应过来，紧紧握住枪身。可是老人像疯了一样，力气大得跟壮年男人一样。拉扯中，老妇人嘶喊道：

"走啊！你们走啊！快走啊！"

那两个女人刚站起身，枪声突然响起，老人斜着身子栽倒在地上。士兵哆哆嗦嗦，检查半天，发现不是自己开的枪。

两个女人哀号着，居然也跟着扑上来。士兵吓得不知所措。又是干脆利落的两下枪响，女人倒在他面前。

转瞬间地上多了三具尸体。

士兵瞪着眼睛。他见过杀人，也杀过人——昨天晚上他就亲手打死了两个旗人出身的士兵，一个叫宝昌，平日傲慢，一个叫连祥，人不好不坏。可是他从未杀过手无寸铁的妇孺。

棚目冲过来狠狠踹了他一脚。

"你□的！"棚目骂道，"要害死我们吗?！"

士兵陡然瘫倒在地上。回头望去，站在队伍末尾的士兵端在手里的枪还未放下。是他开枪射杀的三个女人。

"好！还好你开了枪！"棚目走上前，狠狠拍着士兵的后背。这是他表达赞赏的方式。他说："你不错的，好样的！"

那个士兵面色平静，仿佛刚才射杀的不是人而是动物。

这时，坐在地上的孩子哇的一声哭了，整片街道都回荡着他的哭声。

"这怎么办呢?"瘫倒的士兵回过神,爬起来指着号啕大哭的孩子问道。

"怎么办,我晓得怎么办!他□的!"棚目继续骂道。

听见这里的枪声,从东边赶来一支队伍。他们胳膊上佩戴白色袖标,上面写着"宪兵"。棚目记得领队的长官,好像姓关,曾在某次共进会集会上见过,一边努力回忆一边汇报刚才发生的事。

"这孩子怎么办?"他问宪兵长官。

这位长官,也就是关仲卿,看了一眼孩子回答说:

"交到都督府吧,让他们管。"

"交给您,您带到都督——"

"你们自己去。"关仲卿打断他说,"还有这些尸体,你们要么自己弄走,要么等赤十字的人过来,不要像这样丢在这里。"

"我们去叫赤十字的。"棚目摘下军帽擦了擦颅顶的汗。他还没想起这位长官的名字。

宪兵走后,那个闯祸的士兵被派去找赤十字军,其他人继续在旗人居住地挨家挨户搜寻,只要找到旗人就扭送都督府。不幸或幸运的是,他们这一天再未遇到任何旗人了。半路上他们碰到另一队正好要去都督府交差的队伍,于是把那个孩子交给了他们。

他们途经小朝街时,看见路边有一具穿着军官制服的尸体。尸体仰面朝上，四肢摆成一个"大"字形，眉心被一枪打烂了，半边脸成了肉泥，下颚脱臼了，身上还有两个弹孔，如同两朵黑色的花。

棚目走过去，蹲下查看。

"呦，还是个大官咧！"他翻开死者上衣口袋，掏出一张证件和一块怀表。

"乌……端……"他念道，随即对左右大声说，"还是个满人嘛！你们看看，还是个满人嘛！"

棚目把证件随手扔了，在裤子上揩干净手。

一整天都是阴天，长江两岸的天空覆上了一层阴霾。站在蛇山山顶可以远眺江对岸的汉口。那里，革命军正与北边来的军队激战。数股浓烟如飓风般从地面腾起，缓缓升入天穹。反观这一边的武昌，最激烈的战斗已经结束了，现在城里只能听见对岸传来的炮响。

中午时候，一位军官沿小朝街来到阅马场。他的帽檐拉得很低，遮住了前额和上半边眼帘，左臂上缠着宪兵袖标；军靴上的泥干了，像一层即将剥落的血痂；军服外面穿一件军风衣，没挎枪，脚步很快。

阅马场上满是细碎的石子。他斜穿过去，映入眼帘的是一座红砖建成的两层西式建筑，有着高廊柱和三角顶，中央是一个圆形的穹顶。这座建筑入口的铁栅栏上挂着黄星黑九角红底的十八星旗，左右各有一面，正门由五名值勤的卫兵把守。

他走上前，立正，行了个举手礼。

"您把枪留下再进去。"卫兵上前一步，说道。

他掏出手枪，解下腰间的弹药，一并递上去。

"进吧。"

卫兵让开中间的大路。这时突然有两个士兵押着一个军官来到大门口。

"跪倒！"其中一个骂道，把军官踹倒在地上。

"去都督跟前讲清楚！"军官跪着叫道。

"讲你□！"士兵开了枪，军官后脑中枪，仆倒在鲜血中。

卫兵过去看了一眼，皱着眉头说：

"搞什么，不要在这里乱搞啊。"

"他克扣老子子弹，害得老子打败仗！"士兵指着血泊里的尸体说。

"那也不能在这里搞！要搞去别的地方搞！这是什么地方！"卫兵指着远方，指责说。

士兵一边离开一边自言自语道：

"都是汉奸！……"

关仲卿看了一眼尸体，走进红房子里。

他穿过院子，踏上漫长的台阶。抬起头，他看见都督府门前挂着一张告示，上面这样写着：

手执钢刀九十九，杀尽胡人方罢手，斯其时矣！

他走完最后一级台阶，进入候客室。他等了一个钟头，负责接待的文书出去了四趟，每次回来都见到他坐在那里。中间某个时刻，戴眼镜的文书甚至对他打趣道：

"大概今天不会见你了。"

文书终于带来佳音：里头叫他进去了。他这才缓缓起身。文书探着身子朝里面指出一条路："进去往左转，上楼，有卫兵带你进去。"

他没有道谢，直接走掉了。他穿过红柱子后面的回廊，快步爬上楼梯。楼梯口一个背枪的卫兵走过来，让他往右手边走。走到头，会议室的门前又站着两个拿枪的卫兵。

"请等一下。"领路的卫兵说，"得罪。"

他们将他身上的口袋、衣袖、靴子仔细地捏了一遍。

会议室内，一个男人正在发言。因为木门隔音不好，关仲卿能清楚地听见里面发言。他听出说话的人正是共进会的领袖之一，起义前在汉口爆炸中受伤、目前已经康复的孙武：

"……现在汉口失守，冯国璋的军队正在休整，下一步定然要来打汉阳。若是汉阳再失守，武昌就危险了。可是汉阳的仗还没打，宋锡全和王宪章竟然带着驻军逃到岳州去了！他们做起事来和姓詹的那帮人没一点区别，嘴上说革命，临到危难时候都想着逃命。不是我说文学社怎样，好像故意针对他们，实际是，唉，不说了……"

"确实还是不要说为好。"另一个说话的人是刘公。他从旁劝解道:"他们在汉口是尽力了的,只是最后没办法。此事固然是他不对,但事情究竟若何,还须查问清楚再说。何况那姓宋的已被军法处处决了,其他人正被押解回来,等押到武汉了,事情自然明了。"

"汉口支部既然交给他们文学社的人,他们就必须负全部责任。即便实在守不住,为什么不撤回武昌,回军政府来?哪里有全部逃走的道理?——好了,现在他们把汉口丢了,拍屁股全逃去东边了!当初他詹某人擅自把张景良处死,我就看出有大问题。仲文,你一向说他是我们革命的同志,当初共进会找他们文学社合作时,想着'强龙不压地头蛇',我们也是拿出真心诚意、对他们毕恭毕敬的,可他们这样是做同志的道理吗?有这样做事的吗?你自己说一说。"

刘公停顿了片刻,说道:

"张景良通敌,质存杀他没有大错。"

"可张景良是我们军政府派去的人,要处置也应该交给军政府处置,怎么说杀就杀了?这件事且不论,他们逃走的事又怎么算?按照军法,这也是可以杀头的!"

被这么质问,刘公叹了声气,说道:

"恐怕有他们的顾虑吧。张景良是我们派去的,也是我们说可靠的,结果出了事……这不能全责怪他们,何况我听说他们是去安徽求援去了……"

"肯定是畏罪潜逃了。"张振武突然在一旁叫道,"刘兄,你不要替他们开脱了。他们的事,自有公论,也自有军法处置。你替他们说话,实在没有必要!"

孙武冷笑了一声,什么也没说。

刘公默然无语。这时卫兵替关仲卿敲了敲门,里面的人叫了声:"进!"卫兵打开门,关仲卿起身走进去,看见会议室中间放置着一张方形大桌子。

"我来了。"他行了个举手礼。

"别来这套了,快坐吧。"刘公起身向他走来,用力握了握他的手。

"就站着说吧,我坐了很久了。"关仲卿说。

"你在怪我们让你久等了啊。"孙武摇了摇头,笑道,接着所有人都忍不住笑了。孙武接着对他说:

"先坐吧,'大人物'还没来呢。"

关仲卿在靠门的空位上坐下,接着,吴兆麟起身说道:

"这些事都过身了,再说也没什么用,我们还是想眼下汉阳的战事怎么办吧。"

孙武接过话,双手交叉在胸前,一副愁眉不展的样子,说道:

"前几天克公刚刚拜了总司令,汉阳的事归他指挥。蒋伯夔在汉阳招兵——这又是个文学社的。他们两位还没来。"

"黄先生马上过来,蒋部长他过不来了。"吴兆麟解释道,

"他脱不开身。"

孙武不说话了。张振武把一只手搁在桌子上，说：

"今天开完会，我也要回青山布防去了。"

"那边的事，恐怕很辛苦吧。"坐在首席的黎元洪问道。

"嗯，江对岸战事不决，我们这边到处都不安逸啊。"

"黄司令他……"吴兆麟面露难色，说，"有反攻汉口的打算。"

张振武扭头看着吴兆麟，又看了看在场其他人，显得很吃惊。

"我已经晓得了。"孙武的脸侧向一边，"我们在等他来。"

"冯国璋还没有在汉口站住脚，要是趁机把汉口打下来，这再好不过。"吴兆麟双手撑在桌沿，挺直了胸膛，但他犹豫了下，说："可是……"

孙武微微偏了下头，闭目不语。

"这有什么可是的呢？"张振武质问道。

"黎都督不同意。"

"我也不同意啊。"孙武突然开口说道。

"这是为什么？！"张振武瞪大了眼睛。他没有看其他人，单单盯着黎元洪。

刘公打断了他们的谈话：

"还是等克公来了再说吧。"

孙武看了看门，门没开。他挪了挪身子，坐直了。

在黎元洪和孙武的示意下，吴兆麟走到地图前，向大家介绍道：

"现在全国各省的革命党都在起事。湖南、江西、两广、四川、江浙、山西和陕西都已易帜了。只要我们守住汉阳和武昌，各省地方就会接连不断响应革命。鄂省内，我所知道的，宜昌的革命军正打算进攻荆州府，还有襄阳的革命党在打钟祥。"

"宜昌的唐牺支，现在已经快到荆州了吧？"刘公面露忧色，看了看张振武，随口问道。

吴兆麟站得笔直，回答说：

"我们之前给荆州将军发过电报招降，看样子他们是不打算投降了。荆州要是打下来，可以扼住武汉三镇的上游。"

"那样就能缓解我们这里的压力了吧。"刘公说道。

吴兆麟不经意间叹了声气，说：

"希望是这样啊。"

这时门开了，门外进来两个人，走在前面的人脚下像有一阵风。他体态微胖，嘴上和下巴留着中长胡须，右手只有三根手指，即便不说话也显得威风凛凛。他走进会议室的一刹那，所有人停止了交谈，下意识地正襟危坐。这个人朝黎元洪微微点头，接着坐在了次席。

"我来晚了。"黄兴说。跟在他身后的是他的参谋长，一个戴着圆框眼镜的人。

关仲卿觉察到,黄兴出现后,这里的气氛发生了微妙的变化。

"克公,你来得正好。"刘公微笑着朝黄兴致意,说,"我们正在讨论汉阳和汉口的事情呢。"

黄兴对他点头回礼:

"我正要与诸位商议。船划了半个钟才过来,江面上还在放炮。同诸位说完这件事下午又要赶回汉阳了。"

"前线战事这样吃紧吗?"刘公问道。

"哪里都吃紧啊。"黄兴挺直了腰背倚在椅背上,说。

"那克公请直接讲吧。"

"我以为应当立刻反攻汉口。"黄兴的嗓音浑厚,说话时中气十足,"据汉阳探报,冯国璋的部队士气不高。眼下虽然攻下汉口,但士卒疲惫,短时间不可能再战。与其在汉阳等到他们休整完毕,重新振作,不如趁势反攻回去。我们刚刚整编了一批民军,又接受了湖南都督派来的两标湘军,主动出战汉口,我有把握取胜。如果能在北边新增援的部队到达前把冯国璋从汉口赶出去,就能彻底巩固武汉三镇,为南方的革命党争取时间,所以还望黎都督批准。"

他尤其强调了最后一句,听起来具有讽刺意味。

"克公是总指挥,尊下的决议本不该我指手画脚。"黎元洪声音很轻,说话时小心翼翼的,"只是,或许在座里头另有不同声音,也请先生耐心听一听。"

他们下意识地一齐望向孙武。但孙武没有说话。吴兆麟犹豫了一番，神情忐忑地说：

"那个，您曾说过，先前汉口新招募的士兵素质参差不齐，不听号令，很难调度，加上缺少机枪和大炮，打不了冯国璋的北洋军，所以汉口失守了。依我拙见，眼下这些问题根本无从解决，刚送去汉阳的新兵依然是那个样子。贸然进攻汉口的话，怕是难有胜算。相反，汉阳的工事牢固，冯国璋的人不敢轻易渡河。与其以我之短攻敌之长，愚以为倒不如据险固守。"

黄兴看了一眼这个年轻人，面色严肃地说：

"如果只是固守，那才是没有胜算！"

吴兆麟急于抒发自己的意见，抢着说道：

"而且湖南来的援军，这两标的问题也很大。我听说他们相互之间有矛盾，到时候恐怕会成心腹之患。"

"都是革命党，为什么会为患呢？"张振武追问道，"他们湖南都督跟我们熟悉得很，哪里会患不患呢？"

吴兆麟没有回答，而是望了一眼黄兴，说：

"具体怎样，您应该更清楚吧。"

黄兴沉吟了一阵。刘公突然讲道：

"他们之间的事，我有所耳闻，但这并不代表他们不能为革命所用，更不代表他们不会为革命尽力。要说矛盾，哪里都有矛盾，就是武昌城里也有矛盾，但大家还不是坐下共事？我想,这不要紧,只要能在前线出力就行。"

孙武眯起了眼,听吴兆麟说:

"可是我听前线回来的伤兵说,他们私下抱怨饷银,说湘军比鄂军更拼命,银子却拿得比鄂军少,顺着又说湖南人的命比湖北人贱。我觉得他们不太可靠啊。"

张振武一时大怒,拍起桌子骂道:

"胡说八道!哪个说鄂军不拼命?他们湖南佬来之前,武汉三镇是哪个打下来的?!"

黄兴的神色一直没有变过。他看着吴兆麟淡淡地说:

"我以为这样的流言还是不要信的好。不仅不该信,也不该说出来。"

吴兆麟的脸倏地变红了。

"不管怎样,汉口一定是要打的。再拖下去,等冯国璋休整好,连汉阳也难办。"张振武坐着,变得越来越烦躁。

黄兴目光坚毅,说道:

"进攻汉口,这是总司令部已经决定的事。"

孙武并没有去看黄兴,而是盯着眼前的桌子,忽然说道:

"但这件事司令部未免决定得太武断了。"

黄兴惊讶不已。

孙武唯独不去看黄兴。他说:

"我也以为防守汉阳比反攻汉口要好,但我不是总指挥,克公是,我说话不作数。我唯有一个疑问——如果进攻汉口失败,连带又丢了汉阳,到时候该怎么办?"

他接着说道:

"要是让冯国璋攻下汉阳,他们同武昌城就只有一江之隔了,那时候先生要怎么办?"

黄兴不由得愣住了,想了想后毫无隐瞒地说出了心中的见解:

"如果汉阳失守,军政府可以撤出武昌,退到九江或者南京去。"

众人都陷入了沉默。关仲卿感到众人脸上流露出沮丧的情绪。黄兴又解释道:

"但那是万不得已的情形了。"

过了一会儿,黎元洪缓缓地说道:

"要真到了那种地步,也确实只能如此了呢……"

孙武又不说话了。他神情复杂,令关仲卿捉摸不透。

突然之间,张振武拍案而起,身后的椅子几乎倒在地上。他愤懑地叫道:

"仗还没打就想着撤走,哪里有这样的道理!我们革命党难道是贪生怕死之徒吗?!"

他的话说得连黄兴也感到惭愧。黄兴微微低下头。其他人的脸上也一阵红一阵白,不知说什么好,唯有刘公勉励在座所有人说:

"不错,仗还没打,不该说这些话。即便汉阳真失守了,我们也要死守武昌。列位，这里是鄂军都督府，是军政府，是全国革命的精神支柱！请大家想想一个月前我们起义时的情形，想想这两年来共进会和文学社的努力、这十年来牺牲掉的志士仁人。若是对革命心怀希望，就绝不该说丧气话。我们要么与城俱在，要么与城偕亡，不论发生什么我也决不放弃这里！"

张振武气愤难平，自言自语似的说道：

"要是刘静庵还活着就好了……"

黄兴身边的参谋长忽然起身，说：

"我们还是关注眼前，由不才先介绍反攻计划……"

孙武侧过头。他们听参谋长说完，吴兆麟又一次重复了自己的看法：

"愚以为还是应该坚守汉阳，不要去打汉口，太冒险，我们承担不起失败的后果。"

"不能坐以待毙！"黄兴反驳道，站起来，双手按在桌上，环视在场所有人，"司令部有充分的把握！"

黎元洪连忙用一腔黄陂话表明立场：

"黄司令，身为都督，我尊重司令部的意见。"

孙武坐着，直视黄兴，说：

"克公，我改变不了您的看法。但我始终觉得我们多坚守一天，就对全国的形势有利一天。"

他继续说道：

"多坚守一天,其他地方就有更多的革命党举事。"

他说话的时候目光没有从黄兴脸上移开过:

"全国的革命党都在观望我们、观望鄂军、观望武昌,所以我反对反攻汉口,应该坚守汉阳。"

这一次连张振武也罕见地沉默着。

然而黄兴焦躁地踱步,口中愤怒地叫道:

"时机!必须抓住这个时机!……绝不是什么从长计议!……"

没人劝他。孙武从鼻子里长吸了口气,左手扶额,转过头不去看任何人。

关仲卿站起来,在场七个人齐刷刷地望向他。他镇定自若,高昂着头颅。黄兴打量着他,点点头,说:

"那我就有话直说了:我们有一件任务委派给你,很重要,但不危险——我们想让你代表军政府去宜昌,去见那里的革命党。"

"因为你老家在荆州那边,以前又跑去联络过那边的会党,再没有人比你更熟悉那一带了。眼下宜昌的革命党正计划攻打荆州,我们计划派你协助他们、充当他们向导。你晓得我说的吗?"孙武从旁解释道。

"晓得。"

"好,你要弄清楚,荆州能不能打下来,对我们武汉三镇的战事很重要。你要竭尽所能帮助他们,明白吗?"黄兴问道。

"明白。"

黄兴继续说道:

"你马上出发,今天就动身。宜昌革命党那边的司令叫唐牺支,也是我们湖北新军的人。他是文学社的成员,早些时候被调去四川弹压民变,半路上驻扎在宜昌,于是在宜昌起事了。他不是外人,你找到他,把军政府的信交到他手里,他看了就知道你的来意。你到那里后,一切听唐牺支的差遣。"

"好的。"

"路上全靠你自己一个人了啊。"刘公走过去又一次握住他的手,说,"你自己小心行事,多保重啊,一定要活着回来见我们。"

关仲卿走出鄂军都督府大门没多远,一个声音叫住他。他回过头,发现是周利贞。

"去宜昌,真羡慕你啊。"周利贞朝他胳膊轻轻打了一拳,笑着说,"要是跟你换一换就好了,你待在军法处,我去荆州。"

"也没让你上前线啊。"关仲卿说道。

"你没亲眼见过,不会晓得的。"周利贞瞬间拉下脸,"以前嘴巴上叫得厉害,说什么'报扬州嘉定之仇''排满''杀胡',

可真要动起手来，真是精神折磨啊。"

关仲卿笑了笑。

"几个月的奶巴子、小孩、女的、老人，在你面前哭啊，叫啊，求饶啊，最后还得把他们一个个毙了，尸体瘫在地上，像被捏死的毛虫。血啊尿啊什么的流了一地，最后像死猪一样一层层堆在板车上……"

周利贞脸色苍白，颤抖着深吸了口气。

"现在不是好了吗？"关仲卿注视着他，问道。

"是，租界那边的领事找军政府求情，这才停了，不然我这会儿还忙着枪毙、处理尸体呢。"

"不要多想了，你没做错什么。"

"唉，都是命吧，死了就解脱了。"周利贞转而问道，"里面怎么样？"

"难说，还是老样子。里面比你那里更复杂。"

"猜到了，当初创立共进会，还记得黄兴怎么质问我们吗？他说：'你们另立组织，那么革命成功之后谁是正统？谁是领导？'那时候我们只能好声好气赔笑说：'那得看谁的功劳大。'所以现在呢？我们共进会成功了，他们没成功，他们同盟会有什么说法吗？还不是急急忙忙跑过来摘桃子？我们还不是老老实实把军队交给他指挥？但谁能服气？你服气吗？"

关仲卿沉默着。

"我个人对他没什么大意见，毕竟他威望大嘛，仅次于孙先生，谁叫我们共进会没声望呢。让我真正失望的是和文学社的关系。"

"对，我也是这么觉得。"关仲卿突然说道。

"是吧，当初两边的合作，你我是出了很大力气的。你从荆州过来以后，我们在武昌没日没夜地跑，一次又一次开会协商，三年啊，终于敲定了。那时说得么么好听，都是同志，我们负责外围，他们负责新军内围，结果刚起义就开始争了。"

关仲卿若有所思，说：

"我听说了，哪个打响起义第一枪，我们这边说是共进会的熊秉坤，他们说是文学社的金兆龙，最后我们抢先报给孙先生，孙先生听了我们的，他们很不高兴。"

"然后谁来当都督。我们当然都认为孙尧卿合适，因为整件事都是我们推动的嘛。他们力推蒋翊武。如果不是蒋翊武谦让，事情恐怕要闹得没法收场，毕竟文学社在军队里势力大，我们是外来者，真要争起来我们怎么可能争得过他们呢。"

"要是起义那天晚上文学社的人留在城里没走，都督一定是他们的。"

"是啊，那时候你和仲文他们在汉口，是吧？我在租界照顾炸伤的孙尧卿，文学社的逃走了，给同盟会的那些人发电报叫他们来他们也没理。当时谁在谁就是都督，但就这么巧，就这么出乎意料。"

"这样看，让黎元洪当都督倒不错。他当一个傀儡，不是共进会也不是文学社，表面上维持了和谐，真正的军权还在我们手里。"关仲卿低头说道。

"让哪一边当都督另一边都会不满吧。你知道吧，二十八号黄兴到武汉，私底下又争论该不该让黄兴代替黎元洪当都督，最后大家都觉得起义是共进会和文学社的功劳，不能把首席的位置拱手让给同盟会，所以宁可黎元洪继续当都督。在这件事上大家又团结了，一致对外了——这就是人性啊！"

"没办法。我们两个什么也改变不了。"

"因为你和我太纯粹了，单纯为了革命，所以愿意退让，不去争，可是你不争，别人争，你就被他们挤得靠边站，被排挤走了，所以他们得志，他们兴风作浪，你什么也做不了。"

"算了，当初我们觉得革命的希望在湖北，在湖北新军里头，没人相信我们，连孙先生也没支持我们，现在我们的计划实现了，事实证明我们是对的，我已经很满足了。"

"好吧，不说丧气话了，往好的一面看吧。"周利贞转头指向伫立在他们身后的红房子，"你看，十月十一日以前，这里还是湖北咨议局，立宪派在这里举行过议员选举，三次上书请求召开国会，结果三次被拒绝。现在这里成了我们鄂军的都督府。这座红房子简直见证了立宪派的失败和我们革命党人的成功。好的一面是，天下所有人都知道立宪的希望已经彻底破灭了，只有革命才能救国。革命的大火已经熊熊燃烧了，而纵火者之中便有你和我！"

五

换衣服后没人认得出他是谁。他换了一身青灰色夹布大衫，戴上黑布瓜皮帽，里头装了根假辫子。他从文昌门出城，打着绑腿的民兵查验了他的出入凭证。城门上挂着一排人头，十多根辫子如枯死的藤蔓从笼中垂下，蝇子嗡嗡挤成一团。十月十日以前这里挂着革命党的头，现在仍然高悬着头颅，只是变换了脑袋的主人。

一艘无帆的渡船刚从对岸汉阳晃晃荡荡划过来，艄公摇橹靠岸，泊在码头，船上先后下来十多个负伤的民兵。重伤者躺在担架上被赤十字军抬进城，轻伤的则慢慢跟在队伍后面走。

年老的船夫挽起裤腿坐在船边，朝江面努了努嘴，说道："今天不走了。汉口有大炮船，两炮就把小船打沉咯。先前有船去，半路上一个炮，轰！帆都被打坏了！"

"江上已经没有炮船了。"关仲卿解释说，"炮船都投了革命党，挂白旗到九江维修去了。"

"那也不去，我怕死，你找别个去吧。"

"你去平湖门的渡口看一看。那里有没有，我也不敢打包票,不然只能等几天再走。"面相更年轻的船夫站在一旁说道。

但他已打定主意今晚必须出发,于是在渡口继续等待。天暗下来后,寒气一下子降在大地上。世界仿佛死掉了,只剩下一个漆黑冰冷的空壳。风吹动草木土石,从各式各样的窍孔中发出种种诡异的自然之音。天色越发暗淡,他与周遭的环境融为一体,就像被这黑暗一口吞下。

等待的过程中,两个船夫闲来无事,同他说了会儿话。他告诉他们,武汉三镇已经被包围了,只有从汉口租界出发、挂外国旗子的船才能出去。像是为了感激他提供这一消息,船夫请他到船上小坐。他于是知道,这两个人是父子,姓杨,撑船的老者叫杨龟,蹲在船尾的大儿子叫杨蟹,家在汉阳江边,小儿子与小儿媳在江上打鱼。

江面不远处漂来一处微弱的火光。这火光离岸不远,像是流星坠入江水,浮在水面随波漂荡。杨龟看见后叫了一声,之后让杨蟹划船过去探询。这是一艘夜行的客船,支帆借助江风在走。杨蟹的船返回时,客船跟随其后缓缓靠岸。

"是杨鳝的船。"杨蟹叫道,"跟他们说了,去汉口,你快上来吧。"

一个刚剪辫没多久、披头散发的男人从船舱内走出来,立在船头朝岸边张望,问道:

"您也要去沙市?敢问您是哪儿的人?"

紧接着他慌忙解释道：

"您别听我口音是北方的，有点像满人的话，可我不是满人，是汉人，北京人，从京城来武昌做生意的汉人。您别多心，我是正儿八经的汉人！……"

关仲卿回答后，那个"北京人"转身回舱内说了几句话，之后跳到他们船上作了个揖，同意关仲卿跟他们同行。这是一艘不大的客船，舱内有一张方桌，围坐了三个人，靠里面的是一个背对他们的壮汉，一个人占了两个位置，另外两个人剃了光头，算上"北京人"是四个，船夫是第五个，刚上船的他是第六个。船舱内只勉强容得下他们六个。

其他人沉默着，只有"北京人"虽然面露疲态却笑容不改，不停和关仲卿谈论沙市、古城和鱼糕。突然，"北京人"毫无预兆地叹了声气，接着强颜欢笑道：

"说实话，我们和您算是同乡呢——其实我不是什么北京人，我们都是旗人，荆州旗人。"

关仲卿面无表情，眼皮飞快地跳动了两下。

"问了这么多，还没有自报家门呢。鄙人名叫良臣，这位（他指着正对面的大汉）是端瑞，那位（他又指着坐在大汉左手边的人）是端昆，是他的侄子，这个（他伸手对着剩下的那个）是恩喜。我们这些人都是回荆州的。"

良臣揉了揉小腿，轻轻摇着头，说：

"是我多心了，刚才不知道您的来历，对您说了谎。因为城里之前在抓旗人，不得已才说自己是北京人。我们藏了好些日子才弄到船，想趁夜去汉口，从汉口坐船回家。听见你们拦船，还以为是……没想到误会一场。您是我们同乡，眼下又乱，就跟我们一道儿回荆州吧，路上也有个伴。"

"别说了！"端瑞突然翻身坐起，爆发出一声怒吼。然而转瞬间他紧绷的神情松懈瓦解了，双眼变得暗淡无光，嗓音变得像是在哀求他们一样："别说了，说这么多有什么用，安安静静回家吧……"

良臣无力地垂下头。他拿袖子捂住面庞，身体颤抖了很久。再抬起头时他红着眼圈微笑着对客人致歉说：

"让您见笑了……"

一直沉默的端昆突然在狭小的船舱内站起来，指着关仲卿呵斥道：

"大伯，为什么让这个汉人上船?！叫他滚下去！"

船舱内的气氛原本沉闷得令人喘不过气，一瞬间又激烈得仿佛空气都快沸腾了。良臣跪直身子拦在中间，劝解道："别这么说话，这不是外人，是住在便河桥卖枣子的同乡！……不能乱说！是同乡！……"端昆没有继续争吵，坐回原处。端瑞一言不发，背对其他人躺下。恩喜一直没有卷入这场短暂的争吵，缩在角落摸索手里的佛珠不停叹气。船舱里又变成了关仲卿刚进来时那种压抑的情形。没人再想说话了，一股游丝般依稀的歌声仿佛在江面上飘摇，不知是从何处传来，亦不知是何人所歌，恍惚间令人觉得是精神紧张产生的幻听。离渡口越来越远，江两岸被荒凉的夜色笼罩，宽广的江面上只有船中渗出的一点灯火，就像光芒微弱的星星在黑暗中挣扎闪烁。没过多久，连这微光也湮灭在寂静中不见了。

六

关于一九一二年五月八日的袭击事件的调查已经结束。袭击者与宗社党有关，击毙两个逃走三个。这件事发生后，关仲卿申请辞去善后局协理一职。从一开始他就无意承担这一职责，尤其对丈量统计一类的烦琐工作缺乏兴趣。去年年末他本想回武汉复命，由于受到唐长官和军政府委托他才勉强接下这份差事。如今司令部接受了他的辞呈，准许他在家休养，而新任协理要等省政府重新委任派遣，大约需要半个月才能到任。赋闲在家，同僚们时常邀他一同喝酒。他推辞不去，请得多了，只好勉强跟着赴了几次宴。他们为他谋划将来，说等旗人安置完了，善后局一定会裁撤，而且卖的几块旗人公产土地可能有点不清不楚的问题，有旗人控告到省议会，意思是贱卖了，要求对总理立案调查，所以他的选择不错，眼下正是急流勇退的好时机。他们又七嘴八舌劝他在沙市多买田地，娶几个婆娘，和家人住一起。只有喝了酒后，他才打开心扉。这是他日本那次宿醉后第二次喝酒。他说：

"他们知道我搞革命就跟我断绝了关系。不久前我回去问过了，父母都病死了。"

"这样，可惜！还有兄弟姊妹呢？你现在发达了，他们肯定都愿意找你。"

"我是这样的脾气，他们说我古怪，确实有道理。我最厌恶前倨而后恭的人，倘若你一直轻蔑我，我反而未必恨你。"

其他人陷入沉默。他们转而安慰他可以回武昌找黎总统和以前的共进会的同志，他们一定能为他谋个好前程。关仲卿摇了摇头，在觥筹交错中回忆起去年十二月初发生的事。

那是他和宜昌革命党会合、经过两个月战斗围攻荆州城的最后阶段，唐牺支委托他回武昌，去找军政府借攻城大炮。他在武昌下船，船夫告诉他，双方刚刚停战，如果他早到一天，一定能听见炮声响彻江面。

进城以后，他一路上踩着破碎的瓦砾来到那座红房子前。他震惊地发现军政府门前的卫兵连同悬挂的十八星旗不见了。这里人去楼空，只留下倒塌了大半的红房子，红色的砖石散落了一地。

走在武昌城内，城西几乎不见一人，随处可见炮击后留下的残垣断壁。再往东，他遇到搬运尸体的赤十字军。他们身着黑色制服制帽，胳膊上戴着白底赤十字袖标。关仲卿问一个留小胡子的赤十字军医生这里发生了什么，都督和部长们去了哪里。医生沉默着望向洪山方向。

一队巡逻的士兵正好经过。带队的排长用鄂州口音向关仲卿解释道：

"反攻汉口失败了啊。"

"然后呢？"

"然后汉阳也吃败仗了啊，一船接一船从汉阳撤回来，从白天到晚上。对面在汉阳架炮轰，把武昌城炸得稀烂。"

高层的事情他们也不清楚，只知道现在管事的是刘公，总司令是蒋翊武。至于黄兴和黎元洪，他们笑了笑，说："都跑了。"

十分钟前他们曾遇到刘公带队巡视城东，大约还没有走远，于是其中一个士兵领着关仲卿沿路追过去，在宝通寺附近追上了刘公。

再次见到关仲卿，听取来自荆州的战报后，刘公显得很高兴。他取下手套，双手背在背后，耸着肩膀将脖子缩在军大衣里，说道：

"我倒是很乐意帮忙，但你看到了，我们自顾尚且不暇，实在无能为力。请你转告唐牺支，我们盼望他能快点结束荆州的战事，过来援助我们。"

士兵们将头埋进膝盖，坐在十米外的地上休息。刘公单独对他说：

"汉口反攻失败，听说克公在船上急得要跳江，被旁边人抱住了。后来汉阳又失守了，他跟我们大吵一架，闹翻了，气得他直接坐船回上海了。对岸炮打得厉害，都督府被炸没了，黎都督跑去葛店，孙尧卿追了一晚上才追到，劝不回来。

"总之就是炸了三天，昨天对岸的人来签停战书，英国的领事陪着过来调停的。都督大印被黎元洪带走了，章子还是现刻的。如今文学社的那个蒋翊武是总司令，城里哪个说了算，我也不知道，反正我说了不算，就是这样。"

"周利贞呢，您见过他吗，他现在在哪里？"关仲卿忍不住问道。

刘公的眼睛一亮，直勾勾地盯着关仲卿，欲言又止。

"他死了。"刘公说，"从红房子里撤离，他不肯走，一直守在那里，楼炸塌了，砸死了。"

他们告别后，刘公继续向南巡查去了。关仲卿走进设立在宝通寺内的战时司令部，求见孙武部长。那时孙武正眉头紧皱口述电报叫文书记录，停顿的间隙扭头对他说：

"你干脆叫唐牺支亲自到我这里看看吧，叫他晓得什么是真正的难处。他来求我，我该求哪个去？"

退出门外，已经升任参谋长的吴兆麟顺着走廊追过来，面有疲色地说道：

"现在城里乱得很……一个月前也有人从四川过来借枪弹，他还是共进会创会的元老，你肯定认识的，之前被抓了关在宜昌，才被救出来——即便是他，孙部长都一口回绝了，硬是一点情面也没讲。你不要生气，大家都不容易，请你相信，事情会好转的。"

"怎么好转？"关仲卿压抑着心中的悲愤，反问道。

吴兆麟告诉他，或许总司令蒋翊武能帮忙。蒋翊武正在青山，与军务部副部长张振武一同监督修筑工事。关仲卿又费了番气力才找到他们。他们三个站在青山之巅，远眺奔流不息的长江。蒋翊武缓缓说道：

"我原来觉得很多事没有必要计较，安心做好分内的事就行了，反正我也不是做领袖的料，现在看来这想法错了。"

一旁的张振武愤愤不平地说：

"汉阳刚失守，他们那些家伙就说要放弃武昌，气得我在会议上当场拔枪，说：'谁敢再说走，放弃武昌，老子一枪打死他！'他有什么话讲？那个黎黄陂，几个炮弹就把他吓得不行，半夜想溜出城，老子带人过去跟他讲了半夜的道理，他连个屁都不敢放！后来叫人盯着，结果还是偷偷跑了。把都督和总司令交给别人来做，别人拍拍屁股走人了，最后还不是我们收拾烂摊子。"

"这些话别当面说了。"蒋翊武微笑道，"过身的事背地里也别说了，他们晓得要得罪他们了。"

最后蒋翊武让关仲卿带走三尊土炮和两箱炮弹。他跟随一个姓李的士官去取物资途中，士官笑着小声透露："姓张的对你说了什么？你别听他那样讲狠，起义那天晚上他自己也换了大褂要逃跑，被我撞见了。我跟他说：'你今天敢跑，我马上就毙了你。'那时他也是'一个屁都不敢放'。"

他沉湎于回忆，渐渐出神了，一旁的同僚们毫无顾忌地谈论着：

"黎公主政汉口，出任民国的副总统，可谓一人得道了！这样一来南京那帮人再也打压不了我们鄂人了！"

"是的，之前武汉他们内讧实在太不应该了，我们湖北人应当团结一气，相互提携，这才不至于被南京那些人欺负。"

"说心里话，我是宁愿支持袁世凯也不愿南京那帮人得势的……"这番话引来连声附和。

有人询问关仲卿的意见。他还未来得及开口，旁边姓张的参谋说：

"别问啦，他一向是置身事外的。"

于是除了关仲卿，大家都笑了。

离席退场时，他不慎撞到了进门的厘金局局长。醉酒的局长过来搂住他，拉他强饮，被他推开。出来街上，有个年轻的乞丐托着碗，披了件百衲衣，笑着给他作揖，说：

"老爷，打发点吧！祝老爷发财！"

他没有理会。这个小乞丐纠缠不休，笑嘻嘻地说：

"老爷！讨个喜庆！图个吉利！随便打发一点吧，祝老爷高升！"

他随手扔了个铜子。

走到道署衙门门口，又有个提篮卖烧饼的小贩用微弱的声音问他：

"您买一点尝尝吧？"

关仲卿没有回答。卖饼的人等待片刻后走了。关仲卿忽然反应过来，那人是旗人口音。他不由得转头多看了一眼，而那人也恰好回头正在看他。目光交汇的瞬间，两个人几乎同时惊叹了一声。

"关兄弟，是您呀……"

惊讶的神色如涟漪般一点点从良臣脸上消失。他眨了眨眼，头偏向一边，刻意避开关仲卿的目光。

"你还好吗？"

"呵呵，做点小生意养活自己。"良臣说，"现在民国啦，都自食其力。"

说罢他像想起什么似的，拿油纸包了两个饼，请关仲卿拿去吃。关仲卿接在手里，从上衣口袋里取了一个大洋赠给他。良臣推辞不受，拉扯了一阵后他忽然面色阴沉，说道：

"我不会收您钱的。"

他背过身，过了会儿恢复了往日那种温和谦卑的语气，说道：

"关兄弟，不，我该叫您老爷。您的事我全知道了，端瑞告诉我的,不知道您还记得他吗,不久前死了。那时您骗了我,我不恨您,真的,一点也不恨。您有您的难处。那时候在船上聊了那么久的天,我很高兴认识您,从心底把您当同乡,哪怕端瑞告诉了我真相。端瑞的死,是他咎由自取,可我也没法原谅您。所以请您让我走吧,以后在街上遇到也别叫我。"

良臣说完提着篮子走了,再也不看关仲卿一眼。

关仲卿搬回沙市,在靠近日本租界的地方租了间带小院的屋子。革命成功了,民国了,理想实现了,他突然病了。他感觉自己身体里空空如也,没有恨的对象,也没有欲求的对象。唯一能缓解这一病症的是沿江堤散步,从万寿宝塔一直走到洋码头。日落后,他要在堤坝上坐很久,在黑暗中聆听长江的声音,各种声音,水流声,浪花声,波涛拍岸声,风声,草木摩擦发出的干燥的簌簌声。以往他的内心被愤怒、憎恨、焦虑等各种情绪填满,而现在他平静得像一具空壳。因此,他能以一种新的心境听取自然之音,获得的感受也与过去大不相同。

以往他觉得,自然是一种令人敬畏的崇高;面对这一崇高,人意识到自己心智的边界,不再傲慢,从而消弭了烦恼。后来,他又觉得人的意志有着不逊于自然的震撼力量。现在,他坐在江岸上,有了新的体悟:他想起不断冲刷堤岸的波涛、浸漫到脚边的浪花。它们涌起时形态各异,仅仅存续了一瞬间便消失不见，复归于江海。他想起目睹过的死者，各式各样的死者，冰冷的死者，烂肉一样的死者，腐败的死者，残缺的死者，死者脸上怪异的表情，死者摆出的扭曲的姿势……他们活着时没有谁是完全相同的，死后绝大多数很快被遗忘，就像从未存在过。

然而这个巨大的世界仍在继续。他不禁悲哀地得出一个结论：人连水都不是。人不过是夏天午后一片绿叶飘入池塘水面泛起的一圈波纹。

和自然相比，人的生命太短暂、太脆弱了。可是，他又固执地这么认为：那些看似永恒的自然景观难道不是因为被"我"看见才得以存在的吗？这个世界难道不是因为"我"的存在而存在的吗？倘若他此刻死了，那么这个世界便会瞬间消失，就像漆黑一片的屋子，有人持蜡烛进来，屋子里的东西被烛火照亮，而突然间火光熄灭，整个屋子又陷入黑暗，屋子里的东西也随之寂灭。

这是一种矛盾的思想。他觉得，倘若他从来就不重要，他只是宇宙天地间的一粒尘埃，那么他死了便没什么痛苦，消失便消失了。或者他根本就很重要，是这世界得以存续的根据，那么他也没有痛苦。然而他偏偏意识到，自己既重要又不重要。

一旦放空了，各式各样的死者仿佛趁虚而入，占据了他的心灵。这些死去的亡魂中，他念念不忘的是两个自杀者。一个是那位步入大海的革命党，另一个是他曾经的"上司"恒龄。

当初，在他得知荆州驻防军的统帅是恒龄后，不禁感慨命运弄人。在他看来，这不仅是两军之间的对决。他暗下决心，一定要彻底击垮恒龄。后来驻防军大败退回城内，他知道恒龄败局已定。他感到骄傲，想象受降之日，恒龄如何屈服于他面前，他如何讥讽恒龄一番。谁知最后突然传来消息，恒龄自杀身亡了。他震惊极了。嗣后，他曾去过恒龄的墓地，在承天寺内，一方小小的墓碑，冷冷清清的。他转了一圈就走了。他一直很难将坟墓与死亡联系在一起，认为只有尸体才能代表真实的死亡。

他觉得跟那些冲动自杀者不同，这两个是深思熟虑的自杀者。虽然自杀者最终"惊险一跃"的瞬间都是基于某种冲动，但他们两个一定冷静思考过非自杀不可的理由、自杀可能经历的痛苦，以及想要借自杀传递给世人何种信念。这令他感到敬畏。

过了几天，他在江堤上看日出时，脑袋里忽然迸发出一个念头：难道自己跟他们不是一种人吗？

他决心为革命而死，难道不也是一种自杀吗？那时他充分考虑好了为什么而死，可能如何死，自己的死意味着什么。只是他把死亡的日期延迟了，不是立刻去死，而是选择在未知的将来去死；不是自己杀死自己，而是让自己死于他人之手。

和他们不同的是，他最终没死成，他活了下来。他觉得自己是自杀未遂者。他没有死成，暂时死不了了，现在必须放弃这必死的念头了，那么随之而来的问题是：他要怎么活？

所以一切又绕回来了：他失去了人生目标。这些天，他时而迷茫，大脑放空，时而不由自主想到死亡。一旦想到死亡，他就无法控制思绪，开始幻想自己自杀或者死于非命，接着所有死者的画面全部如同走马灯似的闪回——起义第二天革命进行到狂热的高峰我们烧毁会馆我们在城内紫阳湖附近巡逻看见一处树林里有人影晃动喝令里面的人出来发现竟然是两个吓得哆哆嗦嗦的人从口音判断此二人是旗人无疑于是将他们当场处决我们在旗人公馆前看见一个抱着小孩的老旗人一个士兵不由分说当头一刀把老人砍死孩子摔在地上哇哇大哭讲你妈士兵开枪击中军官后脑军官倒在血泊中地上横躺着三个女人的尸体孩子坐在不远处哇哇大哭……他又一次发病了，就跟那个宗社党人的尸体赤裸裸暴露在他目光中时一样。他痛苦挣扎了二十分钟，身体才渐渐恢复平静。一周后他发了第三次病。他在租界找了位日本医生为自己看病，姓内山。经过内山医生检查，他的心脏和肺一切正常，最后开了硝酸甘油和宁神安眠的药，让他在家静养。此外，他又雇了一个叫陆观音的仆人洒扫做饭，以防发病时无人送医。

养病期间，有位客人在某天下午三时左右登门造访。她像女学生一样穿着黑色裙子,一直站在敞开的院门外,像是等待主人出面邀请她进去似的。他见到这个女人时非常惊讶——她就是那个他在日本留学时交往不到一个月、叫他始终捉摸不透的女性。她一个人提着行李箱,叫了洋车就这么来了。

"我先去城里,没找到你,你们总理说你住这里。"她笑着说。

关仲卿从震惊中回过神。他不知该用什么表情回应她——是久别后的欣喜,还是一脸严肃但不失风度?他看不透她,也不想被她一眼看穿心思。最后,他勉强挤出一点微笑,同她寒暄了一阵。她把行李交给陆观音,目光转向关仲卿,将他从头到脚打量了一遍。

"我听说你受伤了,来探望你。"她说。

"胡说八道。"关仲卿忍不住打断她。

"好吧,其实我是来采访你的,我在报社工作,《申报》。"她笑眯眯地解释道,"然后,听说你遇袭了,跟宗社党有关,我想采访这件事。"

"没什么可说的,宗社党黎总统已经派人处理了,你去问他们吧。"

她眯起眼看着关仲卿。沉默了片刻后,她突然笑道:

"回答这么官方干什么,紧张兮兮的。"

关仲卿叹了声气。他感到无可奈何,干脆放弃了戒备。自己果然被看穿了。他邀请她到屋内慢慢谈。她刚坐下便直截了当地问道：

"你觉得你遇袭跟善后局处置旗人不当有关吗？"

"什么？"

"是老朋友，不怕得罪你，我就直接问了。"

"好，你问吧。"

"是不是因为你们疏散旗人、处置旗产的时候得罪了一大帮旗人，被他们记恨了，最后才被报复的？"

关仲卿没有回答。她追问道：

"你听说了吗，你们省议会准备调查侵占旗产的事，打算传唤你们总理，你知道什么内情吗？"

"什么内情？我们又没有贪污公帑。"关仲卿反问道，"卖地的钱都充公了，征用的土地也是拿来公用，建学堂什么的，他们愿意告就让他们告去吧，怎么查都可以，而且我告诉你，我已经辞职了。"

"生气了吗？还跟以前一样，急脾气，被人质疑就要发怒。"她笑着眨了眨眼睛。

关仲卿十分无语，抱着双臂望向窗外，半响才说话：

"你为什么不直接去问总理？你见过他吧？是他把我的住址告诉你的。"

"问了，他拒绝回答。"

"所以你让我背地里说他吗？"

"唔，我只是想了解内情嘛，既然你说得这么言之凿凿，私下对我把事情讲清楚,我写成报道替你们澄清嘛。我知道的,至少有两块地有争议,我想去看看,你带我去吧。"

"你自己又不是不能看。"

"我毕竟是客人,你是主人,主人怎么能让客人一个人去。而且还有件事,我没地方住,一个人住外边不放心,要借住你家了。"

关仲卿皱起眉头。

"但是说清楚——不会跟你睡觉的。"她故意直视关仲卿的眼睛,说。

关仲卿深吸了一口气。他面色铁青,走进卧室抱起枕头和被子,一股脑全扔到陆观音住的客房去了。他吩咐陆观音拿新床单,什么都新的,给她铺好,并且今晚他们主仆一起睡客房。

担心自己又一次失眠发病,他吃了安眠药早早睡下,第二天天还没亮就醒了。其他人还在睡梦之中。世界被灰蒙蒙的薄纱包裹着,他独自来到灰蒙蒙的院内,灰蒙蒙的桂树下,靠在躺椅上。他感觉自己像在海边等待日出,日出前就是这样,什么都看得见,但是眼前的一切被剥夺了色彩,熟悉的事物以异常的样态显现。没多久他仿佛听见海的呼吸声……停!……他急忙克制住自己的念头,像是要将脑中的一切扼死,扼死在柔软多汁的脑仁中——再想下去死者就要出现了!……

等到八时左右，她盥洗完毕，他陪她坐船进城。他有段时间没来城里了。坐在船尾，他注视着她的背影——她正望着沿岸的风景出神。他很好奇此刻她在想什么，但他非常清楚她的心思是无法被预料的，正如她不知什么时候突然出现，不知下一句会说什么，不知什么时候会走。他们在公安门下船，进城后向西走了一公里，来到城东新建的教堂。关仲卿指着教堂大门说：

"就是这里，被神父买走了，建了这个。"

他们绕着教堂院墙走了一圈，外墙涂成了白色。她望着屋顶的十字架，说：

"我要进去看看。"

"那你进去吧，我不进去了。我进去过，我受不了他们教徒那种虚假的热情。"

"你凭什么说人家是虚假的呢，你总是武断地给人下判断。"

"你信教吗？"

"我不信，但我也不会这么评判人家。"

"那是因为我是个理性主义者。什么神、圣训、神诫，都是些虚无缥缈的东西。我不否认马神父是个好人，可是必须信这些才热情友善，算不上发自内心的善。我也认识一些真正的好人，他们善良是因为他们认为这么做是对的，而不是为了讨好某个神或者害怕神罚。而且我不是单针对神父他们，我对一切宗教都这么看。"

"你是什么我很清楚（她白了他一眼）。可是那些支撑着人活下去的信念、使得人们团结凝聚起来的东西，本身就是经不起理性推敲的。你有没有想过，你拿理性审视一切，这个世界还剩下什么？"

眼见关仲卿站在原地不动，没有陪自己进去的打算，她撇下他独自步入门内。关仲卿在路边等她。附近拆掉的房子大多重建了，陆续有新的居民搬进来，就像从没发生过战争。这里反而比以前更热闹了。他想，教堂成了这里的标志性建筑，附近的居民慢慢都会信教吧？越来越多人信教，有旗人也有汉人，这是好事还是坏事呢？望着人来人往的街道，他联想到人潮，乱哄哄的说话声就像潮水一样……他忽然感到不适。好在她很快就出来了。她告诉关仲卿，神父买下这里是因为收养了太多弃婴，打算把南门外的老教堂改成育婴堂。神父把花了多少钱、经过总理批准什么的都告诉她了。她反问关仲卿：

"这下总不是虚伪了吧？"

她不等关仲卿回答，接着说：

"因为我也是孩子的母亲，知道养育孩子多么辛苦，以及有多么大善心的人才会收养这么多孩子。"

"你结婚了吗？"关仲卿有些惊讶。他想起很久以前想象过，但那时无论如何也想象不出她结婚的样子。

"没啊。"

"没结婚怎么会有孩子,你的孩子怎么……"他问道,随即发现她的脸上流露出一丝轻蔑的笑容。他意识到自己问了个蠢问题,被她在心里狠狠嘲笑了。一想到她是谁、她做事的风格,一切变得合情合理。他醒悟了。

可是还没等他开口,那种熟悉而强烈的感觉又一次骤然爆发了。耳鸣划破了眼前的世界,心脏在抽搐,浑身随之痉挛,即将到达某个爆裂的临界点。他的手指狠狠抠住喉咙,仿佛要撕破一道口子,以免自己溺毙在幽暗无边的窒息感中。他的大脑空白了很久,稍微清醒以后,他发现自己在马车上。他枕在她的双膝上。他刚想起身,被她按住了。

"我好了,没事了,一个星期发作一次,发过就好了。"他有气无力地说。但他有所隐瞒,这个星期他已经发病两次了。

"怎么了你,生病了吗?"她问道。他听出她的声音非常紧张。

"不知道怎么病了,就是焦虑,想到死,然后害怕,然后就发病了。"

"你也会怕死吗,你那会儿不是早就决心牺牲了吗?"

"我不怕死,我的精神不怕,但身体好像怕,我控制不了我的身体。被宗社党袭击、捡了条命以后,我就总想着那些死去的人。"

她把他鬓角的头发捋到耳朵后边,说:

"你的心思太重了，沉甸甸的什么都记在心里。你要学会忘了，眼睛一闭一睁，昨天发生的事全忘了，就当过去的自己真被杀了，死在那天了。现在的你不是过去的你，今天的你也不是昨天的你。"

她停顿了下，继续说道：

"还有，你别叫我以前的名字了，叫我格蕾丝吧。"

"赵格蕾丝吗？这名字也太古怪了……"

"我经常要去租界跟政商界的外国人打交道，他们念不好我的名字，就取了这个。"

格蕾丝俯视着关仲卿，沉默了一会儿，忽然问道：

"你知道那天我为什么去找你吗？"

关仲卿同样默然了。她由上至下注视着他，说道：

"你之前一直说'为什么什么而死'，我那时候想：'这家伙要是真就这么死了也太可怜了。'"

关仲卿闭上眼，咽了咽唾沫。马车抵达公安门时，他已经恢复得差不多了。但格蕾丝依然担心他的身体，次日出门寻访不让他去了，叫陆观音陪在她左右。他躺了一整天。等她回来后，他终于忍不住问她：

"你的孩子，父亲是哪个啊？"

"你不会以为是你吧？"她扑哧一笑。

关仲卿捂住脸，无言以对。

就在这一天下午，忽然有两辆洋车停在门前，其中一辆里下来一个戴洋帽、穿青绸夹衫的人。来者摘下帽子握在手里，鞠躬请安。开门的陆观音还没反应过来，面前的人已经塞了几枚汗津津的铜圆在他手里。关仲卿坐在院内的桂树下，询问外面是什么人。

"怪人。"陆观音答道。

进门后，拜访者垂手站在关仲卿跟前请安，随后掏出一封红纸包好的银圆双手奉上；眼见关仲卿没接，只好揣回怀里，后退几步，尴尬地袖手傻笑。

他突然信誓旦旦地说：

"一件大事，绝没骗您，想跟您商量，洋车在外头等着。请您过去再谈一次，谈不拢再不来打扰了。"

关仲卿插断他的话，说：

"以前你们去善后局找过我，我已经拒绝了。如果是同一件事，就不用再说了。"

"那绝不是！"那人慌忙解释道，双腿并拢站得笔直。接着咧嘴笑道："这一次跟上一次不一样，上一次跟上上次也不一样。"

关仲卿本想继续拒绝，但格蕾丝在他耳边低语，让他答应下来然后带她一起去。这次宗社党和善后局的报道估计很难写成，她不想空手而归，总得写点什么有意思的。

于是关仲卿改口同意了来访者的邀约。两辆洋车载着他们三个人穿过租界，一直到租界东边的桂坊停下。关仲卿当然知道这里是什么地方。绕过绘着牡丹花的照壁，迎面是一条长廊，廊道尽头可以看见中庭，庭中植着一株海棠树。两个敷了浓粉的女人在树下散步，一个微胖，一个精瘦。他隐约听见笑声和说话声。来到靠东的一间屋子门口，守在门前的男人慌忙躬身退至墙边。光是站在门外就能闻到室内飘来的熏香。戴洋帽的人轻轻敲了敲门，得到回应后推门进去。站在门口，一扇屏风挡在他和格蕾丝面前，上面画着穿薄纱的半裸女子。正当他俩审视图画时，里面传来请他们入内的声音。绕过屏风，关仲卿赫然见到一个男人坐在床上注视着自己。

这个人只穿了件白色单褂，下身一条白绸裤。他坐起身，在床头拾了件黑缎外褂披在肩上，伸脚在床底探了一会儿，钩出一只布鞋。榻上还躺了个女人，被吵醒后她翻了个身，赤着上身把衣服往怀中一揽，大大方方出去了。

关仲卿忧心忡忡地看了一眼格蕾丝，但她不仅不觉得不自在，反而对一切十分好奇。她转头观赏墙上的挂幅，上面画着两个侍女在打秋千。

"老爷，人请来了。"戴洋帽的人说，"我去叫人过来。"

关仲卿站着没坐，仿佛随时准备离开一样。男人终于寻到第二只鞋，他穿好后抖了抖背上的外褂。伴随刺鼻的胭脂味涌入屋子里，门外进来一个抱琵琶的女人。男人这才注意到格蕾丝。正当他困惑不解、上下观察她时，格蕾丝抢先一步自我介绍道：

"我是关老爷的太太。"

吃惊之余,男人连忙起身拱手问候了几句,随后询问他们是否要听曲,关仲卿拒绝了。男人坐到一统碑椅上,一只手握着绘有葡萄串的鼻烟壶,一边把玩一边笑着问道:

"我该叫您'关兄弟'还是'关老爷'呢?您现在是老爷,但是当年我们又是歃过血、发过誓、拜过兄弟的,只是最后您抛下我们走了。"

关仲卿坐在一张镂空的圆凳上,格蕾丝在他身旁找了个位置坐下。男人身边的妓女笑吟吟地问道:

"这位关老爷从前就认得我们老爷吗?"

"你想认识这位关老爷吗?不要想了,你没这个福气,他连我也瞧不起。"

"哎呀,我肯定是没这个福气的。"妓女眨了两下眼睛。

"这也难说。"格蕾丝同样眨了两下眼睛。

关仲卿反应冷淡,像戴了张铁面具似的严肃地说:

"我怕你不晓得,事先告诉你,我已经从善后局辞职了。你如果还想买跑马场的地,去找别人吧。"

"我知道,我不是为了买那些地请您来的。那些东西我不要了,算了,让给别个吧。我是专门为了叙旧。见您一面真难啊,您回这里快大半年了吧。您忘了我们,我们一直对您念念不忘啊。"

"我知道你们的现状。"

"也算因祸得福吧。四年前那件事，鸡字堂杀干净了，赶回乡下去了；狗字堂跑到城里占了大半的地方，后来我们又把狗字堂打跑了，终于把整个荆州的山堂统一了。"

"猜到了。"关仲卿依旧冷眼看着他，"你跟租界的日本人做生意，垄断了沙市码头，那个时候我就知道将来你能收服所有山堂。你买地是为了做什么？开妓院用不了跑马场那么大的地方吧？"

"为了做实业。"男人兴致勃勃地说道，昂起头，眼睛如玻璃珠般放着光。

关仲卿愣住了。

男人用骄傲的口吻说道：

"我可不想一辈子卖鸦片、开妓院跟赌场，一辈子做个下九流，活在臭水沟里头。我想爬到太阳底下，跟你们这些玩政治的大人物坐一起。所以，我打算办纱厂。"

"好吧，但这跟我有什么关系呢？"

"现在我还做不到，我还什么都不是，我还上不了台面，但您不一样。实话实说吧，我想帮您竞选省议员。"

关仲卿脸上的表情仿佛凝固住了。对方抢着往下说道：

"是吧，善后局算个什么呀，那地方有什么前途啊。您可是共进会的人啊，孙部长他们的老朋友，还认识黎总统，做什么不行呀。您比我聪明，毕竟当初您把我们耍得团团转，难道不晓得这个吗？所以，我想，凭我们的交情，我们结盟，像先前那样。现在我帮您,将来您再帮我竞选议员。"

格蕾丝瞪大了眼睛望向关仲卿。关仲卿忽然笑了。

"关仲卿。"男人敛起笑容,"您不要忘了,我也是革命党哩,当初还是您带我入的共进会。听说了吗,黎总统在武昌搞了个民社,对的,我已经入民社了。您要搞清楚,我不是您的敌人,我是从革命前就支持革命的,我是一直站在你们这边的。您不要想就这么甩了我们。明面上的事你们管,底下的事我们管。从前有皇上是这样,现在换作革命党也是这样……"

关仲卿没有立刻回应。他陷入沉思了。他心里固然对这一提议不屑一顾,但他又十分清楚,鱼字堂堂主、现在荆州的龙头大哥朱金舌的提议十分合情合理,甚至是在维护他的利益。直到现在,朱金舌依然很尊重自己,没有侮辱与威胁,没有欺骗与不敬,一切客客气气,一切温良恭俭让……他重新审视朱金舌——不是所有人都知晓他的真名,大多时候会众称呼他作"老爷""堂老爷"或者"龙头老大"。初入会的乡下人记得他嘴上浓密的八字须,身上乌黑发亮的马褂,以及演说时浓厚的沙市口音。即便是关仲卿也不知道他是如何发迹的,只是听说他最早是妓院的龟公。

这时,坐在一旁的格蕾丝突然说道:

"对吧,他这家伙不适合做官,但适合当议员。"

她一边笑一边观察在座其他人脸上惊讶的表情,尤其见到关仲卿瞪着她后笑得更开心了。她说:

"他这人一点儿也不圆滑，骨子里有股傲慢劲，做不了官僚。他就适合刁难人，想说什么就说什么，做议员监督政府吧。"

朱金舌对格蕾丝的话大加赞赏，称赞关仲卿找了位贤内助。关仲卿赶紧借口"回去考虑"结束了这次对谈。他们步行回家。路上格蕾丝不止一次提起，这里的租界有点像汉口租界。她忽然对他说：

"抛开这个人不谈，他的提议倒是不错。"

关仲卿以为她在拿自己取乐，没有理她。她自顾自地说着：

"你不答应他，他也会找别人，说不定找的人比你卑鄙，比你坏，指不定做出什么伤天害理的事。他想利用你，你也可以利用他，到时候把他一脚踹开。这不就是政治嘛。当然，我没法替你做决定，没人能替你做决定——虽然我觉得最后你还是会拒绝他。"

她忽然加快脚步走到他前面，拦住他。

"因为你是个正直的人。"她说。

她和关仲卿对视着，突然问道：

"我问你，我第一天来就问过你，你觉得宗社党的活跃跟善后局没有妥善处置旗人有关吗？"

关仲卿想避开她的目光，但他发现只要他不回答这个问题，格蕾丝就不会放过自己。

"有吧。"他被迫承认说。

格蕾丝松了口气。她说：

"那你难道不想办法补救吗？"

"我辞职了，不关我……"

关仲卿还没说完，格蕾丝抽了他一个耳光。关仲卿瞪大了眼睛，格蕾丝突然笑得前仰后合，连忙伸手抚摸他的面颊。

"我开玩笑的，我刚才想：'要是突然打他一巴掌他应该会吓一大跳吧。'然后就这么做了……"格蕾丝渐渐收起笑容，"下个月，六月，省议会有一场质询会，要传唤你们善后局总理，让他回应那些控告。你要参加那个会，在会上说出来，全部说出来。"

"我要说什么？"

"随便你说什么，不知道说什么就问问它。"格蕾丝拍拍关仲卿的胸口，"不知道怎么做就听听它的声音。"

他们在租界逛了一下午，用过晚饭后，格蕾丝突然说晚上就要坐英国商轮回上海，票已买了，行李也收拾好了。关仲卿完全没料到，但想到她是什么样的女人也就见怪不怪了。他挽留她多待几天，但格蕾丝说家里有孩子需要照料，不放心交给保姆，不得不快点赶回去。夜间出发的商轮正好第二天早上抵达汉口，再从汉口去上海。关仲卿雇了辆洋车，送她到沙市洋码头。还有一个多小时发船，他们在岸边等待检票。

格蕾丝突然问他：

"喂，你不是想知道孩子的父亲是谁吗，现在告诉你吧，但不要跟别人讲。"

"嗯。"关仲卿有些意外，看着她的眼睛认真地听着。

格蕾丝脸上的笑意消失了。她闭上眼，微微低下头，随后抬起眼睛看了一眼关仲卿，将目光移向长江。她平静地讲述着：

"是被强奸怀孕生下来的。你别问我是谁，问我也不会说的。都过去了，我不在乎了。确实痛苦过，但我已经好了，现在已经不在乎了。那个被强奸的我已经消失了，现在的我是作为格蕾丝的我。"

格蕾丝回过头，微笑着轻轻拍了拍他的脸颊。

当格蕾丝在三等舱里安睡的时候，关仲卿又一次失眠了。他害怕失眠又一次触发病症，但这次没有。他感到不一样的情感，很难受，有点像得知周利贞和其他人死讯时的情感，但又不完全一样。兜兜转转想了很久，最终他对自己承认，他有点舍不得格蕾丝，甚至可以把"有点"去掉。格蕾丝不算好看。她来的第一天他就想告诉她，她的头发剪得非常失败，像狗啃的一样，不长又不短，肯定是她对着镜子自己剪的，她就喜欢这么做。就算去找格蕾丝她也不会接受的，他也没准备好做父亲，而且还是继父。想着想着他自己都笑了，好在今晚死者没来他的脑海中打扰他。他想起格蕾丝的话，不知道怎么办的时候摸摸自己的心。他摸了摸胸口，现在里面装着什么呢？……

六月中旬，质询会在修缮完毕的红房子里召开了。面对一百多名议员的审视，善后局总理站在议会中央，回答道：

"……钱已充入官帑，征用的土地修建公学，我们没有获利一分……"

议员们喊喊喳喳的议论声就像骤然涌起的潮水。关仲卿努力克制着自己，大口呼吸让心跳平复下来……议长敲击木槌，当当的声音强行压制住了交谈声。

这时，关仲卿突然走上前，站在发言席上接过话说：

"但是，正因为没有更好地安置旗人，才有那么多旗人受到宗社党蛊惑，跟着他们叛乱，造成了更多的死亡。"

议会瞬间安静下来，议员们黑色的脑袋、黑色的眼睛、齐刷刷落在他身上仿佛要将他贯穿的目光，一切如波涛般向他袭来。他感到脑袋发涨。他觉得自己好像站在海水之中，海水已逐渐淹没了他的胸口，令他越来越艰于呼吸。恍惚之间他好像看见了太阳，金光闪闪在海平线上跃动的太阳。他顿了顿，继续说道，声音中带着一丝颤抖：

"所以我恳请黎总统、各位议员，为这些旗民筹款。我还有一个建议，把他们安置到武汉，让工艺学校培训他们技能，让他们能自食其力。"

他死死抓住发言席桌子的边缘，仿佛只要稍微松手就会

站立不稳摔倒在地。他环视议员们的双眼,大声说道:

"我必须承认,过去对他们抱有仇恨,当然,现在孙先生说了,'五族共和'了。要知道,仇恨只会滋生新的仇恨,并在未来某天爆发。宗社党的事件是一个例证,并且如果不妥善处理,还会有其他新的例证……"

演讲结束后,他坐在红房子的候客室内静静等待。他战胜了自己,他没有发病。过了如同一个世纪那么漫长的时间后,黎元洪叫他过去。

"议会已经批准,拨款三十万元救助旗民。"黎元洪起身同他握手,笑着说,"袁总统那边首义元勋的名单已经下来了,年末你也要去北京受勋了。"

七

从武昌返回沙市家中,关仲卿又一次接到朱金舌的邀约,商议的依然是竞选议员的事。关仲卿依然不置可否。朱金舌提议暂且歇息,于是请关仲卿和一名在场陪侍的女人暂且移步南边的厢房,等中午过后再好好谈谈。

关上门,关仲卿没有理睬那个女人。他听说这里的女人大多是幼龄时被买来的。哪里遭灾老鸨就跑到哪里,从逃难的灾民手里买下样貌清秀的小女孩养在这里，就连老鸨自己的身世也是如此。他不愿跟她们有任何联系。

不知过了多久，那个女人忽然怯生生地问他：

"您叫关仲卿吗？"

"什么？"他猛地回过神来，觑着眼望向眼前的女人，带着鄙夷的口气反问道。

"我听说过您。"

"出去吧。"关仲卿对她说。

女人犹豫了片刻，默默退出房门，然而很快她又推门进来，怔怔地站在关仲卿面前，小声说：

"您让我待在这里吧，要是出去，他们会怪我的……"

关仲卿说了句"随便"。他听出女人是旗人。她的脸上抹着淡淡的一层粉，乌亮的发髻上斜插着钗子。她发现关仲卿正在打量自己，于是迎着他的目光抬起如晨露般清澈的双眼。

"我听我父亲说起过您。"她试着再次提起。

"你父亲是哪个？"

女人沉默了。关仲卿转而问道：

"你叫什么？"

女人依然没有回答，神色不安地注视着他，哀愁压弯了她纤细的眉毛。再次启齿时她的呼吸发颤，她问道：

"您以前在城里做官，做过参谋，是吗？"

关仲卿站起身，走到她跟前，发现她胸口剧烈地起伏着，浑身都在颤抖。他困惑不解地问道：

"你以前见过我吗？"

"没有。"女人回答道，"我父亲认识您。"

"他是哪个？"

女人再度沉默了。过了一会儿，她闭上眼睛，睫毛和眼角浸湿了。

"我没脸提起我父亲的名字。"她说。

"那么，你叫什么，能告诉我吗？"

"月兰。"

"那不是你的真名吧，你是旗人，自己的真名也不好跟我说吗？"关仲卿突然问道，"你是有什么难言之隐吗？告诉我吧，要是你相信我，我能帮忙的话。"

女人睁开沾满泪水的双眼。凝视着她的星眸愈久，他便越是被这双眼睛吸引。女人突然跪在跟前，咬住衣袖努力不让自己哭出声。

"求求您救我出去。"她望着关仲卿，哀求道，"您要是不愿意就算了，但求您千万别和他们说！……"

她红着脸，像是忍耐疼痛般抱紧了自己的身体，低声说道：

"我真名是恒妤，我的父亲叫恒龄。"

从她口中，关仲卿听到了一个骇人听闻的故事，一个都统之女的悲惨遭遇。恒妤说了很久，仿佛她随时会死去，必须赶在死前把所有话一口气全部说完似的。她说：

"父亲走了我就病了，病得可重了，不知道多重。那个时候哥哥已经去北京了，我们也快动身了。但我病得太厉害，没法上路，他们害怕我死在半路上，我自己也这么担心。我不想死在外地，要死就死在故乡吧，我这么对他们说。他们告诉我叔叔和婶子，所以叔叔、婶子就把我接回家了。

"我们住在一起，在北门外，也许是天气变暖了，我的病好了很多。我想，可以去北京找他们了吧。我问叔叔，谁知道他告诉我，钱用光了，不光他们的钱，连把我送回来那时季老爷给的钱都用光了，凑不出路费。他们对我说，正在发电报找哥哥要钱，等他寄钱来就行了。可是忽然有一天，他们劝我嫁给一个老爷。

"他们说那个老爷能照顾好我，又说父亲不在了，叔叔可以替我做主。我不愿意。我丈夫走了都没改嫁，怎么可能莫名其妙嫁给一个老爷。我没有办法，他们像是已经收到聘礼了。我很害怕，所以有一天，他们都出去的时候，我一个人逃走了。

"我在城里，不知道去哪里，怕叔叔把我抓回去。到了晚上，一户夫妇收留了我。他们有两个孩子，是旗人，住在满城。我在他们那里待了三天，心想哥哥他们如果一直没有我的消息，肯定会回来找我的吧。我就这么想着，盼望他们来找我,把我带回北京。第三天晚上,那家男主人进到我睡的屋子里。他想强暴我,他妻子抱着吃奶的孩子就这么站在门口看着,直勾勾地盯着我看,看她丈夫这么对我。我害怕极了,发疯了一样反抗,他也没想到吧。我又逃走了。

"我真不知道该去哪里了。又饿又累,走不动路了。有个好心的老旗人给了我点吃的。撑不住了,我想干脆回叔叔那里去吧,好好求求他,和他讲道理,让他带我去北京吧。谁知道我回到北门,他们已经搬走了,不知道去哪里了。因为我逃走了,他们交不出人,所以最后也逃走了吧。

"这个时候,我遇到了一个女人。她说在招女佣,让我跟她去。我实在走投无路了,以为真的遇上好人了,结果呢,她把我骗到了这里……我常常想,要是那一天死在街上就好了,就没有后来那么多痛苦了。事后我才明白,她知道城里有很多旗人急着用钱,专门去买他们的姑娘。和我一起来的丫头,年纪很小,家里五口人,养不了她了,把她卖了。

"活着的每一天都是煎熬,不知道为什么活着,像在做噩梦,永远醒不了。想死,我又太懦弱,没胆子动手。贞节,羞耻心,尊严,就这么轻易丧失掉了,慢慢变得麻木了。我已经不能算活着,不能算是人。我也不知道我是什么。要是能没有痛苦就这么死掉就好了。"

她忽然目不转睛地望着关仲卿,问道:

"您相信命吗?是不是我以前犯了错,我们家犯了错,所以有了报应？"

关仲卿不忍直视她的目光。他觉得她那种认真的神情十分恐怖。他岔开话题，问道：

"你父亲对你提起过我吗，他怎么说的？"

"他私下告诉过我，说您很有才学，说您很可能是革命党。"

关仲卿感到一阵眩晕。过了很久，他说道：

"你放心，我会帮你离开这里。"

"您发誓？"

"我发誓，你相信我吗？"

"我相信。"恒妤泪眼巴巴地说道。

下午再次同朱金舌会面时，关仲卿转变了态度，爽快地答应了合作。当他收下献金离开时，突然一把抱住恒妤柔软的肩膀，如同几年前在将军大人面前扮演年轻有为的候补道时一样伪装出微笑：

"那么这个东西，也多借我用几天吧。"

朱金舌叫了洋车送他和恒妤回家。哪怕逃离了魔窟，恒妤仍旧提心吊胆，不敢相信一切是真的。第二天，关仲卿问她想不想去北京找家人。她摇了摇头。

"我不想让他们知道我成了这个样子。"她说。

关仲卿想了想，对她说：

"我知道有个地方能收留你,他们能照顾好你。"

他把恒妤送到了南门外的圣母无染原罪堂,请求马神父照料她。这是他第四次见到神父了,上次是神父从善后局购买土地,上上次是神父替将军呈交投降书,再上次估计神父已经忘了。他告诉马修德这个女人经历了很多苦难,她的心灵已残破不堪,恐怕这辈子都无法疗愈。他还赠送了一大笔钱保障她的生活。刚到圣母堂,她依然封闭着自己的心,对神父及身边所有人保有戒备,直到后来她看见那些无忧无虑、纯洁无染的女孩子。孩子的眼里只有美。她们一见到恒妤就忍不住叽叽喳喳围住她,就像见到芬芳的花、漂亮的鸟儿、精致的小物件一样心生喜爱。她们好奇又害羞地抚摸她的头发,争着被她抱在怀里。有一天,她无意闯入一次教堂礼拜,听见孩子们用稚嫩的童声齐唱赞歌。她沐浴在天籁中,突然觉得自己感受到了什么——仿佛真的有什么在注视她,不过不在天上,不在眼前,而在她的心里。她感到无比的温暖。就这样,她在孩子的欢声笑语中放下防备,渐渐敞开心扉,向马神父道出了一切。但她依然觉得死了比活着好,只是她没有勇气自杀。对她而言,活着与死了都是异常艰难的事。

恒妤在圣母堂生活了一个月,这天,关仲卿过来探望她。他已经很久没发病了。恒妤见到他非常高兴,就像见到亲人一样。

"我皈依了。"她迫不及待地把这个消息告诉关仲卿。

关仲卿觉得这是好事。他问恒妤还有没有别的事要他帮忙。恒妤犹豫了很久，最后她的眼里盈满泪水，望着关仲卿说：

"有个不情之请，您觉得麻烦想拒绝我也绝不敢怪您——我想把父亲的墓迁回祖坟。"

关仲卿非常爽快地答应下来。但在迁葬之前还有许多事情需要准备。恒妤回想之前祖父葬礼的情形：首先是下葬途中走在队伍最前面、一路唱歌的小孩。马修德得知后指着院子里一个小女孩说：

"那叫馨儿去吧，她最调皮了，整天在太阳底下跑。"

其次是运送灵柩的牛车。马修德指着南边说：

"有个街坊叫屈万，他是专门干这个的。不过他的车是骡车不是牛车，要叫他再找头牛来。"

最后是挖坟抬棺的人。恒妤说当时下葬很匆忙，用的棺木很轻，两个人就能抬动。关仲卿算一个，还要再找一个。屈万打了包票：

"我有个朋友最会做这个事，平时他帮我打下手。"

恒妤说人已经够了，他们满人葬礼的风俗很简单，不讲究什么风水、排场。动土那天恰好赶上年度教区会议，马神父被主教召去汉口，肯定赶不回来了，但有关仲卿在，马修德并不担心。

三天后的清晨,他们在圣母堂门口集合。看守教堂的李修女为恒妤裹上遮阳用的白布头巾。这是恒妤一个月以来第一次离开圣母堂。走出大门,她害怕得几近晕厥。这是刻在她灵魂中如同创伤般的恐惧,仿佛随时会有人冲出来将她掳走带回那个魔窟。好在关仲卿和馨儿给予她莫大的力量。她一只手牵着馨儿,另一只手不自觉握住关仲卿的衣角。

关仲卿看清屈万带来的"朋友",突然大吼一声:

"熊丑!"

熊丑吓得连连鞠躬。他不知道为什么这位老爷认得自己。

关仲卿双臂环抱于胸前,厉声训斥道:

"你现在有了正经事做,就安安心心干活,不要再游手好闲,尤其不要跟哥老会的人搞在一起,明白吗?"

熊丑慌忙答应。他和屈万都非常震惊,想不通这位老爷怎么什么事都知道。

他们一行人从圣母堂出发,进城后顺着南纪门内大街往北走了四百米,随后向东一直步行到承天寺。住持和其他僧人已经在寺门口等他们了。来到墓前,关仲卿和熊丑开始掘土。他们挖了两个小时,终于挖到棺盖,又花了一个小时清理掉棺木周围的土。恒妤跪在棺椁前,突然失声痛哭。关仲卿和熊丑不约而同停下手里的活儿。馨儿不知所措地站在她身边。过了一会儿,恒妤缓缓站起身,抹去眼泪。

"可以了。"她红着眼看着他们,说。

于是关仲卿和熊丑用白布裹住灵柩，拿绳子捆紧，最后合力抬到车棚里。这时已经是中午了，他们在树荫下休息了两个小时，躲过一天之中最热的时段。午后他们继续上路。屈万挥舞柳条在黄牛屁股上轻轻划了下，之后整驾牛车缓慢移动了。

他们从北边的远安门出城。恒妤记得沿着河边一直走，直到遇见一座小山，她的祖坟就隐藏在山林中。出城以后，屈万笑着对馨儿说：

"说呀，他们教你的。"

馨儿蹦蹦跳跳跑到牛车前面，嘴里念道：

蓼蓼者莪，匪莪伊蒿。

哀哀父母，生我劬劳。

他们听着歌谣，跟在牛车后面。关仲卿感觉恒妤的脚步变慢了，问她还走不走得动。恒妤点点头。但她越走越慢，渐渐掉在队尾。关仲卿停下等她。她羞愧地说：

"很久没走这么远了，脚发酸。"

他们已经望不见城墙了。关仲卿让大家停下休息。天气依然很热，屈万和熊丑脱掉鞋跳进浅水中，一遍又一遍冲洗脖颈、手臂和腋窝。没一会儿馨儿也加进来，三人相互泼水取乐。

恒妤被他们的嬉笑声感染，脱去鞋袜，学着他们的样子卷起裤脚，露出脚踝。但她终究不敢下水，只是坐在河边，伸出双脚浸泡在冰凉的河水中消暑。

关仲卿站在不远处，目光不由自主落在她白皙的双足上。顺着脚趾往上看，接着是温润的脚背，然后是纤细的脚踝，隐约可见的小腿。她发现了他的视线，瞬间羞红了脸。她低下头，裹紧头巾，微微弓起双脚，仿佛要将它们藏进水波深处。

关仲卿猛然回过神，羞愧难当地转过身，之后沿着河岸走到屈万他们那边去了。

重新上路，他们之间就像什么也没发生过。又走了大约一个小时，恒妤的脚步不知不觉变得蹒跚，步子一深一浅。连一向充满活力的馨儿都玩累了。屈万把她抱上牛背，没多久她就趴着睡着了。关仲卿问恒妤怎么样。

"好像磨破了。"她苦笑道。

他让恒妤坐到牛车上，但她婉拒了。她坚持要按习俗徒步走完所有路程。这会儿起了风，没那么热了。恒妤双脚疼得发麻，走不了多远就得停下歇息一会儿。关仲卿只好让其他人先走，自己陪在她身边。他发现自己总是忍不住偷看她——头巾下微微皱起的眉头、略显疲态的双眼、线条柔和的鼻子，以及轻轻抿住的嘴唇。他本想问她需不需要人背，但经过方才河边的事，他不敢开口了。他本来坦荡荡，但现在没那么坦荡了。

断断续续又走了一个小时,他们终于来到山脚。关仲卿和熊丑一前一后抬着白布包裹的棺木,顺着山路缓缓走进山林之中,远处望去如同一条白色的小蛇钻入郁郁葱葱的密林。山上的树木遮蔽了天空,很是阴凉。放眼望去,林间布满了坟丘,墓碑一座挨着一座。那些无人祭扫的墓穴早已被野草淹没,原本隆起的土堆塌陷下去,湿漉漉的墓碑上生满了绒毛般的苔藓。一只马陆从草里爬出来,不慎被馨儿踩到,蜷成一团。树影与光斑洒落在他们脚边,随风轻轻摇动。他们在半山腰停下休息。关仲卿站在一片坟茔之间,感觉自己仿佛被无数双眼睛默默注视着。山林间到处回响着馨儿的歌谣:

哀哀父母,生我劬劳。
胡宁忍予?
魂兮归来,不可忘怀。

恒妤在圣母堂度过了一段非常幸福的时光,然而有一天她突然病倒了。马修德给她服下药水,但并不奏效。于是他去沙市请来日本医生内山先生。内山问诊后走出门外,单独对马修德说:

"肺里和肚子里有很多水,下身烂了,病很严重了。"

马修德震惊得说不出话来。回过神,他急忙请求医生救救她。

使用了药物,她的精神稍稍振作了一些,可是她太虚弱了,吃得越来越少,身体一天不如一天。她对马修德轻声讲述着:

"以前,我们一家还住在协领衙门的时候,父亲,哥哥,我,经常在院子里散步。院子里有一棵椿树,有些年头了,不知道什么时候种的。我们一家人站在树底下说啊笑啊。不知道那棵树还在不在啊……还有,父亲从宁夏回来,和哥哥一起来季家看我。我急匆匆跑过去,一进门就看见父亲坐在椅子上对着我微笑。我忍不住哭了……"

她回忆着童年,诉说那些快乐的时光。所有人都意识到,她快要不行了,大概连她自己也感觉到了这一点。某天,一个叫和玉的旗人青年——自从她来圣母堂后便一直对她心怀爱慕——突然向她求婚了。恒妤起初非常惊讶,最终答应了。于是在神父、修女会、孩子们以及所有教民的见证下,和玉与半睁着眼睛、气息奄奄躺在床上的恒妤结为夫妻。

一个星期过后,某天夜里恒妤突然让和玉请来神父。她说:

"我想见一见关老爷,想见他,他现在在干吗呀?"

和玉想等天亮以后再去。恒妤异常固执地哀求道:

"不行,现在就要见,快去吧!"

马修德与和玉安抚了她很久,答应天不亮就出发,等到太阳刚出来的时候她就能见到关仲卿了。她相信了,喝了口水迷迷糊糊睡去。第二天早上，关仲卿赶到圣母堂。恒妤望着他，微笑着对他说：

"我要死了呀。"

她的眼睛亮晶晶的，说：

"终于能解脱了。"

当天晚上恒妤陷入了昏迷。

关仲卿留下来，与其他人在床前守了一天一夜。太阳落山的时候，他们发现恒妤的身体已经冰凉了。

又一个人加入了死者的行列。望着恒妤瘦得不成人形的遗体，忽然之间，关仲卿的病症又一次发作了。他一边痛哭一边抵抗着发作，但很快彻底失败了，这一次发病比以往更加猛烈。

一天后，恒妤下葬了，葬在圣母堂南边的教会公墓。葬礼结束后，他们一行人步行返回教堂。路上，马修德对虚弱不堪的关仲卿说：

"安心吧，她去见父母和哥哥了。他们终于团聚了。"

"你对我说这些没用，神父，我是无神论者。"

"是吗？"

"我不相信有神，也不相信有死后世界。人没了就没了。"

"那你当初为什么把她送来我这里呢？"神父问道。

"因为她病得太重了，心里的病，我没法拯救，就像得了绝症无药可治的人，只能给他们用吗啡，减轻病痛，希望他们在睡梦中毫无痛苦地死去。她需要吗啡，我不需要。"

"你的心里难道没有病痛吗？每个人多多少少都有痛苦吧？"

"我有，但是我足够坚强。"

"你不怕死吧？"

"怕吧，怕不怕要等到快死的那一刻才知道。"

马修德眯起眼睛，感慨道：

"你说你不信教，但你的言行举止像一个圣徒。"

"我是革命的圣徒。"关仲卿笑了笑。

马修德沉默了一会儿，说道：

"有件事听我说说吧。"

"嗯。"

"有个人，旗人，过去有段时间经常来我这里。我跟他聊天很愉快。后来，我忽然醒悟他是谁了，不，其实更早的时候我就意识到了。他就是恒妤的哥哥啊！"

"然后呢？"

"那天夜里他来找我，说要走了，再也不回来了。那时我猜到了他的身份，本打算收留他，帮他逃走，可是好巧不巧他突然对我忏悔了一件事。他告诉我，他强奸过一个女孩。听到这件事，我很愤怒，忽然打心底厌恶他，无法原谅他，于是我的心里产生了这样一个罪恶的念头：让他去死吧。我故意没挽留他，放他走了，谁知他真的死了——他就是那个被乱枪打死的宗社党，你记得吗？"

"这些事，你告诉恒妤了吗？"

"没，一个字也没说。"

"你做得对，神父。"

"我现在告诉你，就当是我在对你忏悔吧。唉，明明那时我感觉到了他的痛苦。虽然他犯了罪，可他也被自己的罪恶感折磨得痛苦至极，他还有救赎的可能。我为什么没有挽留他？那时只要说一句话，他就不会死。唉，如今他解脱了，沉重的罪恶感开始压在我心头了，下半辈子我都要背负这罪恶，受它的折磨了。"

"都过去了，神父。"

"没呢。不知什么时候，也许就是恒妤死后，我忽然有一种奇怪的想法，应该不算异端邪说吧：世间万物有一种神秘的平衡。幸福的人终有一天会遭遇不幸，有钱的人会变得没钱，掌握权势的人会失去权力。也许不是短时间内立刻发生，而是将来某天，总之早晚有一天。"

"可是这个世界上多的是一辈子幸福圆满，甚至犯错也没罪恶感和羞耻心，逍遥法外，到死都活得好好的人啊。"

"是的，我不知道，但我相信存在于世间神秘的平衡会在某时某刻以某种方式干预他们的命运。不然的话，如果幸福的人越来越幸福，那些因为噩运死掉的人不是太可怜了吗？"马修德一脸迷茫地说道。

马神父无意间的闲聊无形中给予他莫大的影响，就像在他脑中种下了一颗种子。他想起了很多人,死去的人,活着的人,他生命中遇见的每一个人。他们是怎么变成这个样子的呢?他想了很多,想要将人世间的所有苦难以及那些让他耿耿于怀、沮丧失望、愤愤不平的事物归咎到一个原因上,可是他想不明白,哪怕想明白了他也无能为力。在他浑然不觉的情形下,他的脑中像有什么东西咔嚓断裂了,就像被挤压扭曲变形的钢管般呜呜作响。他转而想起神父的话,难道他们的命运是伟大的平衡干预的结果吗?像袁世凯、黎元洪、孙中山、黄兴那样的大人物也要受这一平衡支配吗?这样神秘主义的想法的确安慰了他,像吗啡一样安慰了他被负疚感填满、病得十分严重的内心……

他的病症愈加频繁地发作着,一周三次、四次……他无意识地被这样一个想法支配着:如果这一神秘的平衡被破坏,就需要有人站出来主动"修正"它。不管是谁,不管什么方法;哪怕是他,哪怕用暴力的方法,哪怕最后需要被修正的是他自己的命运。不然的话,他会变得寝食难安、无法呼吸,觉得这世界异常冰冷残酷,他一刻也无法继续活在这样的世上。这成了在他头顶上空如旋涡般一圈圈盘旋、不断回响的魔音。

饱受病症折磨半个月后,他辞退了仆人。临走时陆观音恳求道:"您要去武昌当议员了吗?我也可以跟您去武昌呀,您去哪儿我就去哪儿。"他没有回答。隔了几天司令部有人目击他取了一支德国造手枪与十来发子弹。两天后,桂坊发生了枪击事件。附近的居民清楚地听见连续不断的枪声和尖叫声。他们跑出门站在街上,目睹桂坊内腾起三层楼高的火焰,烟雾几乎熏黑了天空。经过大家一天一夜不倦引水扑救,终于阻止了火势蔓延到整个街区。

第二天清晨,受到失眠症困扰的巡警从护城河里捞起投水的年轻革命党,惊讶地发现他的表情安详得如熟睡的婴孩一样。

第三部分

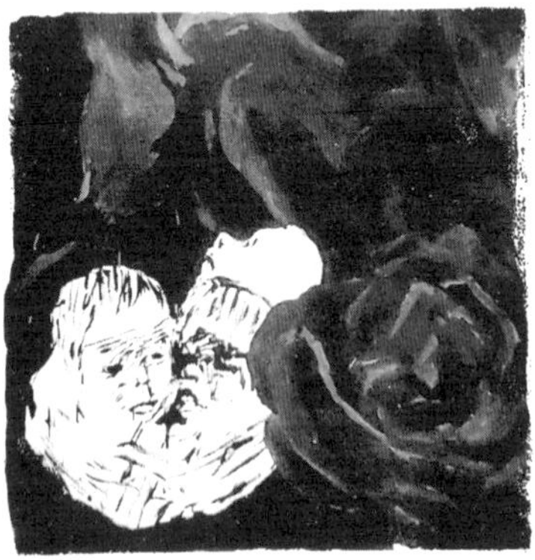

一

月亮，小狗，葵花……
跑呀，乡下路上，跑呀……
哦哦，雪花会梦到春天吗……
哦哦，雪花会梦到春天吗……

我一边哼着自己编的歌谣，一边把三根柳条缠在一起围成一个环。我仔细检查了一遍，摘掉残缺的叶片，戴在头上试了试大小。很不错。接着我从桌上花篮里取出院子里摘的栀子花，一朵接一朵插到环上。

我听见门外一声声呼唤："神父！"是馨儿。她推开书房的门。我扭过头，笑着对她说：

"明天花会不会蔫啊，放一晚上？"

"那放水里泡着吧，一晚上应该没事，反正明天早上就是婚礼了,泡一晚上吧。"

我把花环轻轻放在她头上,大小刚刚合适。她笑眯眯地看着我的眼睛。她笑起来真好看——不容易啊,我捡回来时还是个奶巴子,居然养到这么大了,再过几年我的身体进一步萎缩,她就比我还高了。我看着她的塌鼻子,从小贪玩被晒黑的皮肤,深深的酒窝。父亲看待女儿的感觉就是这样吧?要是此刻她叫我一声爸爸,我恐怕会不由自主答应吧?

"关先生确定不来了吗?"她伸手摸了摸我下巴上花白的胡须,问道。

"不来,他给我回信了,他怕回到这里病复发。回来要坐船,自从他溺水后,他特别怕水,不来了,叫我转告你,祝你新婚快乐。他说新婚贺礼过段时间叫人带过来。"

"他的身体还好吗?病怎么样了?"

"还好吧,他离开这里病好多了,在上海住着蛮好的,十多年没犯了。他应该不会再回武汉和荆州了。"

我突然拍了下额头,懊恼地说:

"我忘记买蜡烛了!长长的那种蜡烛,下午我去沙市买吧。"

"买蜡烛搞什么呀?"

"晚上吃饭呀,坐一张桌子上,用蜡烛,这才像结婚的样子呀。用我的银烛台,我去擦一下。写一会儿我去买吧,只有沙市有卖的,我晓得位置,你不晓得,我去吧。"

"神父,那我替您翻译吧。"

"不用了，馨儿，你休息去吧，你是新娘，明天一天有你忙的。我写一会儿就走了。"

"好吧。"

馨儿找妹妹们玩去了。我吃力地弓下腰，从床边箱子里取出两个牛皮本子，一个深棕色，一个棕色。我按照书签打开棕色本子，上面密密麻麻写满了法文，然后打开另一个本子，翻到最新一页。我戴上眼镜，扭开钢笔，吸满黑色墨水，接着上次没翻译完的段落续写道：

……所以我问他，为什么要去中国传教。他说那里有那么多人。我们大家笑了。他很实诚，喜欢说大实话。我觉得他性格很好，希望派到我附近的地方。方济亚神父反问我为什么。我说不出。我本来想说有这么一种强烈感觉，也许是神的感召，但我不确定，于是我说我喜欢那里。总之，第一天很顺利，十五个人我记住了五个人的名字。明天我们到那不勒斯补充淡水，然后穿过西西里海峡，继续上路。好运。

1901 年 3 月 5 日

我们已经在瓦莱塔港停了两天。有大风暴。前天说"很顺利"，马上变得不顺利了。但出发前我已经预想到，要走很久，不可能一帆风顺。我又和方济亚神父聊天，我问他父母是做什么的，他说是乡下木匠。他问我，我说是农民，世世代代都是农民，没出过村子。我是第一个离开村子的，离开比利时去罗马。我们两个都是第一次出海去这么远的地方。晚上大家在我的房间里一起祈祷，希望天气快点变好，希望接下来旅途顺利。我想到将来我们要分到中国各个地方，再也不能像这样聚到一起，有些伤感。

1901年3月6日

风暴终于停了，我们重新出发了。天气很好，我的心情也变好了。但是才过了三四天，坐船的新鲜劲过去了，我看到海鸥、海岛、海上日出和日落没那么兴奋了。晚上，我在甲板上散步，遇到易船长。他是中葡混血，母亲是马来的华人。我看了一眼夜晚的大海，立刻吓得退回舱内。难以形容这种感觉，打个比方的话，就像我们的小船航行在一只利维坦的嘴巴里。这张血盆大口有几百公里大。白天看起来风平浪静，其实只是这只巨兽还没有心思一口吞下我们罢了。易船长说还有一个多月到香港。我希望我快点习惯海上生活。

1901年3月9日

人太容易偷懒。出发第一天还信誓旦旦，一定要每天记录，一星期不到就懈怠了。主要还是无事可记。过去几天我们都在地中海。我分不清到了哪片海，在我眼里是一样的。这几天我们在戴迪戈神父指导下学习中文。他是我们之中唯一去过中国的。我一直待在船舱里练习发音，只有累了才到甲板上透气。后面也要勤写日记，谨记！

1901 年 3 月 10 日

终于下船了。船在等待过关，船长说至少半天，我们有机会下船在塞得港转一转。到了埃及，我才感觉到离开欧罗巴了，体会到了所谓"异国情调"。我很想去金字塔，但我要在中国待很多年，以后会有机会吗？我们在集市买了新鲜水果和蔬菜，纳加博神父帮我和方济亚神父搬上船。回船以后，船长提醒我们不要随便吃东西，也不要去不干净的地方。晚上继续学习中文。

01 年 3 月 11

学习中文的一天。忍不住半夜到甲板上透气，见到绝美的景色。我们的船行驶在苏伊士运河中央，月光照在河两岸的沙丘上。

3 月 13

学习中文。太困了。

15

心情沉重的一天。两个中国劳工病逝了。按照他们的习俗，死后要带回故乡下葬。船长打了个比喻，就像树叶凋落后飘回树根一样。但现在根本不可能把遗体放船上一个月。船长只能下令海葬。两具遗体裹上白布沉入大海。戴迪戈神父主持葬礼。其他中国劳工哭了，我们也很伤心。我听说逝者中暑了。靠近赤道，天气确实很热，是不是离开红海就好了？锡兰凉快吗？

我停下笔，摘掉眼镜，揉了揉眼睛。今天就到此为止吧。如果不是教区打算编写区志，叫我提供日记给他们参考，我不用这么辛苦，把箱底放了三十多年、沾灰的日记翻出来。馨儿可以帮我，但她忙着结婚，还得我一个人来。

我在外头坐了会儿。我们花了整整一年给院子铺上石板、搭起花架、挖出小水潭，改造成现在这样。我放养了两只蟾蜍、二只刺猬、一只草龟。平时它们躲在各个角落，彼此相安无事。蟾蜍喜欢待在砖缝里，下雨天才出来；草龟在水潭边；刺猬总是缩在草里，每次拿蚯蚓喂它，我都要扒开草。此外，还有一些鸟喜欢飞来这里做客。我放了瓦盆供它们洗澡饮水，它们一听见我的脚步声就飞走了。

我看看怀表，十点了，该出发了，回来正好吃午饭。一出门，街上玩耍的孩子们就团团围住我。

"没带糖。"我拉开口袋给他们看，随后告诉他们，"明天你们馨儿姐姐结婚，来玩啊！"

他们异口同声答应了。他们继续跟在我身后，陪我又走了一百米，在护城河边跟我分道扬镳。他们穿过城门洞进城玩去了。城墙上用白色油漆写着"礼义廉耻"四个大字，新生活运动开展不久就粉刷上去了。我站在河畔码头等待，可是等了很长时间算我在内也只有三个人。我对张顺和李寿打趣说：

"这下子今天要亏本啦！"

"这没办法，走吧，反正也要回屋里吃饭。"张顺龇牙笑着，无奈地答道。

他们认识我，街坊邻居都认识我，毕竟在这里生活三十多年了，明天一定很热闹。坐在船里，我有点困了。是我起得太早了吗？还是写累了？也许字太小了，早知如此，年轻的时候就不该把字写得这么小、这么潦草。我坐着打起盹儿，忽然，坐我对面的人问我：

"您是马修德神父吗？"

"嗯！"我骤然清醒了。

眼前的人跟我一样穿着棉布长衫。"他"梳着分头，面容很清秀，很白净。"他"看着我，说：

"我记得您呢。"

"他"的声音听起来像女人。我重新端详"他"的脸，发现"他"长得也像女人。"他"似乎看出了我的疑惑，笑着说：

"我是女人。以前住城里，后来搬走了，二十多年没回来了。您还跟以前一样。"

"您多大年纪了?"我惊讶地问她。

"五十多了。"

"那您比我年纪小一点。"我这才发现她脸上其实是有皱纹的,只是用粉遮住了。

"您是旗人吧!"李寿忽然用北京话说,"听您口音是旗人呀!——我俩也是旗人,我俩叫祥顺和永寿。"

"你们不是叫张顺跟李寿吗?"我问道。

"嘻,后面改的呀,自己瞎取的。"张顺坐在船尾,笑着说。

路上她告诉我们,后面她搬到杭州去了,这么多年一直没回来过,一个月前忽然想回家乡看看,已经在这里待半个月了。据我所知,留在城里的旗人没几家了,老的老,死的死。不晓得她还有亲人在城里吗。我没问,怕勾起她的伤心往事。靠岸时,她多给了张顺跟李寿一人一张五元钞票。他们喜出望外,站在船里使劲作揖,请她下次回来务必还坐他们的船。但我隐隐有一种感觉,她不会回来了。我忍不住问她:

"您会'落叶归根'吗?"

"什么?"她愣住了,望着我。

"像树叶凋落后飘回树根一样。"

她沉默了,之后微笑着反问我:

"您会吗,将来您还回国吗?"

"不会。我已经变成中国人了。"我说。张顺、李寿还有她都笑了。

我去租界的杂货店买蜡烛，那里的蜡烛又好看烧得又久烟又少。老板用油纸帮我封好。我把蜡烛夹在腋下，走到街对面的花店又买了一束白菊花，然后往北走，走到租界外，在一个老婆婆的摊子上买了三个小橘子。买完所有东西，我顺着街道朝东边望去，远远望见屋顶上的十字架。

教堂没人看门，也许吃午饭去了。我趁机溜进去，免得撞见熟人，不然又要跟他们裹半天，裹完又要留我吃饭，吃完饭又要继续裹。我悄悄走到后院，走到墓地，走到墓碑前。墓碑上用中文和洋文写着：

方济亚　神父

PADRE FRANCISCO JAVIER

1875—1930

我在墓前献上白菊花，然后像中国人一样把三个小橘子在地上依次摆开。我该说什么呢？唉，我不知道说什么，也不需要我说什么，他在天有灵，肯定看得一清二楚——"在天有灵"，哈哈，看来我真的变成中国人啦。我发现墓碑周围生着一朵紫色的小花，犹豫片刻，我跪在地上把花拔走了。他"在天有灵"，一定允许我这么做吧。

出去的时候，我正好撞见高弥格神父。他张口刚想说话，我赶忙抱着蜡烛跑了，一边跑一边回头叫道："谢谢款待，有事先走了，下次再见！"他肯定觉得莫名其妙。这样一来我就避免同他聊了。我比不了他那样的年轻人，我这样的老年人思维迟钝话少。

坐上回城的渡船，我又困了，捏着紫色小花睡着了。我做了个梦，梦见金色沙丘中的金字塔。真是个怪梦。醒来的时候船正好快到南门了。我一下船，孩子们就从各个角落钻出来跟着我，像护卫一样护送我回圣母堂。我在门前同他们道别："记得明天来玩！"他们一哄而散。李修女告诉我，饭做好了，大家在等我。我让他们先吃，我还不饿，想去书房再翻译一段。透过书房玻璃窗，我看见馨儿伏在案前，在我的本子上写字。我站在窗外，像猫捉住耗子一样，突然叫了一声：

"哈！"

她被我吓了一跳，发现是我后吐了吐舌头。

"我不是叫你不用帮我翻译嘛，你还要准备明天的婚礼。"我笑着说。

"有什么关系，明天要用的都弄好了。"

"衣服试了吗？鞋子呢？不合身赶快叫裁缝改下——还不操心！再马马虎虎嫁不出去要变成老姑娘了！"

"嫁不出去就嫁不出去呗。"她抿着嘴偷偷在笑，拿起本子对着窗外的我说，"神父您翻译得怪怪的，还是我来吧。"

我还是把她赶走了。仔细一看，她确实翻译得比我好。

毕竟中文不是我的母语，而且我学杂了，脑子里文言文、官话、本地方言、北京话串在一起了。当初戴迪戈神父教的还是四川那边的官话（但总比去两广福建的费灵德神父他们要好），后面都是我自己学的。我坐下来，把紫色小花放在笔记本旁边，重新戴上眼镜，继续往下翻译：

1901 年 4 月 15 日

休息了一晚上，一大早徐彼得（我还是更喜欢他的本名"细民"）带我进城跟知府报到。这是我第一次进城。彼得说，这其实是一座"双城"，我们今天去的是西半边的汉城，东半边是满城。我问他有什么区别，他说说话不一样，满城人说北京话，其他还有很多不一样，以后慢慢就晓得了。走到哪里街上的人都在看我。但他们没有恶意，只是好奇。有人塞给我吃的，有人跟我打招呼，我请彼得帮我翻译，邀请他们到教堂做客。他们很友善。可惜我不会画画，不然可以把我见到的城墙、街道、官员府邸、侍卫画下来，光用语言太难描述了，何况我不擅长修辞学。我见到的知府姓余，见面前我担心他会刁难我，但其实他是个和善的老人，问我路上累不累，吃住是否习惯，老家在哪里。我一一告诉他，但我觉得他不可能晓得比利时在什么地方。我亲眼见到的跟我在罗马听说的完全不一样，那时的担心现在想来纯粹是多虑了。

之后，我跟彼得在圣母堂周围走了一转。这是一片贫民窟。彼得说,买不起城里屋子的穷人大多住这里,其次是北门外。我看出来了。他们的房子都是泥巴跟稻草做的,有的连墙壁也没有,用木头搭了个棚子,直接睡草席上。彼得说跟他们打交道要小心。但我不怕,反而更有干劲。这说明有更多灵魂等着我拯救,这些人都将成为我们的教友。

我从彼得那里了解到圣母堂的历史。圣母堂是董神父一手创建的。地方官不同意建在城里,只好选在这个地方。但我相信那时董神父的用意应该跟我一样,故意把教堂建在穷人中间。一年前董神父遇袭身亡,葬在教会公墓。这里已经一年没神父了。下午,彼得召集了所有教友,一共十个,我们一起做礼拜。晚饭都是大家自己带的东西,丢在锅里一起煮。我觉得很好吃。

我问彼得还有什么要当心的。彼得说,城东的旗人,还有哥老会。我比较关心哥老会,前任董神父就是因他们而死的。他说,这帮人很多是农民。我说,那我不怕了,我自己就是农民。晚上我给区教会写信,希望申请一笔钱维修教堂。等忙过这段时间,我去沙市拜访方济亚神父,看看他那边进展怎么样。今天写了好多东西,就写到这里吧。

今天就写到这里吧。是我上年纪脑力退化了吗?还是我的法文退步了?我怎么读自己写的东西这么吃力?不过这也难怪,自从我到中国后只有馨儿跟关先生陪我说过法语,而且后面我自己都不说法语了。看来我真的慢慢变成中国人了？算了，还是丢给馨儿去弄吧。

二

天太冷了，馨儿早早把煤炉擦干净，帮我点起来了。外头下起雪子，乒乒乓乓敲击着窗户。我忍不住哼起来：

哦哦，雪花会梦到春天吗……
哦哦，雪花会梦到春天吗……

"您精神不错，还哼起歌来了。"馨儿笑着说，把一件东西搁在我桌上，"喏，您的信。"

但我的思绪仍停留在室外的天气上。近些年冬天越来越冷了吗？还是我身体变弱不抗冻了？每到冬天城里城外都要死一大批人，好多老人、乞丐和流浪儿都熬不过冬。上个星期，我起了个大早，到护城河边散步，遇见屈万的骡车拉了半车尸体从城里出来。他是我街坊，住在教堂边上，是专门运尸的。我看见死者跟丢弃的杂物一样堆叠到一起，心里很不舒服，于是回圣母堂拿了几捆草席给他，请他帮每个人包裹好。他一副不情愿的样子，最后是我自己动手的。

除了每周做礼拜，其他事我都交给馨儿跟她丈夫若瑟（我告诉他可以不用改教名，但他还是坚持改了）。结婚后她丈夫也搬进圣母堂了。我坐在暖炉前，翻阅馨儿翻译好的日记。看到日记里那些熟悉的名字，我想起了许多快乐往事，那些段落总令我忍俊不禁：徐彼得，我到这里一年后他跑到汉口做生意去了，从此音信全无。邢老妈妈，一个无儿无女的寡妇，被我雇来烧火。她本来信菩萨，后面受到我的影响皈依了，但我怀疑她根本没有放弃信菩萨，我也没有深究，睁一只眼闭一只眼算了。她去世有十多年了。然后是我收养的第一个弃婴，马恩慈，是馨儿的"大姐"，长大后跟一个教友结婚了，现在常住沙市，上次馨儿结婚回来，两个孩子都很大了。

我跳页随意浏览着，不时被这些记录吸引，陷入沉思……

1905 年 3 月 2 日

今天目睹了一件十分滑稽的事。

事情是这样的：我的一位街坊，是个屠夫，常年在南门外摆摊卖肉。今天有六七个旗人过来买猪肉。屠夫帮他们切好一斤，需要支付九十文，但是他们只愿意出七十文。旁人一看就知道是怎么回事了。就在那帮旗人叉腰咯咯地笑时，屠夫忽然从衣服里脱下一条项链拍在沾血的案板上，指着他们骂道：

"你看看老子是什么，你们算什么□□东西！"

我没法把那些脏话写下来，但我不得不承认，正是这些脏话才令整个场面看起来异常好笑。那些旗人吃了一惊。是的，案板上的项链是木十字架，屠夫是我们的教友。他指着他们鼻子骂，追在他们身后骂，大意是这些旗人都是他和他们母亲繁殖的产物；接着，他把辱骂的对象扩大到所有旗人，认为自己是他们的父亲；最后他巧妙地把买猪肉的钱联系到他跟他们母亲的关系上。那些旗人窘迫极了，竟然没人敢还嘴，结清肉钱后溜走了。他们嚣张跋扈惯了，以前曾聚众围攻县衙，把知县拖到街上群殴。看起来他们害怕教民？但这不是好事。谁也不该怕谁。下次礼拜我要告诫大家隐忍克制，不要挑衅滋事。

我来中国已经四年了，渐渐意识到一个事实：他们对我友善是因为我是个外来者。因为我是外来者，我有尖尖的鼻子、蓝色的眼睛、弯曲的头发，所以那些官府的老爷、差役、警察、士绅、商人、其他市民，他们在有意无意讨好我。可是一旦换作他们自己人，他们之间就开始相互欺凌了。这也就是说，事情既不像我来之前听说的那样，也不像我刚来时以为的那样。

1906 年 12 月 5 日

下午，我一个人到满城游玩，遇见一位大人。他骑着马，身边跟着两名护卫。他居然认识我,主动跟我交谈。我于是知道,原来他就是那位恒龄。

我听说过他的名字。他是城里一位很有才干的协领,因为办理学堂、训练警察和新式军队有功,受到嘉奖,大家戏称他是左右都统之外的"第三位都统"。

趁这个机会,我问他怎么看待城里汉民和旗人之间的矛盾。他似乎很犯难。他也认为,现行的制度是难以持续的,事情已经到了需要改革的地步,但他不知道该怎么做。他打了个比方,就像病人病得很重,每个人都知道必须吃药,但如果吃错了药就会立刻没命。说完这些话,他到将军府了,我们的谈话也随之结束了。

1908 年 6 月 25 日

去年至今,圣母堂接收了三个女婴,其中一个脑袋天生畸形,当晚就夭折了。

我记得刚来时,一天清晨,我沿护城河散步,遇到河里捞起一个死婴,一群人在围观。尸体已经泡得发胀了,摆在地上。一旁有人拿树枝戳它的肚子,就像戳一条死狗一样。看到这一幕我非常难过,连忙制止他。我告诉大家,如果有不愿养或者养不活的婴儿,可以送到我那里。那之后,陆陆续续有人把婴儿丢在圣母堂门口。

昨天晚上我正要关门,发现门外放着一个包袱。有个女人刚走出几步，回头看见我，愣住了。我打开包袱，是个婴儿，急忙追上去。她没跑远，被我拦住。我问她怎么回事，她不作声，只是哭。她朝我磕头。我听不清她在说什么，只能放她走了。

现在，这个女婴交给李修女照顾。我忘了在哪里看到一个词——"宁馨儿"，大意是美好的孩子。我于是给这个婴儿取名"馨儿"。

1908 年 11 月 20 日

今天碰见一位会说法语的绅士。他去日本留过学，法语在那边学的。我邀请他到教堂小坐。不过，更值得记录的是另一件事：我遇见了一个哥老会成员！

这是我到中国后见到的第一个哥老会的人。我一直听说哥老会多么可怕，加上董神父死于他们之手，我对他们又好奇又心存顾虑。但这个人没有任何可怕的地方，就是个乐呵呵的乞丐，没什么坏心思。他关心我喉咙不舒服，建议我用枇杷和陈皮泡茶，可以润喉。我感谢他的好意，问他为什么他们哥老会这么恨教会。他说他不恨也不爱，在他看来我只是一个和尚，他为什么要恨一个和尚？这是个出乎意料的比喻，令我不禁反思，我们教会跟佛教、道教有什么根本的不同。从他嘴里我了解到，原来哥老会内部也有很多派别，就跟基督教分天主教、东正教、新教，教派里又分路德宗、加尔文宗，等等。

我想收留他过夜，心想也许能感化他加入教会，但他拒绝了。也许跟教会扯上关系会给他带来麻烦。最后那位绅士出面，说愿意帮他找个住处。我喜欢他这种淳朴的善良，希望他从此振作起来，不再做乞丐。

1911年12月2日

我受连将军邀请，进城为恒都统看病。不久前他在前线指挥作战，大腿中了流弹。可是我不是专业医生，只能看一些简单的咳嗽发热病。到了将军府，门外有很多旗人在抗议，我听了一下，大意是指责恒都统无能。见到恒都统，我发现他的伤不重，军医已经包扎好了。我不担心他的肉体，但忧心他的精神。他坐在那里的样子像一头被捕获的野兽。我不知道怎么安慰他。我觉得他们必败无疑了，革命党迟早打进城，结局已经注定了。我想跟他聊一些轻松的话题，于是提起他女儿结婚的那天，很热闹的一天，我恰好在人群中围观。我记得他女儿好像嫁给了一个姓季的旗人，那家很有钱，排场弄得很大。说起那一天，他的眼里渐渐有了光。他说：

"我和他父亲是从小一起长大的。那孩子是个老实孩子，可惜短命死了。"

我说这确实很不幸，但女儿还在，将来还可以再婚。他笑了一声。我不能完全理解他笑声的含义，但看得出来，他的心情明显变好了。

之后将军请我单独谈话。原来,所谓"看病"只是借口。将军问我,万一,他着重强调了一遍,万一,城守不下去了,我可否作为中间人协调谈判。他又叮嘱我这件事不能对外人说,尤其不能让恒都统知道。我同意了,但我说我只是个教士,人微言轻,革命党不一定信任我。将军说这不要紧,到时候还可以叫沙市租界的日本领事一同出面。按理说我必须保持政治中立,不站任何一边,但我还是对将军很失望。我没法苛责他,因为我很快发现他的精神状况比恒龄还糟糕。为了让他冷静下来,我答应他:"明天一早我就去沙市找日本领事,当天回来告诉您结果。您放心,我会保守秘密,我对上帝起誓。"

我出来的时候,将军府外的旗人还在抗议,最后守卫把他们驱散了。现在我已经回到教堂。大部分教友都疏散到乡下去了。他们害怕我被误伤,请求我跟他们一起去避难。我拒绝了。

1911年12月11日

心情沉重的一天。恒都统自杀了。

昨天炮响了一夜,快到天亮才停。天亮了,听说城东被炸得很厉害,革命党专打那边,我们这边不受影响。下午将军在右都统署召见我,告诉我早上恒都统自杀了。我很震惊。那些王公大臣没有自杀,摄政王没有自杀,皇帝和太后没有自杀,结果他自杀了。将军已经濒临崩溃,他对我抱怨说:"……

我不懂打仗,也没带过兵,本来也轮不到我做将军,我只是个管旗务的。朝廷是派了人的,可他们都精明,都知道武昌出事了,都怕死,都假装自己有病,都不敢上任,结果将军让我当了……没人来救我们,也没人帮我们……"我不知道说什么,唯一知道的是恒都统一死,仗彻底没法打了。我问将军是不是准备投降,他点了点头。他请我在天黑前将一封信送到革命党那里。出城后我在教堂附近找到一队士兵,他们护送我去见革命党的长官。我在草市见到他们口里的"唐长官"。他们都非常年轻,不超过三十岁。一位军官跟我打招呼,说见过我,但我想不起来。唐长官同意今晚停战,让我转告将军,明天派人过来谈判。最后,他们雇了艘船送我回南门。

1912年2月5日

上午我去善后局咨询买地的事,接待我的官员认得我,但我完全不记得他。经他提醒,我才意识到这三个人原来是一个人。我来这里十年了,依然有时分不清中国人的长相。我打算在城里新建一座教堂,正好善后局在拍卖土地,如果能买下来就好了。这块地原来是正红旗(还是正蓝旗?我忘了)公所,已经塌了。最近越来越多的人皈依,特别是旗人,圣母堂有点容纳不下。我想让圣母堂专门负责养育弃婴,剩下的活动一并放到新教堂。李修女提醒我,里面混有不怀好意的人。我当然知道。我想的是,能为迷茫的人提供一个临时的庇护所，这就够了，至于他们心里究竟怎么想，我不应该计较。

5月8

一个人因我而死。

6月20日

出乎意料，善后局的关先生送来一位女士。他没有说明缘由，拜托我照顾她。我看得出来，她肯定受了很多苦。我们收拾出一间客房给她住。关先生留下一笔钱充作她的生活费，我没收，女士也拒绝了。他们都是非常善良的人。

7月15

我写下这些文字时，手在颤抖。我十分确信，我获得了神启！

刚刚，玉儿告诉我，她的真名叫恒妤，是恒都统的女儿。我们谈论她的父亲。她没想到，我同他有过一段交往的历史。她还谈起了死去的丈夫。她说他像个孩子，喜欢玩一些小玩意，一说起养鸟、养鱼、养蟋蟀这些东西就说个不停。真可怜啊。他死前望着她，已经说不出话了，流着泪指向门外。她不知道他想说什么，只好一个劲安慰他说，知道了。没几天他就走了。

她问我，她始终想不明白，难道父亲真的狠心抛下她了吗？我很难回答。事情的真相可能会伤害她。我于是告诉她，他的心里一定想着你，只是他的心同样负担了太多东西。他熬不下去了。

我在胸前画了个十字，指了指头顶的天空，对她说，他在看着你。她看起来依旧十分困惑。但这不奇怪，经历了这么多苦难，她大概彻底绝望了。但她会明白的。

这就是您的旨意吗？让我有机会弥补我的过错？

1912 年 9 月 29 日

昨天，我握住恒好的手，问她能相信我吗。她说相信我。我问她万一治不好她能接受吗，她说能。我问她害怕吗，她说她不怕死，只是留恋这个世界。

我跪在教堂祈祷了整整一夜。求求您不要带走她，或者快点结束她的痛苦吧！

1912 年 10 月 2 日

恒好离开了这个充满痛苦的世界。

您为什么要这么安排？

10 月 25 日

我今天才知道，先前在护城河溺水被救起来的人是关先生。他似乎精神出了问题，要被送去汉口疗养。我马上赶到他家里。他家里挤满了人，士兵，警察，官员。他的气色还好。我听内山医生说他的病加重了。关先生今天就要出发。我一直陪着他。晚上的时候，他被武昌来的省政府官员带上船了。希望他快点康复吧。

1913年6月5日

我去汉口参加教区年度会议，顺道探望了关先生。他的症状控制住了，比上次见面时精神多了。我去的时候，他正打算动身前往上海，有位女士陪着他收拾行李。他因为参与反对袁总统和黎总统的活动，上了抓捕名单。我听说了一些消息，黎总统正在捕杀反对者，其中不少还是以前首义的革命党。我让他俩假装成我的助手，把他们带进了英国租界。看来战争又要来了。

6月7日

今天的教区会议上，黎安道主教偶然问起我，是继续留在荆州，还是去别的地方，或者回国。不知不觉，我已在荆州生活十二年了。我回答他，我愿意在这片土地上终老。

主教问我当初为什么来中国。十二年前，在刚刚驶离热那亚的轮船上，方济亚神父曾经问过我一模一样的问题。现在我终于能坦然这样回答：因为我喜欢这里。

我喜欢圣母堂门前的街道，喜欢清晨散步的护城河，喜欢河岸的垂柳，喜欢河里的划子船，喜欢码头，喜欢长江，喜欢江堤上随风摇曳的野花，喜欢郊外的农田，喜欢秋天金黄的稻谷，喜欢山坡上吃草的水牛，喜欢狗，喜欢半夜翻墙进院子里的猫，喜欢枯叶的气味，喜欢春雨落在窗台上的声音，喜欢爱我的人，也喜欢恨我的人，喜欢高尚的人，也喜欢那些卑鄙自私的人。我喜欢这里，这里就是我的家。

日记里有许多愉快的回忆，也有很多悲伤的回忆。重读一遍，就像再度经历了那些痛苦。我难受了很久。犹豫再三，我觉得有些内容还是不翻译为好，甚至说应该从这个世上抹掉。所有人最终都会被这个世界遗忘。就让那些死者安息吧。让尘归尘、土归土吧。我从笔筒取出毛笔，把凡是我觉得不该被人看到的段落全部涂黑了。

三

我把翻译完的笔记打包好，写了张字条贴在包裹外，方便馨儿明天按上面的地址寄送。我长舒了口气，终于有时间查看信件了。信封上写着"杭州"。杭州？是白理尼神父吗？我用小刀拆开，一下子醒悟过来，是她寄的。

马修德神父台鉴：

寒意渐深，气候转冷，望您保重尊体，勿忘加衣。收到您的回信，令我感动不已。上次冒昧写信，本是我一时冲动。只因您在我下船时突然问我，是否会"落叶归根"，这番话忽然勾起了我的许多回忆，让我彻夜未眠，乃至于返回杭州后，我依旧念念不忘，最后鼓起勇气给您写了那封信。寄出后我就后悔了，觉得太过唐突，不该打扰您，没想到您真的回信。我对您感念在心。

我上封信本来是自怜自哀之意，未承想您在信里主动提出，愿意在我死后帮我迁葬，此时，我的泪水打湿了信纸。我几十年的痛苦，也终于在此刻释怀。我就像无根的树木，漂泊在外二十多年。这二十多年里，我难道不怀念父母兄弟、思念故土家园吗？然而您所不知道的是，故乡于我，承载了太多痛苦的回忆，我实在无法面对，以至被迫逃离。甚至偶遇从那边来杭州的旅人，我也总是有意无意避开话题。然而随着我年岁日增，我的思乡之情越发深切，令我不得不联想到，我的生命恐怕已近终末，由此唤醒了我洄游返乡的动物本能。所以我才在几个月前回到荆州，也正是在那时有幸邂逅了您。

我写这封信除了表达谢意，其实还有一个目的，就是我很想找人倾诉心中的情感，因为在我身边没人能聆听我的心声。我过着独居的生活，没有伴侣，没有子嗣，只有一个老仆人照拂我的起居。他了解我，看着我长大，但囿于智识，无法理解过于复杂的感情。我在杭州本地的朋友，我又羞于对他们启齿，把自己多年隐秘的心事暴露在外。我这才萌生了给您写信的念头。您是来自异国他乡的局外人，是俗世之外的出家人，是在这片土地上生活三十多年、目睹我们悲欢离合的见证人。我想，如果将来某天您会拾取我的骨殖，为我归葬立碑，那么我也十分希望您能多了解我的生平故事。您也一定能从字里行间体会我的心境。

可真到了临笔之际，我发现要把自己的真情不加掩饰、忠实地默写出来是多么不容易，简直如同审判自己一般。我很快被羞耻感刺激得把笔扔在一边。最后我是这样想通的：我已经年过五旬，极可能时日无多了。我的家族并不长寿，两个哥哥都是三十岁左右暴毙，没有任何疾病的征兆，父母也不到五十岁就病逝。我从前的丈夫，一位医生，推断我们患有某种家族病，可能我是女性的缘故，得以幸免。但我始终觉得我的发病只是延迟了，造物者随时会取走我的生命，所以我非常想赶在死前把这些回忆写下来。至于是否有一天会被外人看到，他们又会作何评论，也许那时我已不在人世，一切便与我无干了。

回忆过去，我首先想起了父母。可是我已记不清他们的音容笑貌，只有一个模糊的印象。果然如我年少时教书先生说的那样，人死后只会被记住二十年。他们跟我一向不很亲密，因为我做男子打扮，被他们视为不男不女的异类。我不想同他们争吵，所以谎称去杭州念女子学堂，实际上游历四方。他们也乐意出钱让我出去，免得我留在老家丢他们的脸。

我之所以女扮男装生活，现在想来，源于我少女时代一次特别的经历。我十三岁时，两个哥哥带我去草市看戏，担心人多手杂我被轻薄，便让我穿着二哥的衣帽伪装成男子。换上这样的打扮行走在街头，我的恐惧不安突然消失了。我感到勇气充盈，一种莫名的力量感支配了我的身心，令我能以异常镇定的心态直视他人。这真是一种奇妙的感觉。那天我没心思看戏，完全沉溺在这种奇怪的感觉中沾沾自喜。这之后，我又有好几次这么打扮出门上街。起初父母哥哥看着我的扮相哈哈大笑，以为我在异装娱亲，但日积月累，他们终于意识到不对劲，转而变得焦急乃至愤怒。他们用暴力拘禁我，强令我换回女装，但这没能奏效，因为他们没空日日夜夜盯着我。有时父亲和哥哥一整天都在外面玩（这也是我家族衰败的原因），而单凭母亲管不住我。反正到了十七八岁，我已完全易装。但我依然保有女性的一面，不仅没有剃去前额的头发，而且每天都会仔细地施加粉黛。过往岁月中，我也曾对好几位男性有过爱慕之情。

我和父母的关系直到两个哥哥先后去世才有所缓和。我成了他们唯一的依靠。他们逐渐接受了我的另类，人前人后称呼我"儿子"。两个哥哥的死非常突然：大哥梦中离世，两年后二哥倒在后院，那天上午恰好没人经过，直到下午才被发现，那时人已不在很久了。他们生前都非常健康。两个哥哥一死，我母亲的身体一下子垮了，这恐怕是她后来得肺炎离世的诱因。

我最后的亲人，我的父亲死于一九一一年荆州围城结束，驻防军开城投降后的第三天。我原本身在杭州。武昌的革命爆发半个月，杭州城里的督抚只轻微抵抗，便向革命党投降了。我们这些惶惶不安的旗人总算松了口气。然而这时我突然接到电报，说家中老父病重，盼我速归。于是我顾不得沿途动乱，和仆人周禄从杭州一路赶回。到家我才发现父亲已病得下不了床了，而没过多久，宜昌来的革命党开始攻城。我想赶在围城前带父亲去沙市租界避难，但他决不肯走。大概他已意识到自己时日无多，想死在老屋。我只好留下陪他，一面为他的病发愁，一面担心外面战事迫近。

我还记得那天早上，仆人老周告诉我父亲醒了，刚刚喝了一碗小米粥。我到床前看他。他闭着眼，张着嘴，却不见胸口有任何起伏。一个幻象从我脑中闪过，我的心一下子慌了。

"爹，爹。"我一声声呼唤他。

"别念叨了，一时半会儿死不了呢。"他睁开眼看着我说。

我们都笑了。他的精神比昨天要好。他让其他人先出去，我单独留下，对我说：

"儿啊，仗马上要打到城里了，你别管我了，出城逃难去吧。"

"您在说什么啊？"我惊讶地望着他。

"什么'什么'？"他也一脸疑惑看着我。

"您一个月没出门了，忽然说什么'打仗''逃难'做什么啊?"

"我听他们说的。"他指了指门外面,"外头不是在打仗吗?革命党要打进城了。"

"他们跟您说这些干吗,您好好养病,干吗操心这些。"

"早知这样,不该把你叫回来,你在杭州待着多好啊。"

"现在说这话也晚了,我已经回来了,城也早封了不让出去了。"

"我找人跟将军求情,想办法把你弄出去。"

"唉,爹,别折腾了。就这样吧,让他们打去吧。"我说。

父亲半晌无言。我以为他睡着了,忽然发现他的眼角流下两行泪水。我吃了一惊,连忙用手揩掉眼泪。他的皮肤摸起来粗糙得像白桦树的树皮,一瞬间我觉得老成这样的父亲哪怕很快死掉也是合情合理的。

过了一阵子,他交代我说:

"晚上你歇息去吧,不用在我跟前待着。吃啊拉啊,洗身子什么的有他们伺候。反正你帮不上忙,晚上安心睡觉吧。"

我放下信纸,闭上眼,脑中浮现出她忧伤的神情。我应该是在那时动了恻隐之心。我走到门口,地上铺了一层薄薄的雪子,像撒了一层细盐。我试着走出去。太滑了。我叫了一声馨儿,没人答应。她在忙什么呢?算了,这么冷的天把她叫过来不好。我只好退回屋内,等她把晚饭端来。我拿起信,继续读下去：

我守在父亲床前，陪他吃过晚饭，之后我出门透口气。家里太过压抑。我在城里闲逛，走到北界门时，正好遇到一队士兵。我和路人避在城门洞外，让他们先行通过。士兵一个个都阴沉着脸。那时的我还不明白，这意味着怎样的征兆。他们经过之后，我们被这股情绪传染了，变得同样沉默。

城里稍微有点钱的都跑到乡下避难去了，到处冷冷清清。过去我和朋友们经常聚会吃饭的园子，汉城那边的珍园，这会儿居然一个客人也没有。我一个人在东院游览假山，俯身倚在石栏边，观看水池里游弋的鲤鱼、落在水池里的竹叶。我忽然闻到一阵玉兰花香，回头望见一个女人朝我走来。我记得那时她穿着青色百褶裙。她发现我正盯着她，于是冲我笑了笑，紧接着她的眉宇间露出惊讶的神色。我知道她疑惑我是男是女，我也早已习惯了他人这样的反应。

我猜到了她的身份，请她陪我说会儿话。她答应了。她叫玉楼，偌大的珍园只有我跟玉楼两个人。四方洁白的墙壁仿佛屏蔽了外面的世界，为我俩保留着世上唯一安静清白的一方天地。我对她说起我的旅行经历，从上海逆流而上一直游历到四川。她问我路上有没有遇到危险。这倒没有，每次出远门我都带两个仆人。她对杭州饶有兴致，说有朝一日想去那儿游玩，我答应到时候一定款待她。

外面有点冷，我和玉楼移步厢房休息。她站在我身后，抚摸我的辫子。我想回头看她，她不让我动。她的指尖轻轻滑过我的耳根，我的下颌，我的下巴，摸索我的嘴唇，我的鼻子，我的眉骨。她摸我的手，说，这也是姑娘的手呀。她好像对我的身体格外好奇，也许她以为我身上某个部位异于常人，所以导致我打扮得像个男人。

她央求我，让她替我重新编个辫子。起初我不知道她要干什么，但很快明白了。她解开我的发辫，替我绾了个汉人女子的发髻，之后取来妆盒，为我重新化了妆。她又求我穿上她换洗的衣服。换衣服的时候，她看到我心口的疤痕，问我是怎么弄的。那是我小时候偷偷摆弄父亲烟枪烫伤的。她说她也有一块，握住我的手让我在她身上摸。我摸到一块凸起的疤痕。

"怎么划伤了啊，这个地方？"我问。

"跌了一跤，撞在什么地方挂了下，不小心弄伤的。真背时，是吧？"

我又轻轻摸了摸那道疤痕，仿佛它还未痊愈。

"撞哪儿了啊，伤得这么厉害？"

"忘了，好几年了吧，不记得了。喝醉了稀里糊涂伤了，稀里糊涂好了。"

我的骨架比她大，衣服穿上身有点紧。她搂着我的脖子端详我女装的样子，接着把我推到镜前，为我插上钗钿。我很多年没穿女装了。我欣赏镜中的自己，对这样的打扮并不排斥。我穿男装时总是显露出阴柔气质，而穿上女装我又看起来有点英气，不论怎么穿着都有点别扭。

她的手搭在我的肩膀上，问我：

"跟男人睡过吗，您？"

"睡过。"我回答说。

"一个吗？"

"一个。"

她好像对这一回答非常惊讶。

我和她聊天非常放松，没有顾忌。晚上，我们依然待在珍园。我不想回家，父亲也说了晚上不用我照顾。家里叫人透不过气。半夜，雷声在远处震响。玉楼最先醒来，很快推醒我。我们坐起来，躲在漆黑的帐子后面竖耳倾听。我听出那是炮声。我们披上衣服走到门外，遇见珍园的李老板。他说现在两点钟，恐怕革命党正在攻城，已经派人出去打听了，让我们不要外出，街上危险。我犹豫是否该回家守在父亲身旁。今晚他是否会呼唤我的名字，发现我不在床边，最后伤心难过含泪睡去？我和玉楼依偎在一起，在枪炮声中仰望天幕。被屋檐、墙壁和梁柱围起来的天空中，云层仿佛裂开了，透出圆月的一角，云间的裂隙被银白色的月光照亮，看上去好像一块布满褶皱的幔布飘浮在天上。我们谁也没有说话。炮声持续了两个小时，后半夜逐渐衰弱，归于宁静。李老板转了一圈回来，说革命党被打退了。我和玉楼这才回屋重新睡下。

我又一次站起身。是我没关好门窗,把寒气放进来了吗?为什么越来越冷了?我四处检查了一遍,发现是煤烧尽了,炉子熄火了。等馨儿送饭来跟她说吧,多带点煤过来。我有点饿了,想起信里写的珍园。两个月前,馨儿的婚礼结束当晚,我们也是去珍园吃的饭。李老板雇了原来满城那边的点心师傅,做的蜜饯和萨其马都非常好吃。我咳嗽了几声。天气一冷吸入寒气我就容易咳嗽。无事可做,我又读起信来:

天亮后,我对玉楼说我要回家一趟,她可以再睡会儿。回到满城,我立刻被眼前的景象吓坏了:顺着将军府以东,随处可见倒塌的房屋,无家可归的人们站在废墟上清理砖瓦木头;有的地方刚刚扑灭大火,空气中弥漫着一股木炭味;还有尸体没来得及清走。也许因为我家在满城西北边,远离各种衙门,没受攻击,那片街区完好无损。到家后,周禄说他们担心了我一晚上,本来想出去找我,后来李老板派人上门报平安。他们转而觉得汉城比满城安全,不如让我继续待在珍园。我探望父亲。他才醒不久,对我说:"我听见声音了,以为在放鞭炮,后半夜困了累了睡着了。"不知是不是夜里没休息好,他的精神大不如昨天,很快又睡了。

家里没出事令我安心不少。然而没过多久我就又受不了了,于是找了个借口跑出来,慢慢走回珍园。玉楼已经起床了，正在镜子前盥洗。我向她描述外面的见闻，她听后停下手里的动作。我坐在桌前，一边喝茶一边等她。突然，她恳求我说：

"我想去寺里烧香，超度那些死了的人，您能陪我一起去吗？"

"超度谁？"我十分不解，问道。

"昨晚死掉的人。"她注视着我说。

她的目光坚定。我同意了，只要别让我待在那个令人窒息的地方就好。我告诉她：

"可是承天寺那儿现在一团糟，好多受伤的士兵躺在那儿呢。"

"那我们不去承天寺。我平常也不怎么去那里，我都是去铁女寺，那里都是尼姑。"

我们简单收拾下出门了。汉城没受昨晚战事波及，仍是一片宁静祥和的样子。这是个非常暖和的大晴天，适合在户外晒一天太阳。如果不是刻意去想，我一度忘了昨晚战火已经烧到城内了。

下车后，我们走进朱红的墙壁之内，一位戴暖帽的老尼接待了我们。玉楼称她作智庵师父。玉楼领着我在寺里游览。我问她：

"你是怎么会信佛的呢？"

她扑哧一声笑了。

"几年前遭遇了件事,慢慢就信了呀。"

"什么事?"

"就是一个男人突然在我面前自杀了。"她看到我惊掉下巴的模样,急忙解释道,"但不是为了我自杀的,是当着好多人的面自杀的。"

"那也很吓人吧。"

"是,他拿刀子往心口插,连着插了好多刀,血喷了我们一身。他疼得受不了倒在地上,血又喷了一地。"

"为什么,他为什么插自己啊?"

"他是为了我们那里的一个叫槐香的女的。他要杀槐香然后自杀。他想两个人一起死。槐香比我晚来一年,以前没跟我说过这些事,那天突然在兰坊里喊杀人,喊快来人,喊救命。"

"然后呢?"

"那时候我听见声音,还在床上,还没来得及穿鞋就开门出去看,看见槐香披头散发扑进来。我抱着她,她都站不起来了,腿软了,在我怀里哭,指着外头说有人要杀她。"

"所以是这个男人要拉她一起殉情,要杀她,最后自杀了?"

"嗯,但槐香没死。兰坊里的人都听见动静出来看热闹。那男的跟着了魔一样,辫子散在脖子后头,拿刀找槐香,像这么吼着:'□子!……不是要死吗?我一刀杀了你这□子!我再自杀……'"

她压低了嗓子模仿那男人说话的腔调。我忍不住笑了。她继续说道：

"他说：'你害老子欠了一身的债，老子没钱了你就翻脸。当初发誓一起死，今天一定要你的命！'然后他追着槐香砍了一刀，没砍到，自己还被圆凳绊倒了。再爬起来，槐香已经跑了，其他人拿凳子椅子挡住他。他追不到人，说：'你们做□子的未免太无情无义了！槐香，当初一起发誓，有神鬼看在眼里，我先去阴曹地府等你，不怕你跑！'然后就当我们面自杀了。"

我沉默了。我们从银杏树下走过，我握着她的手，担心她手冷。我忽然问她：

"玉楼，你身上的疤，其实是被这个男的弄伤的吧？"

玉楼停下脚步看着我，微笑着问我：

"您怎么猜到的？"

"不知道，就是忽然这么感觉的。"

"您真聪明啊。那家伙本来是要砍槐香，我跟槐香站在一起，划到我了。我以为我死了，倒在地上，最后发现就破了点皮。"

"不是破皮这么简单吧，都伤到肉了。"我看着她的眼睛，伸手摸她的脸。

"嗯，反正伤口很浅，不深，没养多久就好了。可就那之后开始做噩梦，发梦魇，忽然大喊大叫惊醒。"

我没有说话，一直望着她。她笑着说：

"然后有姐妹说，是不是冤魂缠到我了。一开始我不信，冤魂凭什么找我？槐香不是好好生生的吗？再说，我跟那人也不认识啊。后来她们带我来庙里烧香，请师父帮他超度。哪晓得我真的好了，再也不做噩梦了。之后我就渐渐念佛了。"

"他自杀也好，伤人也好，其实都是自己造的孽啊。"

"嗯，道理是这个道理，可是我为他超度，希望减轻他的业力，我的心反而清净了，您说怪不怪？"

确实，我解释不清其中的玄妙。她从荷包里取了些钱给智庵师父（这里面应该有些是我昨天给她的吧），请她为死在昨夜的人，不论是谁，做一场法事。我也出了些钱。玉楼很高兴，觉得我被她说服了，但我不怎么信佛。这也许是受父亲的影响，他不信轮回、业力什么的，我也不大相信。

我们烧过香。我对她说：

"今晚我要回家了，你也回去吧。说不定晚上还要打仗。"

"那您干脆去我那儿住呗，要是您怕打仗的话。"

"如果外头真打进来，恐怕你那儿也未必安全吧。"

玉楼撇了撇嘴，看着我说：

"那起码有我陪着您啊。"

"不用担心我，过几天我再去找你。但我要是不幸死了，请你也为我超度吧。"

她的笑容僵住了一瞬，随后继续笑道：

"我也是，要是我出事了也麻烦您超度我。"

铁女寺的那一天是我最后一次见到玉楼。我答应她，过段时间叫人去兰坊请她，但我失约了。当然，这种逢场作戏的话，算不得什么严肃的约定，更何况我有我的理由：从珍园回家两天后，父亲昏迷了。他是在第三天早上过世的，根据他的遗愿，丧事从简，只请少数亲友吊唁，纸钱、香烛、经幡、道场什么的一概不用，棺木墓碑也选的是朴素便宜的。他对我说过，"人死如灯灭"，所以做那些排场十分无用。正好那几天将军开城投降，投降的当天下午，我就让牛车拖着父亲的灵柩出城下葬了。这之后，也许是没有约会的心情，我直接离家去杭州了。后面又从杭州回来一次，本来有见她的打算，但中间发生了许多事，最后不了了之。这么多年过去，如果玉楼还活着，现在应该快五十岁了？再见到她，我应该认不出她了，不知她还能不能认出我？我永远记得那个炮声隆隆的夜晚，我们肩并肩靠在一起仰望夜空。这样的场景我一生也无法忘记。

我翻开最后两页信纸。外面的雪似乎停了，我没再听见窗户响了。攻城那天晚上我在哪里呢？好像在城西，跟几位年纪大、没法避难的教友待在一起。详情我要查一下日记才知道，但我懒得去翻箱子了。我想快点看完信，那么晚饭后就能专心回信。

时隔多年回到家乡，我做的第一件事就是拜访从前的家。

自从当年房产从我手里卖掉后，老宅又几易其主，现在的主人大概是第三还是第四任，经营茶叶生意。他们一家热情招待了我们，请我们喝了安徽产的茶。令我惊讶的是，宅子几乎没怎么变。城里变化倒是挺大。和宅子外的世界不同，宅子里的陈设几乎没变，桌子、椅子、柜子、床，还有摆放的瓶瓶罐罐，都是当年我和父母兄弟用过的，依旧沿袭着当年的布局，看着就像回到了当初卖房的那一天。老周悄悄对我说，要是能把宅子买回来就好了，那可谓"完璧归赵"了。我明白他的意思。可是，这座宅子只能算作一具尸骸，即便买回来，我也只是守着尸体做伴，而我真正的家、家人、家族早就消亡了。既然我选择卖掉宅子远走他乡，就是下定了某种决心，知道以往不可追，那么现如今我更不会反悔。

玉楼问我是否和男人睡过，我回答说有过一个。那是我第一次和男人有肉体关系，他是我的第一个男人。我无法说出他的真名，只能称呼他为K君，因为他现在是颇有名气的演员，活跃于上海电影界，我不想打扰他也不想被他打扰。说直白些，由于当初我们之间的关系不是和平结束的，他最后的态度尤其令我愤慨，时至今日，我不想和他有任何的瓜葛。

我和K君相识于某年秋祭。他是花鼓戏班的正旦。正式演出前一周，朋友们领我去后台玩。那时排演已经结束，我见到K君，顿时被他那双眼睛深深吸引了。我从没见过男人长这么长而浓密的睫毛，这么风流漂亮的桃花眼。也许因为长期扮旦角，他的言谈举止格外阴柔妩媚，时而低眉垂眼，时而掩口微笑。

我记得那时其他人指着我说："您和我们这位是反着来的，您是男扮女装，她是女扮男装。"在大家的欢声笑语中他笑眯眯地望向我。我第一次被男人的目光弄得害羞窘迫。他单独同我行礼，询问我的名讳。玩笑过后，我们邀请他一起去珍园吃饭。恰好第二天戏班休息，他欣然应允。我暗自有些高兴，同时忍不住偷偷打量他全身每个部位……他有一种介乎男女之间的中性样貌。

第二天早上，他第一个来了。那几天我没回家，暂时住在珍园。我们打开蟋蟀罐，拿猪毛捻子逗虫子玩。突然，他凑近我的脸颊亲了我一口。我吃了一惊，一时不知作何反应，径直冲出房门。随后我越想越气，折返回去抓起桌上的茶杯泼了他一脸。就在我打算开口斥责他的轻薄行为时，他忽然跪下哭了。这又一次令我不知所措。他女人般的面孔、哭哭啼啼的娇弱模样，突然激起了我的怜爱之情。我不生气了。看着他臣服在我脚边的样子，我甚至有些窃喜。

我假装怒气未消，质问他为什么这么做。他哭着向我表达爱意。我被这张哭相弄得心动不已。我叫他从地上起来。他向我倾诉他的悲惨遭遇：他从小被送到戏班，被班里的中年武生侵犯，后来又被几个金主包养，被迫成为现在这样。

听完他的讲述，我不得不感慨命运的奇妙。正如旁人玩笑说的，我和他之间有许多相似之处。他是经常打扮成女人的男人，而我是打扮成男人的女人。我心里有了这样的遐想：我们真是天生一对。

秋祭结束后，K君跟随戏班返回沙市，我于是经常去沙市找他。我幻想和他结婚，当然父母未必同意我嫁给一个戏子，但无所谓，我可以和他去杭州定居，去外地谁也约束不了我。我的伙伴们多多少少注意到了我和他的关系，甚至看穿了我完全沦陷的心态，私下提醒我适可而止，千万不要动真情。但那时的我已被爱情冲昏了头脑，以为我们是天造地设的一对，完全听不进劝。结果两个月后，K君找我借了一大笔钱后突然消失了。他跟戏班的花旦，一个十六岁的姑娘私奔了。几年后我才想明白，他和我不一样，他不是自愿变成这样的。骨子里他其实依然是个正常男人，他喜欢的一直是"真正的女人"。多年以后，我在北平观看一部爱情电影，发现其中一个男配角非常眼熟。放映结束后我瞅了眼演员表。那名演员的姓和K君一样，只是名字不同。后来我又专门找来他参演的其他电影看完，终于确认那就是K君。大概当初他逃去上海，换了艺名，从此混迹影坛。那时他应该已有四十岁，容貌依然非常年轻，梳着油头，银幕中一副绅士打扮。

其他和我有过关系的男性中，至今我依然记得一位相貌英俊个性温柔的军官，曾和我有过一夜之情，后来我们失去联系了。在我三十九到四十一岁之间，我和一位医生有过短暂的婚姻，没有生育后代。我是在治疗头痛时和他认识的。他对我不寻常的外表很感兴趣。那时他正从事性变态心理的研究，恳请我做他的研究对象。我们每周谈话两次。他是个斯文的君子，待人彬彬有礼，我也很敬重他的为人。忽然有一天他向我求婚了，我在惊讶之余很快答应了。

我们的婚姻维持了两年，突然有一天，他在阳台看报纸，倏地跳起来，紧张兮兮地对我说：

"世界要毁灭了。"

我以为他在开玩笑。他脸色发白，颤抖着又说了一遍：

"世界要毁灭了，我们都要死了。"

我始终以为我听错了。他神情严肃，一遍又一遍向我解释新的世界大战就要爆发了，会殃及我们所有人，唯一幸免的办法就是去美国避难。我问他为什么偏偏是美国。

"因为美国远离其他大洲。"他说。

"那你怎么不去非洲？去南极？"我反问道。

最让我无法接受的是，这不是他从哪里看到的阴谋论，而是他浏览世界新闻时突发的奇想（按他的说法是"缜密的逻辑分析"）。这之后他就像中邪了一样，整天计划移民美国，但我不想出国。为此我们争吵不休，谁也说服不了谁。最终我们和平分开了。五年前我收到信，信上说他在美国被车撞死了。事实证明，这一切都是他的臆想，如果他不去美国，他不会死，我们也许还生活在一起。这也是我成年后为数不多的两年女装生活的经历。

上次回家的第二天,我雇了工人去南门外的祖坟祭扫。不出所料,这里完全荒废了。我们花了半天时间清理杂草。尽管多年前倔强的父亲交代我不要给他烧纸,但这次我还是预备了纸钱和其他祭祀用的东西。我想起玉楼的话,为所有人超度。我超度所有死去的人,为他们祈祷,愿他们的灵魂安息。只多站了一会儿,我就感觉腰酸背痛,不得不在父母坟前席地而坐。我已不再年轻,如今脂粉还可以填平脸上的皱纹,但再过若干年,我会衰老干枯得跟病床上的父亲一样。终有一天,我也会加入死者的行列。我抚摸墓碑,碑面早已变得坑坑洼洼,野草在石缝中顽强生长着。我忽然想放声大哭,可眼泪还未落下便已风干了。

絮絮叨叨回忆了这么多,写得杂乱无章,让您见笑了。眼下,我望了一眼窗外,不知不觉已是拂晓,我就到此搁笔吧,容我改日再与您详谈。

愿您尊体安康,顺颂教安。

楚卿拜上

乙亥冬月

我放下信纸,捂着脸坐了好长时间,起身时,忽然眼前一黑,接着天旋地转般的眩晕向我袭来。我脚下像被绊了一跤似的，身体直挺挺栽倒下去，脑门触地前我突然看见了金字塔，屹立在无尽沙丘之上金灿灿的金字塔，紫色的小花，方济亚神父……我一瞬间意识到发生了什么。到时候了吗？要来了吗？原来是今天，是这种方式……哦哦，雪花会梦到春天吗……哦哦，雪花会梦到春天吗……我忽然想哭，可眼泪还未落下便已风干了。

后　记

　　改完最后一个字时，我脑子里想到的是一篇名叫《克莱喀先生》的小说。这是我高中时读到的，讲的是一个英文教授花一辈子时间编一本书，没编完就去世了，于是所有书稿变成了一堆废纸。我创作《泥潭》时常常想起这个故事。倘若我中途放弃了，那么无论写了多少字，花了多少时间，最终都是废纸。但是，改这个稿子真是异常艰难，一是我丧失了对历史小说的兴趣，二是这部书稿写的时间太长了，不同风格的文字混在一起像在打架，每次修改都像在改好多人的文章。我在这两种矛盾的情绪中挣扎着，就感觉写作好像陷入泥潭一样，唯愿快点结束。

　　虽说如此，最终定稿之前，我仍在一遍又一遍修改，总觉得这里可以完善一下，那里还未令我完全满意。如果不是有个"deadline"（最后期限），恐怕我还可以继续改一个星期、一个月、半年……是我的责编告诉我，世上没有完美的稿子。哪怕放任托尔斯泰去改自己的小说，也可以无限期改下去。所以必须人为划出一道红线，到时限就强行停止，停止后呈现出什么样子就是什么样子。

总之，我和这部小说之间漫长的拉扯就这样结束了。当初为什么会选这一题材，现在回想起来非常偶然。那时就是想写一部有激烈戏剧冲突，以及涵盖形形色色不同阶层人物的"史诗般的小说"。后来翻阅家乡荆州的地方志，我发现清末时期充满了冲突：满汉、革命党和清政府、革命党和会党、武汉革命党和南京革命党……于是就这么动笔了。当然，最初的创作主旨和艺术审美早已被抛弃了。至于现在我想表达什么，我以为我应当保持沉默，交由读者自行判断。因为作者脑中所想，未必一定能忠实地传递到文本上，而读者的理解是基于客观的文本，并非作者心中所想。倘若我贸然说出我的见解，反而会干扰读者与文本的互动，就好像电影放映时，于画面外突然插入旁白。

此外，我必须作出声明。这部小说是基于历史的虚构，其历史背景、历史走向固然是真实的，部分人物也有其真实原型，但小说终归是小说，故事发展自有内在逻辑。与真实历史相冲突时，作者不得不牺牲部分史实，读者也切莫将小说与历史混为一谈。譬如为塑造恒龄的性格，我将真实历史中的职位佐领刻意拔高为协领，以突显角色在小说中的作用。又比如小说中描写的站笼，其实当时已经废除。此外，恒龄的子女、诸位革命党的性格都是作者的虚构，读者不可不察。如果情节台词的安排、人物命运的设计冒犯到真实历史人物的后人，我谨此表达由衷的歉意。

最后，谨向所有参与本书出版的评审与编辑老师致以诚挚的感谢。囿于篇幅，我无法一一写下您的名字，但当您读到这句话时，一定会知道我对您感念在心。

刘楚昕

2025 年夏至